Verlag dip3 GmbH
A-4040 Linz
www.dip3.at

Martin Matheo wurde 1967 in Wien geboren. Er war Manager und Unternehmer und immer mit Vollgas im Hamsterrad unterwegs. Er kennt das Leben mit seinen Höhen und Tiefen aus eigener Erfahrung. Heute ist er als Unternehmer in der Internetbranche und als Autor tätig. Durch seinen Roman „Sehnsuchtswege" entdeckte er die große Liebe zum Schreiben. Die Liebe dazu, Geschichten zu erzählen, die zum Nachdenken anregen wollen. Martin steht mitten im Leben, dennoch betrachtet er die Facetten des Lebens stets auch aus dem geistig-spirituellen Blickwinkel. Der Katzenliebhaber lebt und arbeitet in Niederösterreich.

www.martinmatheo.com

Martin Matheo

SEHNSUCHTSWEGE

Ein Leben und sieben Wünsche

Verlag dip3 GmbH

2. Auflage 2018

Mannheimstraße 5
A-4040 Linz
www.dip3.at | verlag@dip3.at

ISBN: 978-3-903028-81-4

ISBN (E-Book): 978-3-85028-818-7

Coverbild: Carlos Caetano/Shutterstock.com

Gesamtherstellung: dip3 GmbH, A-4040 Linz

Autor: Martin Matheo

www.martinmatheo.com

Inhalt

Kapitel 1

Die besten Jahre

»W 77711 X – was für eine geile Nummer für dieses geile Auto!« denkt Paul, während er genüsslich den Blick über das Armaturenbrett des Porsche Panamera gleiten lässt.

So wollte er ihn immer haben und jetzt hat er ihn endlich auch bekommen: seinen weißen Panamera, mit cognacfarbener Lederausstattung, Sportfahrwerk und satten 400 PS unter dem Hintern.

»Kein Luschiauto, sondern eine richtig geile Karre für einen Mann im besten Alter«, fährt er gedanklich zufrieden fort und lässt die vergangenen Tage Revue passieren.

Manche seiner Freunde behaupten, es sei ein typisches Auto für Männer in der Midlife-Crisis. Doch damit kann Paul gut und gerne leben.

»Hör ich da etwa Neid aus deiner Stimme?«, ist seine Standardantwort auf solche Angriffe auf die Männlichkeit.

Schlagfertig war Paul immer schon. „Hart, aber herzlich“, könnte man sagen. Manchmal jedoch gerät selbst ein schlagfertiger Typ wie er ein wenig in Verlegenheit.

Immerhin, in ein paar Jahren, feiert er einen runden Geburtstag. Nur noch fünf Jahre trennen ihn von der magischen Zahl fünfzig, vom vermeintlichen Wendepunkt des Lebens. Ein Geburtstag, vor dem er sich schon heute fürchtet. An manchen Tagen – meistens an diesen grauen und dreckigen Wiener Regentagen, wenn der Himmel trostlos wolkenverhangen ist und die Seele laut nach Urlaub schreit –, beginnt Pauls Kopfkino zu spielen.

Doch wenn man Paul genauer kennt und so betrachtet, sind seine Zweifel unbegründet. Denn für sein Alter sieht er immer noch ziemlich gut aus. Sicher, graue Schläfen sind schon da, aber die machen sich ganz gut als Kontrast zur leicht braun gebrannten Haut mit dem Dreitagesbart eines Mittvierzigers. Allmählich spürt Paul die Betriebsstunden. Die vielen auf Hochtouren gelaufenen Jahre im Job hinterlassen erste Verschleißspuren. Vor allem beim Sport muss er sich eingestehen, halt doch keine dreißig mehr zu sein. Früher – und das fühlt sich noch gar nicht lange her an – hat er beim Wien-Marathon eine respektable Zeit von knapp über vier Stunden und dreißig Minuten erlaufen. An solch eine Leistung ist nicht mehr zu denken. Dafür fehlt dem Hobbyathleten einfach die Zeit fürs regelmäßige Training. Dafür ist er, wie Paul zu sagen pflegt, einfach zu sehr im Hamsterrad gefangen. Als Hamsterradläufer hat er längst aufgehört, sich zu fragen, ob sein Leben auch so verläuft, wie er es sich gewünscht hat. Seine Figur ist immer noch sportlich und durchtrainiert. Er ist kein Bodybuilder-Typ mit breiten Schultern und Adern, die wie Kabel durch den Körper wandern. Nein, Paul ist eher ein smarter Tom-Cruise-Typ. Größe und Gang sowie sein stets galantes Auftreten erinnern an den Mister „Mission impossible". Auch sein Job gleicht oft einer unmöglichen Mission. Als Boss einer großen Werbeagentur muss er für seine Kunden das scheinbar Unmögliche möglich machen. Immer wieder geht auch ein wenig die Fantasie mit dem kreativen Tagträumer durch. Aber nicht heute. Heute muss er nicht träumen. Denn heute ist ein traumhafter Tag. Sein Porschetag.

Blauer, wolkenloser Himmel und Sonne über Wien, dazu angenehme zweiundzwanzig Grad. Der perfekte Tag. Wien hat seinen eigenen Geruch, doch heute riecht die Walzermetropole anders, heute duftet die ganze Stadt. Normalerweise hat es Paul immer eilig.

Er steht immer unter Strom. Aber heute, an diesem ersten warmen Frühlingstag, lässt er sich Zeit und hat das Schiebedach bis zum Anschlag geöffnet.

Er atmet den Duft der Stadt ein, die den Frühling so sehnlich erwartet hat wie er selbst. Paul spielt charmant mit den Blicken der weiblichen Passanten, die eben ein hübsches Mann-Auto-Paket entdeckt haben. Heute hatte er sich extra dafür freigespielt, seinen Traumwagen würdig und selbst vom Porsche-Zentrum abzuholen. In einer Art Zeremonie wurde Pauls neuer Luxusschlitten seiner Bestimmung übergeben. Der Standortleiter gratulierte in einer kurzen Ansprache zur richtigen Entscheidung und erklärte die Funktionsweise und Besonderheiten des Wagens nochmals ausführlich. Zögerlich nippte Paul am Champagnerglas, schwieg und genoss den Augenblick.

Während er üblicherweise bei roten Ampeln ein nervöses Zucken im Gasfuß verspürt, kommt Paul diese rote Ampel in der Stadtausfahrt sehr gelegen. Er kann in aller Ruhe den Innenraum des neuen Wagens mustern und diesen makellosen Anblick in vollen Zügen genießen. Sinnlich und prüfend zugleich, gleitet sein Blick über das lederne, cognacfarbene Armaturenbrett mit den weißen Nähten, weiter über das schwarze Ledersportlenkrad und die vielen Chromschalter und Knöpfe auf der Mittelkonsole bis hinunter zum mächtigen Automatikschalthebel, der einem Phallus gleich in der Mitte der mächtigen Konsole steht.

»Made in Germany und nur was für richtige Männer«, nickt Paul selbstzufrieden und testosterongeladen.

Beim Einatmen nimmt er einen kräftigen Zug von diesem unglaublich geilen Geruch, der nur an neuen Autos klebt.

»Fast so gut, oder sogar besser als das Parfum einer neuen Freundin«, schwelgt Paul im vierrädrigen Glück.

Es ist nun schon zwölf Jahre her, seit er sein wahres Glück gefunden hat. Der Duft seiner geliebten Frau, seiner Linda, mischt sich in seine Gedanken.

Er würde sie wahrhaftig auch blind erkennen. Ihr Geruch war und ist einfach fabelhaft, geradezu märchenhaft, selbst noch nach zwölf Jahren: eine gekonnte Mischung aus fruchtiger Frische und erotischer, sündhafter Schwere. Coco Chanel hätte es nicht besser machen können. Linda hatte bei ihrem Kennenlernen wahnsinnig toll ausgesehen. Sie trug damals gerne leichte, knapp geschnittene, blütenweiße Sommerkleider: ein wenig transparent, sodass ein geübter Beobachter der weiblichen Spezies Lindas perfekt geformte Rundungen erkennen konnte, aber nicht zu durchsichtig, um die Phantasie im Keim zu ersticken. Sie hatte lange blonde, leicht gewellte Haare, die Erotik und Unschuld in perfekter Harmonie verbanden, und ein Gesicht, wie es nur Engel haben dürfen. Pauls Gedanken gleiten sanft aus dem Wagen zu seiner Linda: zurück zu jener Zeit der Anfänge ihrer Beziehung, zurück zu jenem Abend, an dem er ihr zum ersten Mal begegnet war, zurück zu der Sommernachtsparty, bei der sie einander vorgestellt worden waren. Schon beim ersten höflichen Händedruck hatte er pure Magie gespürt. Ein Blitzblick hatte genügt und um Paul war es augenblicklich geschehen. Er war regelrecht elektrisiert. Amor hatte voll ins Schwarze getroffen.

»Auch schon wieder zwölf Jahre her. Wahnsinn, wo ist bloß die Zeit hingekommen? Wie schnell ist das Leben vergangen! Wie schnell ist das Leben an uns vorbeigelaufen. Manchmal sind wir mit dem Leben mitgelaufen, aber leider nur manchmal«, kommen Paul weitere Gedanken, die plötzlich unsanft von einem lauten Hupkonzert unterbrochen werden.

»Foa doch endlich, du Oaschloch in dein Porsche!«, wird er von einem typischen Vertreter der Taxifahrerzunft unwirsch zur sofortigen Weiterfahrt aufgefordert.

»Eh kloar, deppata Taxler!«, schreit Paul genervt in den Rückspiegel und drückt das Gaspedal seines Sportwagens im Fluchtreflex bis zum Anschlag durch.

Ein giftig-aggressiver Sound hallt über die Straße. Rasch wird das dreckige schwarze Mercedes-Taxi mit dem bleichen Gesicht am Steuer im Rückspiegel des Porsches immer kleiner und kleiner, bis es schließlich ganz verschwindet.

»Yes, we can, yes, Porsche can! Was für ein geiler Kickdown!«, stößt es zufrieden aus dem Neo-Porsche-Besitzer heraus.

Zufrieden mit sich, der Welt und dem neuen Wagen nimmt Paul den Fuß wieder vom Gas und bremst sich ein.

»Mit hundert Sachen durch Wien kann teuer werden«, maßregelt er sich selbst.

Er hat die Kosten von den Strafmandaten der vergangenen Monate noch allzu gut im Kopf. Die nächste rote Ampel baut sich wie eine Festungsmauer vor ihm auf. Paul nützt sie wieder für sich. Jetzt kann er die Sportbremsen kennenlernen. Er blickt in den Rückspiegel.

»Keiner da.«

Voller Break, der Sportwagen schleift sich atemberaubend schnell ein.

»Wow!«

Paul sieht wieder in den Rückspiegel. Aber dieses Mal bleibt sein Blick hängen. Er dreht den Spiegel zu sich und schaut sich prüfend an. Mittvierziger-Sorgenfalten machen sich - langsam aber sicher - allmählich breit. Er versucht gegenzusteuern.

> »Eigentlich schaust du eh noch ganz gut aus mit deinen fast fünfzig Jahren. Leicht graue Haare an den Schläfen, sonst noch schön schwarz.
>
> Der Dreitagesbart macht dich interessant und ein paar Falten erzählen eben von einem bewegten Leben. Passt schon so, Alter!«, spricht sich Paul ein ehrliches und zugleich kritisches Kompliment aus.

Und damit hat er nicht ganz unrecht. Denn er achtet auf sich. Seinen Körper sieht er als sein zweitgrößtes Kapital. Sein Hirn ist zweifelsohne sein größtes. Sicher, ein wenig eitel ist er, aber dennoch ist er kein Schnösel. Drei- bis viermal pro Woche betreibt er Sport. Außerdem ernährt er sich ausgewogen und Alkohol trinkt er nur in Maßen. Paul lebt so, wie es ihm sein Arzt – zugleich einer seiner wirklich wahren Freunde – immer vorpredigt. Es gelingt nicht immer. Ab und zu gönnt er sich schon mal den einen oder anderen flüssigen Ausrutscher. Aber die sind seltener geworden im Laufe der Jahre. Denn Paul ist disziplinierter und gesitteter geworden. Regelmäßig trainiert er im noblen „First"-Fitnessclub und hält so seinen ein wenig in die Jahre gekommenen Body ganz gut in Schuss.

> »Ein paar Muckis und ein knackiger Arsch haben noch niemandem geschadet«, lautet Pauls Trainingsdevise.

Er muss topfit sein in seinem Job, und gut auszusehen schadet schließlich wirklich niemandem. Als Boss einer großen Werbeagentur weiß er, wie wichtig auch Äußerlichkeiten sind. Er hat gelernt, mit diesen Anforderungen zu leben. Paul arbeitet in einem schicken großen Büro mit noblen weißen Metallmöbeln. Das Zeug ist nicht billig, aber macht halt mächtig Eindruck – eben eine der wichtigen Äußerlichkeiten. Auch die ständig wechselnden

Sekretärinnen ziehen die Augenbrauen hoch, wenn sie zu ihm ins Büro kommen.

Eine neue und dazu noch äußerst attraktive Assistentin, Mitte zwanzig, ging dann aber doch zu weit. Sie sah verdammt gut aus mit ihrer tiefschwarzen Mähne, trug eine weiße, tief aufgeknöpfte Bluse, dazu einen engen, schwarzen Minirock, passend dazu abgestimmte Strümpfe und schwarze High Heels. Sexy Office-Style eben. Ihre Botschaft war eindeutig.

»Ich will dich jetzt und hier!«

Sie setzte sich auf Pauls Schreibtisch und fuhr sich genüsslich mit der Zunge über sinnlich, dunkelrote Lippen. Paul merkte, wie sein Herz zu rasen begann. Er überlegte kurz, als ihm plötzlich Lindas Geruch in die Nase stieg. Er unterzeichnete rasch das Angebot, welches die Neue frivol auf den Schreibtisch gelegt hatte, und drückte es ihr mit der Aufforderung das Büro zu verlassen in die Hand.

Seine Antwort war klar:

»Ich bestimme, wer, wann und wo!«

Daraufhin hörte er die „Hühner" im Büro gackern. Paul liebt seine Linda. Er liebt sie, beinahe immer noch so wie am ersten Tag, auch wenn sich im Laufe der Jahre doch so einiges geändert hat. Sie sind beide nicht jünger geworden und die Zeit hat ihre Spuren hinterlassen: bei Linda, bei Paul und überhaupt. Im Großen und Ganzen sieht Linda aber immer noch verdammt gut aus, mit den immer noch langen blonden Haaren, ihrer leicht rubensartigen Figur und ihrem unwiderstehlichen Lächeln, dem typischen Linda-Smile. Ihr Lächeln hat im Laufe der Zeit zwar an Unbeschwertheit verloren, nicht aber an Ehrlichkeit. Und das liebt Paul – ebenso wie die Art, wie sie mit den Kindern umgeht, wie sie sich als Mutter entwickelt hat, wie sie von seiner Geliebten zu seiner Frau und schließlich zu seiner Lebenspartnerin geworden ist. Paul kommt jedes Mal ins

Schwärmen, wenn er von „seiner“ Linda erzählt oder auch nur an sie denkt.

»Was kann mir dagegen schon so ein junges Werbesternchen bieten?«, beruhigt er immer dann, wenn es nötig ist, seinen inneren Schweinehund.

Denn wenn das Raubtier im Kopf erst einmal wach geworden ist und begonnen hat loszulegen, ist es auch nur schwer wieder zu bändigen.

»Sicher, eine unglaublich geile Nacht vielleicht, aber was dann?« Beinahe panikartig versucht Paul, seinen Schweinehund zum Schweigen zu bringen.

Er kennt viele Geschichten von Kollegen, die dem Geruch von jungem Fleisch und Sportwagen erlegen sind. So manch einer ist hoch geflogen und dann ziemlich tief gefallen.

»Von Hietzing nach Meidling ist es halt nicht weit«, lästerte erst unlängst einer seiner Freunde über einen gemeinsamen Kollegen.

»Von der Villa ins Mezzanin ist es nur ein Katzensprung.

Mann, ich bin echt froh, eine solch tolle und intakte Familie zu haben«, denkt Paul und schickt – wieder zurück aus seinen Gedanken im Cockpit angekommen – den Porsche mit einem kurzen Befehl an seinen rechten Fuß auf die Überholspur der Autobahnauffahrt.

In einer langgezogenen Linkskurve darf der Ferrari-Killer endlich zeigen, was deutsche Ingenieurskunst alles drauf hat. Paul genießt es in vollen Zügen, den weißen Flitzer weit über die erlaubte Geschwindigkeit zu treiben. Atemberaubend schnell zieht die Tachonadel über hundertsechzig auf hundertachtzig und weiter auf zweihundert km/h hoch. Der Wagen hält souverän die Spur und ist durch nichts aus der Ruhe zu bringen.

»Es ist schon ein saugeiles Gefühl, wenn man nicht mehr schnell fährt, sondern schon tief fliegt« Paul jubelt in sich hinein, bleibt aber wegen der hohen Geschwindigkeit voll konzentriert.

»In Pressbaum drehst du um, Alter, und gibst es dir avanti zurück nach Wien«, nennt er sich selbst den weiteren Routenverlauf.

Der Adrenalinkick schwingt noch genüsslich nach. Schneller als erwartet ist die Ausfahrt „Pressbaum" erreicht. Paul gibt seinem neuen Liebling die Eisen und bremst den Wagen wegen der engen Ausfahrt brutal herunter.

Zufrieden streicht er über das Armaturenbrett und setzt eine tempomäßig angepasste Fahrt durch Pressbaum in Richtung Wien fort. Schließlich will er noch ein wenig Zeit mit seinem neuen besten Stück verbringen. Naja, mit seinem zweitbesten Stück. Er nimmt den Fuß vom Gaspedal und schaltet im Kopf auf Flaniermodus um.

Mit allen Sinnen genießt er den neuen Wagen, den Frühling, die Sonne, einfach diesen tollen Tag.

»Diese Momente sind das wahre Leben! Ehrlich und unverfälscht. Unverfälscht von Sorgen, die im nächsten Augenblick schon wieder von neuen Sorgen überholt werden. Momente, in denen du einfach nur zufrieden bist. Was gibt es Schöneres als ehrliche Satisfaction?« Zufriedene Gedanken durchströmen Pauls Synapsen.

Mitten in Pressbaum, am Hauptplatz, nahe der Kirche, blinkt die Ampel gelb und fordert Paul gleich darauf mit rotem Licht zum Anhalten auf. Von links kommt eine Schulklasse auf den Zebrastreifen zu: lauter junge Hüpfer in Begleitung einer jungen hübschen Lehrerin und einer gealterten, sichtlich genervten Person.

»Die Schreckschraube ist bestimmt die Oberlehrerin«, denkt Paul und zieht dabei die Augenbrauen hoch.

Augenblicklich muss er an seine Volkschullehrerin denken, die ihm damals tagtäglich die Hölle heiß gemacht hat.

»Paul, du bist so faul. Aus dir wird nie etwas werden«, war der Paradespruch der frustrierten Kinderbändigerin.

Paul klopft auf das noble Armaturenbrett.

»Hast dich eben geirrt, liebe Frau Greiß!« Genüsslich stellt er die Lehne des Sportsitzes leicht nach hinten – elektrisch, versteht sich.

Die Jungpädagogin marschiert voraus, wie viele der Newcomer es am Beginn ihrer Berufskarriere tun müssen.

»Am Anfang heißt es eben für das System nützlich und allzeit bereit zu sein«, weiß Paul aus eigener Erfahrung.

Auch er hatte immer wieder vorausmarschieren müssen, bevor seine Karriere endlich Fahrt aufgenommen hat.

Beim Anblick der Sprösslinge muss Paul an seine beiden Kinder denken, an den kleinen Pauli und seine Schwester Alina.

Es war nicht einfach für Linda, damals, als Pauli gerade eben erst zur Welt gekommen war und sich gleich hinterher Alina angemeldet hat, damals, als das Geld knapp war und der große Werbemanager noch in den Sternen stand. Für den letzten Einkauf im Monat mussten sie oftmals alle Schillinge zusammenkratzen. Vor der Mietwohnung stand zu diesen Zeiten ein alter gebrauchter VW Golf ohne Alufelgen und ohne Schiebedach, dafür mit reichlich Rostflecken. Doch die Sprösslinge Klein-Pauli und Alina haben diese Zeit genossen. Denn damals hatte ihr Papa Zeit, viel mehr Zeit als jetzt. Davon zehren die beiden noch heute.

Klein-Pauli ist Groß-Paulis ganzer Stolz. Ein aufgeweckter Erstklässler ist er. Voller Träume und voll des Lebens. Pauli liebt Fußball und eifert David Beckham nach. Das Talent dazu hat er, meint zumindest sein Trainer beim Union-Sportclub. So oft wie möglich begleitet Paul seinen Sohn zum Match. Das letzte Mal war Anfang März an einem kalten, verregneten, grauen Sonntag gewesen. Pauli erzielte knapp vor dem Schlusspfiff das Siegestor. Er lief über das halbe Spielfeld und rutschte seinem Vater auf Knien entgegen. Er weinte, so glücklich war er. Mit der Freude war es aber bald vorbei, denn Pauli war nach dem Spiel fast nicht mehr wieder zu erkennen, so voller Dreck war er.

»Nein, so kommst du mir bestimmt nicht ins Auto!«

Der kleine Beckham musste sich bis auf die Unterhose ausziehen und war stinksauer. Noch heute muss Paul darüber herzhaft lachen. Alina ist Pauls kleine Prinzessin. Wenn er sie ansieht und sie lächelt und tänzelt, erinnert sie ihn immer an ihre bezaubernde Mutter.

Alina ist ein hübsches, selbstbewusstes und intelligentes Mädchen, aber keine verzogene Nachwuchstussi, wie man sie in der Nachbarschaft nur allzu oft antrifft.

Ein bisschen verwöhnt ist die junge Dame dennoch. Schließlich bewegt sie sich im Ballett und Klavierunterricht schon auf recht elitärem Parkett. Man kann eben nicht früh genug mit Netzwerken beginnen. Vor allem nicht in Wiens Nobelbezirk Hietzing.

»Ach ja Hietzing – ein großartiger Platz zum Leben«, denkt Paul während er im Autoradio die Nachrichten hört.

»Wieder Flüchtlingschaos: Wieder mehr als hundertzehn Flüchtlinge beim Versuch ertrunken, auch nur einen kleinen Krümel von unserem Wohlstandskuchen abzubekommen«, kommen schlechte News aus dem Radio.

Diese armen Kreaturen tun alles, um ein kleines Stückchen vom großen Glück abzubekommen. Die Politiker beteuern in einem fort, alles unter Kontrolle zu haben.

»Die Flüchtlinge stellen keine Bedrohung dar«, betonen die einen. »Wir sind nah dran an einer gesamten Lösung«, behaupten die anderen.

»Sinnloses Geschwätz von Leuten, die schon erfolgreich die Finanzkrise weggelogen haben«, ärgert sich Paul und ist der Wahrheit vermutlich ziemlich nahe.

Doch diesen Tag will er sich nicht vermiesen lassen. Längst hat er die Schnauze voll von den großen Problemen, die er sowieso nicht lösen kann, wenn es überhaupt je irgendwer können wird. Heute ist sein Glückstag. Paul dreht am Autoradio und verbindet die Supersoundanlage mit seinem Smartphone.

»Zeig mir mal, was ein Konzertsaal auf vier Rädern so alles kann«, fordert er die Soundanlage auf und klopft rhythmisch auf das Lenkrad ein.

Passend zur Straße legt er seinen Lieblingsklassiker von AC/DC, „Highway to Hell“, ein. Die Anlage hält, was der Wagen verspricht. Die Bässe dröhnen mächtig vor sich hin. Das Schlagzeug peitscht auf den Asphalt ein und die E-Gitarre scheucht die Autos vor ihm einfach von der Straße – so als wären die Gitarrenklänge das Folgetonhorn eines Rettungswagens.

»So und nicht anders muss es sich anfühlen, ein Rockstar zu sein«, gehen Paul verrückte Gedanken durch den Kopf.

Alles verschmilzt zu einer perfekten Einheit aus Porsche, Sound und Paul. Im AC/DC-Rhythmus lenkt er den neuen Wagen in die Hietzinger Hauptstraße.

Ab hier muss er die australischen Rockröhren leiser aufgeigen lassen, denn hier, am „great Place for Life", kennt man ihn. Längst ist Paul bekannt wie ein bunter Hund, ein bunter Werbehund. Er will nicht noch mehr auffallen, als man es mit einem neuen weißen, in der Sonne glänzenden Sportwagen ohnehin schon tut – auch im reichen Wien.

> »So boys, thanks a lot, genug gespielt und runter vom Gas«, bedankt sich Paul artig bei den Rockröhren und fordert sich selbst zu vermehrter Verkehrsdisziplin auf.

Ein kleiner Druck am Display und schon öffnet sich das Einfahrtstor zur modernsten Villa der Straße. Nicht die allerbeste Lage, aber dank der modernen geradlinigen Architektur, den rund vierhundert Quadratmetern Wohnfläche, der kleinen Wellnessanlage und der großen Glasflächen, die den Blick auf einen großzügig angelegten Garten samt ansehnlichem Pool freigeben, dennoch am Rande der Perfektion – jedenfalls ein architektonisches Schmuckstück. Und jedenfalls Grund genug für so manche nachbarschaftliche Spekulationen à la „wie machen die das bloß?" Paul und Linda kennen die Überlegungen der Nachbarn nur zu gut, aber sie stören sie nicht mehr im Geringsten. Denn sie haben hier ihren Platz zum Leben gefunden, haben sich hier ihren Garten Eden geschaffen.

Paul steigt aus seinem Wagen und streift ihm vorsichtig, fast zärtlich, über den linken Kotflügel.

> »Erotische Formen und perfekte Rundungen. Es muss nicht immer Körbchengröße D sein«, denkt Paul und lächelt zufrieden, während er eine Runde um seinen neuen Stuttgarter Freund geht.

Paul ist zu Hause angekommen, in seinem von ihm Hands on selbst mitgestalteten und durchgestylten Domizil. Es ist hell und modern, mit schneeweißen Wänden und einem dunkelgrauen Granitsockel besticht es durch klare Linien und moderne Eleganz. Es spiegelt den Style seiner Besitzer wider. Mit der durchgängigen südseitigen Glasfront erlaubt es einen kleinen Einblick in Pauls und Lindas Welt. Jeder kann sich ein Bild davon machen, wie erfolgreich die Besitzer der schmucken Villa sind.

> »Wir sind ein glückliches und erfolgreiches Paar – im besten Alter und mit besten Ausblicken für die Zukunft«, antwortet Paul gerne auf die Frage nach dem allgemeinen Befinden.

Doch Paul und Linda sind mehr als das. Sie sind ein echtes Vorzeigepaar, abgesehen von ein paar kleinen Fehlern, Ecken und Kanten, die ohnehin jedes Paar hat. Kein Zweifel: Paul hat sein Leben unter Kontrolle. Er liebt seine Frau, hat zwei fantastische Kinder und ist ein erfolgreicher Kreativmanager. Er blüht auf in seinem Job. Und sein neues weißes Spielzeug setzt dem Ganzen den i-Punkt auf. Oder besser gesagt den P-Punkt, der so etwas wie der G-Punkt bei Männern ist.

> »Wie es sich eben für einen „Best of“-Manager gehört!« Paul klopft sich zur Selbstbestätigung auf die Schulter und zieht ein sattes, zufriedenes Grinsen auf.

Er ist in seinem von ihm erbauten und kontrollierten Leben angekommen. Er ist ein Selfmademan. Er ist ein durch und durch erfolgsorientierter Mensch und der Meinung

> »Erfolg muss gesteuert und laufend optimiert werden.«

Linda kontert auf diese Aussage immer gerne:

> »Erfolg ist die Droge eines Systems, das dir immer wieder die Karotte vor die Nase hält.«

Paul lächelt milde und streicht dabei sanft über die Motorhaube seines neuen weißen Wagens und sagt:

> »Du geile, weiße Karotte!«

Unser Leben ist das Produkt unserer Gedanken.

Marcus Aurelius

Kapitel 2

Die Begegnung

Von Osten her schiebt sich langsam die Morgensonne über die verschlafene Wiener Vorstadt, bis zu den sanften Hügeln des Lainzer Tiergartens hinauf. Schon ganz früh am Morgen, fast noch nachts, erreichen die ersten Sonnenstrahlen die frisch geputzte Terrasse der Villa. Das morgendliche Sonnenspiel verleiht den glatt polierten Granitfliesen ein ganz besonderes Funkeln und Glänzen – gerade so, als hätten Feen Diamantenstaub auf die Terrasse fallen lassen. Ein Vogelchor stimmt sich ein und gibt das erste Konzert des Tages zum Besten. Farbenfrohe Blumen auf der Terrasse öffnen ihre Blüten und entlassen angenehme Düfte in den Tag. Der Frühstückstisch ist wie immer reichlich gedeckt. An diesem außergewöhnlichen Frühlingsmorgen jedoch hat Linda den Tisch auf der Terrasse und nicht wie sonst üblich jenen in der schicken weißen Designerwohnküche gedeckt. Der Winter hat endlich aufgegeben und die Temperaturen steigen jeden Tag ein paar Grad höher. Nun steht dem Terrassenglück nichts mehr im Weg. Frischgepresster Orangensaft, dazu Kaffee vom Edelröster, extra weich gekochte Eier, feiner Beinschinken und französischer Käse stehen bereit. Natürlich darf auch die selbstgemachte, herrlich fruchtige Marillenmarmelade von Lindas Mutter nicht fehlen. Ein paar rote Äpfel und grüne Kiwis teilen sich mit vier großen, reifen Tomaten und exakt geschnittenen Gurkenstücken einen Teller. Zudem gibt's ofenfrisches Vollkorngebäck vom Biobäcker, der seit Kurzem auch online bestellte Köstlichkeiten nach Hause liefert. Alles zusammen, der perfekte Frühstückstisch für den Start in einen perfekten Tag. Das findet auch Familienkater Carlo.

Der schwarze Vierbeiner mit einem markanten weißen Fleck am Hals hat bereits die gewohnte Warteposition unter dem Esstisch eingenommen. Geduldig wie immer wartet der Mäusehausmeister, ob er etwas abbekommen wird. Das Warten lohnt sich meistens für ihn, denn Paul und er verstehen sich einfach zu gut. Aufmerksamkeitsstark streicht Carlo um Pauls Beine und bettelt sein Herrchen schnurrend an. Paul lässt versehentlich ein Stück Schinken unter den Tisch fallen – natürlich so, dass Linda es nicht sieht.

> »Ich kaufe den teuren Schinken für uns beide und die Kinder und nicht für die Katze!«, erklärt Linda mit schroffer Stimme immer dann, wenn sie ihren Mann auf frischer Tat ertappt. Denn Fütterungen dieser Art mag sie überhaupt nicht.

Paul nimmt einen genussvollen Schluck von dem mit exakter Stärke zubereiteten Espresso und lässt dabei den Blick über die Terrasse hinunter zum Pool und weiter über die Skyline der Stadt gleiten. Langsam, aber sicher, erwacht Wien aus seinem gemächlichen Schlafzustand. Unüberhörbar findet die Metropole zu ihrem lärmenden Tagesrhythmus. Autos, Flugzeuge und Bewohner werden lauter. Allmählich verlieren sich die lieblichen Töne von Amseln und Meisen im Lärm der Großstadt.

Paul wischt sich den Mund mit einer weißen Stoffserviette ab, steht auf und geht zu Linda, die vis-à-vis von ihm sitzt und gerade die ersten Mails des Tages auf ihrem Tablet-Computer checkt. Schließlich beginnt auch der Tag einer „Head of Sales"-Managerin mit geballter morgendlicher Informationsflut. Paul steht hinter seiner Frau und beugt sich langsam zu ihr hinunter. Er schiebt Lindas lange blonde Haare zärtlich über ihre Schulter beiseite und spricht leise in ihr linkes Ohr, während er für einen kurzen Moment leicht und lustvoll an ihrem Ohrläppchen knabbert.

»Ciao, mein Liebling, bis heute Abend. Ich liebe dich!« Einem schweren Abschied gleich, streicht er mit dem Handrücken über Lindas rechte Wange.

Diese genießt den Augenblick und öffnet die Augen nur ungern wieder. Liebevoll lächelt sie und erwidert die ungewohnte morgendliche Zärtlichkeit ihres Mannes mit einem völlig überraschenden, aber umso innigeren Kuss.

»Die Kinder schlafen noch, aber ich bin schon putzmunter!«, flüstert sie Paul lüstern ins Ohr.

»Soll ich dir zeigen, wie munter ich schon bin?«, fährt sie mit auffordernder Stimme fort.

Linda unterstreicht ihre Absichten nach einem morgendlichen Quickie durch einen festen und bestimmten Griff an Pauls knackigen Hintern.

»Komm jetzt, nimm mich einfach!«, lässt sie keinen Zweifel an ihren Wünschen.

Während Paul die unerwartete erotische Morgenstimmung mit seiner Frau in vollen Zügen genießt, wird der eheliche Flirt durch lautes Knallen und Scheppern, das von der Straße herauf lärmt, unterbrochen. Die nicht gerade geräuschoptimiert agierende Müllabfuhr hat mit dem Tagwerk begonnen. Erbarmungslos legen die orangen Könige der Entsorgung los. Man könnte meinen, der Lärm sei ihre Rache dafür, dass sie nicht so feudal wohnen und frühstücken können wie die Oberschicht, sondern schon seit mindestens zwei Stunden den Dreck der anderen einsammeln und abtransportieren müssen. Der Lärm bringt Paul schlagartig zurück in den bevorstehenden Tag, der einmal mehr richtungsweisend werden soll und ihn die halbe Nacht nicht schlafen gelassen hat. Er muss nun los, ob er will oder nicht – die Pflicht ruft. Noch ein kurzer Check der Mails am Smartphone und ein allerletzter Schluck vom optimal gerösteten Kaffee. Zum Abschied stellt sich Paul erneut hinter seine Frau und massiert zärtlich ihre Schultern.

Linda genießt die Massage und lehnt sich zurück an Pauls Lenden. Augenblicklich machen sich erotische Gedanken in Pauls Gehirnwindungen breit. Schnell wandern die eben noch vorhandenen Pflichtgedanken ins Abseits. Kräftige Hände gleiten sanft von Lindas Schultern nach vorne und wandern langsam abwärts, bis sie schließlich ihre Brüste erreichen. Pauls erfahrene Hände massieren zärtlich und fest drückend Lindas Wahrzeichen der Weiblichkeit, so wie sie es mag. Mit geschlossenen Augen beginnt sie leise zu stöhnen.

»Geht es der Mama nicht gut, Papa?«, fragt der kleine Pauli, der wie aus dem Nichts kommend auf einmal neben den beiden steht.

Blitzschnell zieht Paul seine Hände aus Lindas Bluse und antwortet seinem Sohn schlagfertig:

»Doch, Pauli, alles in Ordnung, wir üben nur gerade für den Erste-Hilfe-Kurs!«

Noch bevor sich die morgendliche erotische Stimmung entfalten konnte, ist sie auch schon wieder dahin.

Und das ist gut so, denn Paul ist ohnehin schon spät dran. Er gibt sich einen Ruck und Linda einen dicken Kuss auf die Stirn.

»Die Kinder werden auch heute Abend wieder schlafen und ich komme sicher nicht spät nach Hause, Darling«, lässt Paul sein abendliches Vorhaben durchblicken und grinst dabei wie ein Schulbub, der zum ersten Mal der Lehrerin tief in den Ausschnitt geschaut hat.

Das automatische Garagentor öffnet sich langsam. Der weiße Porsche rollt würdig, begleitet vom satten Blubbern des Motors, aus der Garage und biegt in die Querstraße ein. Souverän gleitet der Hunderttausend-Euro-Schlitten Richtung stadtauswärts. Paul schüttelt den Kopf – Linda hat es doch tatsächlich wieder einmal geschafft, ihn in Verlegenheit zu bringen.

Weit kommt Paul nicht, denn die Könige in Orange sind nun zwei Gassen weiter bei ihrer morgendlichen Entsorgungstour angekommen und behindern den Frühverkehr, als wäre es das Normalste der Welt. Kaum dreihundert Meter weit gefahren muss er den noblen Wagen hinter einem großen, lauten und stinkenden Müllwagen anhalten.

»Pah, das nervt schon gewaltig!«, murrt Paul und überlegt kurz, ob er auf die Hupe drücken soll.

Der Müllwagen ist so laut und geruchsintensiv, dass er rasch das Fahrerfenster und das Schiebedach schließt. Aus der super Hi-Fi-Anlage kommen gerade die Morgennachrichten. Paul nützt die Zwangsfahrpause und arbeitet weiter die morgendliche E-Mail-Flut ab. Immerhin drei Mails kann er überfliegen, bevor die Müllkönige den Weg wieder freigeben und sich die Kolonne langsam in Bewegung setzt. Ein Blick auf die Cockpituhr genügt und Paul erschrickt.

»Scheiße, schon bald halb neun und um elf haben wir den Termin in Linz, na das kann ja wieder einmal knapp werden. Also dann los, Stuttgarter, schieben wir einmal so richtig an!«, spricht er sich zeitlichen Optimismus zu, während seine Gedanken immer mehr um den wichtigen Pitch kreisen.

Denn es geht um viel bei der heutigen Präsentation in Linz. Die Shareholder erwarten sich, dass er, „Mister Wunder-Werbung“, endlich wieder den Etat der Großbrauerei nach Hause holt. Immerhin geht es um zwei Millionen Umsatz.

Das ist auch für ein Kaliber wie Paul ein richtig fettes Ding. Während er im Geiste nochmals die Präsentation durchspielt, passiert der weiße Sportwagen auf der Westautobahn gerade St. Pölten – viel zu schnell, mit einhundertsiebzig Sachen, rast er Richtung Westen, aber in diesem Wagen ist halt nichts von Geschwindigkeit zu spüren. Die Freude eines Sportwagenbesitzers ist eben oftmals auch die Freude der Exekutive.

Paul überlegt, ob es wohl auch Stefan, sein „Head of Digital Marketing", rechtzeitig nach Linz schaffen wird.

> »Am besten ich rufe den alten Nerd gleich an, damit er nicht wieder zu spät kommt«, denkt Paul und beginnt Stefans Nummer zu wählen.

Stefan ist ein total unzuverlässiger Typ, den er am liebsten schon längst abgeschossen hätte. Doch die Lobby hinter ihm ist einfach zu stark. Gerade als er die letzte Zahl am Display drückt, bemerkt er aus dem Augenwinkel heraus einen Sattelschlepper, der ohne Warnung die Spur wechselt.

> »Der Idiot wird doch jetzt nicht überholen wollen?«, schreit Paul panisch und wirft instinktiv einen Blick in den Rückspielgel.

Ein schwarzer 7er-BMW klebt am Heck des weißen Porsches. Nur allzu gerne würde Paul jetzt ein „Hatzerl" machen, um ein für alle Mal klarzustellen, wer hier der Stärkere ist. Doch die Vernunft siegt.

> »Wenn ich jetzt eine Notbremsung mache, dann fährt er mir voll hinten rein und es kracht brutal!«, ist sich der Vielfahrer sicher.

Blitzschnell, in Sekundenbruchteilen, gibt Paul mit der Lichthupe hektische Signale an den ausbrechenden Lkw vor ihm. Im letzten Moment bemerkt der Trucker den heranschießenden Porsche und reißt den Sattelzug wieder zurück auf die rechte Spur. Paul zuckt zusammen und hält die Luft an. Zwischen den Porsche und die Leitplanke passt jetzt kein Löschblatt mehr. Er hält die Hupe gedrückt und zwängt sich am Laster vorbei. Kalter Schweiß schießt ihm auf die Stirn. Ein Adrenalinstoß nach dem anderen fetzt durch seinen Körper.

»Puh, das war jetzt echt knapp!«, ist Paul, noch mit zittrigen Händen, erleichtert darüber, dass er durch sein fahrerisches Können einen Unfall vermeiden konnte.

Kaum wieder im Verkehrsfluss angekommen, hört er eine bedrohliche Durchsage über den Verkehrsfunk.

»Drei Kilometer Stau auf der A1, der Westautobahn, in Richtung Salzburg wegen einer Baustelle vor Melk«

»Das hat mir gerade noch gefehlt! Blöde Westautobahn, immer derselbe Shit. Egal, ich fahr die nächste Ausfahrt ab und nach dem Stau wieder rauf. Mit ein wenig Glück verliere ich nicht allzu viel Zeit«, denkt Paul, während er die anderen Verkehrsteilnehmer beobachtet und hofft, dass nicht zu viele Fahrer dieselbe Idee haben wie er.

Sein Puls schnellt wieder in die Höhe. Er legt den Blinker ein und nimmt die Ausfahrt. Jedoch hatten doch schon einige Fahrer vor ihm die gleiche Ausweichidee. Noch liegt Paul nur leicht hinter dem Zeitplan, als er das Ende der kleinen Ortschaft auf der Bundesstraße inmitten einer Kolonne passiert. Es kommt, was kommen musste: Paul drückt es vor Wut die Zornestränen ins Gesicht. Eine Karawane quält sich langsam in Richtung Westen und kommt dabei immer wieder ganz zum Stillstand.

»Es geht um echt viel Kohle heute und da muss ich pünktlich sein. Du hast vierhundert PS unter der Haube, also gib jetzt Gummi, Alter!«, denkt der vom Stau genervte Paul.

Wie ein Raubtier auf der Lauer, zum Sprung bereit, klammert er sich an das Sportlenkrad. Immer wieder kurvt er hinter dem silbernen Silotanklaster vor ihm hervor, um einen kurzen Blick auf die Gegenfahrbahn zu erhaschen.

»Komm schon!«, stößt er jedes Mal heraus.

Es will nicht sein. Ununterbrochen rauschen entgegenkommende Autos bedrohlich nahe am linken Kotflügel des Porsches vorbei. Paul wird zunehmend angespannter und aggressiver.

»Nicht auszudenken, wenn wir den Pitch wegen so einem verdammten Stau verlieren, einfach nicht auszudenken!«, malt er sich den drohenden Worst Case aus.

Paul ist wütend und wild entschlossen, jede auch noch so kleine Überholchance zu nützen. Die nötige Power dazu hat er. Er ist zum Sprung bereit, zieht das Sportlenkrad nach links und wirft einen Blick in den Rückspiegel.

»Okay, endlich freie Fahrt! Let's go, Junge!«, feuert er sich selbst an, als er die freie Gegenfahrbahn sieht und das Gaspedal voll durchdrückt.

Der Sportflitzer folgt aufs Wort und vierhundert PS katapultieren den Wagen explosionsartig am Lkw vorbei.

Die Spur bleibt frei.

»Zwei, drei Autos pack ich noch«, ist Paul, der nun adrenalingesteuert im Rennmodus tickt, überzeugt.

Die lange Linkskurve kommt rasend schnell näher. Das Adrenalin leistet volle Arbeit. Paul bleibt am Gas. Jeder Muskel ist angespannt, die Hände haben das Lenkrad fest im Griff, der Atem ist flach und hektisch. Plötzlich, wie aus dem Nichts, taucht ein riesiger grüner Traktor vor ihm auf.

»Auch du Scheiße!«, schreit Paul und zuckt zusammen.

Augenblickliche Schockstarre überfällt den geübten Fahrer. Er kann und will nicht glauben, was er da sieht. Jetzt geht alles rasend schnell: Alles fliegt in Sekundenbruchteilen an ihm vorüber und auf ihn zu. Jedoch ein einziger Bruchteil einer Sekunde wird zur langen Vorbereitung auf das Unvermeidbare. Paul checkt reflexartig und messerscharf die nächsten Handlungen ab. Welche Optionen hat er?

> »Entweder frontal in den Traktor, oder in das Auto neben mir, oder links weg über den Abhang ins Ungewisse?«, macht Paul blitzartig drei Möglichkeiten aus.

Bewusst oder unterbewusst, er entscheidet sich für das Ausweichmanöver und einen Ritt ins Ungewisse.

Der weiße Porsche rast über einen steilen, mit Sträuchern und kleinen Bäumen zugewachsenen Abhang hinunter. Ein wahrhaftiger Höllenritt mit ungewissem Ausgang nimmt seinen Lauf. Der Abhang will und will nicht enden. Äste trommeln mit unheimlich lauten Schlägen auf den Wagen ein. In Pauls Ohren klingt das wie afrikanische Todestrommeln. Er ist unfähig, einen Blick nach links oder rechts zu wagen. Er starrt nur geradeaus und wartet, was auf ihn zukommt. Paul hat sich seinem Schicksal ergeben. Paul hat aufgegeben. Jetzt ist er nur noch Passagier. Er ist nicht mehr Herr der Dinge, nicht mehr der Kontrolleur der Situation. Er ist nicht mehr der Meister seines Lebens. Er ist out of Control. Es kracht fürchterlich laut und Paul wird wild und brutal durchgebeutelt. Mehrmals schlägt sein Kopf heftig gegen das Seitenfenster. Aus der Platzwunde auf seiner Stirn spritzt Blut. Jetzt ist er mittendrin im ultimativen Albtraum jedes Autofahrers. Gefangen in seinem einstigen Traum in Weiß sitzt er einfach nur da – unfähig, zu reagieren, unfähig, auch nur einen einzigen Gedanken an die Kontrollmöglichkeit der Situation zu verschwenden, wissend, dass dies die Krönung der Sinnlosigkeit wäre. Obwohl sein Highway to Hell erst ein paar Sekunden lange dauert, kommt es Paul wie ein elendslanger Trip vor. Plötzlich heult der Motor erbarmungslos laut auf und der Wagen schießt aus dem Dickicht der auf ihn einschlagenden Sträucher heraus und hebt ab. Er fliegt leicht zur Seite geneigt und die Schnauze zu Boden gedrückt durch die Luft – so als schäme er sich dessen, was gerade passiert. Ein Flug mit ungewissem Ausgang hat begonnen. Weiterhin unfähig, auch nur irgendetwas zu unternehmen oder einzugreifen, nimmt Paul die Situation wie eine neue Szene in einem Film wahr.

»Welche Rolle im Film wird meine sein?«, mischt sich ein weiterer Gedanke in das Crash-Chaos.

Der Flug ins Ungewisse wird von einem lauten Knall und einer riesigen Wasserfontäne abrupt gestoppt. Mit einem frontalen Aufschlag aufs Wasser wird der malträtierte Porsche äußerst brutal zur Landung gezwungen. Die Wucht des Aufpralls reißt Paul mit voller Kraft in die Gurte. Der Airbag explodiert und nimmt ihm schlagartig jegliche Luft zum Atmen. Sein Kopf wird brennheiß, steht kurz vor dem Platzen. Der Wagen schlägt auf einem stillgelegten Schotterteich auf und beginnt sofort zu sinken. Paul bleibt wie gelähmt im Auto sitzen. Mit beharrlicher Realitätsverweigerung versucht er, die Situation in den Griff zu bekommen.

»Vielleicht träume ich das alles ja nur. Vielleicht geht es mich gar nichts an und ich wache gleich wieder auf!«, denkt er unter Schock und halb benommen vor sich hin.

Dann wird es um ihn herum schwarz. Alles wird finster und schwarz. Paul wird kalt, er wird müde, unsagbar müde, um ihn herum wird es immer dunkler und nässer. Durch die Wagentüren dringt unaufhörlich mehr und mehr Wasser in den einst so strahlend schönen Wagen. Der phallusgleiche Schalthebel versinkt langsam im schmutzigen schwarzbraunen Wasser des Baggersees.

Paul steht das Wasser bis zum Hals und um ihn herum wird es kalt und immer kälter. Er friert fürchterlich, an diesem schönen, warmen Frühlingstag. Langsam und in der Unfähigkeit, etwas zu tun gefangen, gleitet er ruhig und unaufhörlich in die Tiefe. Das laute Zischen und das brodelnde Wasser um ihn herum nimmt er kaum noch wahr. Es wird unumkehrbar finster und ruhig. Bedrohliche, schaurige Stille macht sich unaufhaltsam breit. Schwärzestes Schwarz ist alles, was er jetzt noch wahrnehmen und fühlen kann. Licht aus. Game over!

Aus dem Nichts taucht ein Licht auf und kommt langsam auf Paul zu. Das Licht wird ganz langsam größer und immer größer. Es kommt näher und näher auf ihn zu. Heller, immer heller wird dieses angenehme, warme Licht. Es ist kein blendendes, beißendes Licht, sondern ein wärmendes und irgendwie vertrautes Licht. Es nimmt Paul alle Müdigkeit. Je näher das Licht kommt, desto wacher, ja geradezu aufgeweckt wird er. Wie nach einem langen Winterschlaf erwacht das Leben wieder in seinen Adern.

> »Träum ich oder spinn ich? Was war das? Was ist hier bloß los? Was soll das alles? Wo bin ich? Was zum Henker ist geschehen?« Tausende Fragen dieser Art prasseln ununterbrochen auf Paul ein.

Das dunkle Schwarz um ihn ist verschwunden. Das Licht hat alles voll und ganz erfasst. Alles ist warm und lichtdurchflutet.

Paul sieht sich um. Um ihn herum ist nur noch angenehmes, reines Licht, nichts als dieses weiße, anziehende Licht. Ruhe und Frieden breiten sich sanft aus. Stille und Harmonie durchdringen alles. Leichter Nebel bedeckt den Boden, auf dem er noch etwas unsicher seine ersten Schritte unternimmt. In der Ferne kann Paul, durch den Nebel hindurch, verschwommen so etwas wie weiße, schneebedeckte Berge erkennen. Es riecht angenehm, fruchtig und zart, aber nicht zu intensiv.

»Eine gekonnte Mischung aus Opium und Rosen«, findet Paul, froh darüber, endlich wieder denken zu können.

Kaum hat der letzte Gedanke sein Gehirn passiert, spürt er eine Hand auf der linken Schulter. Paul erschrickt fürchterlich und dreht sich reflexartig um. Der ausgebildete Karatekämpfer geht sofort in Abwehrstellung. Mit gekreuzten und schlagbereiten Händen steht er da.

»Fürchte dich nicht!«, spricht eine freundliche Stimme aus dem Nebel kommend.

Trotz der netten Worte ist Paul wie gelähmt vor Angst. Die in Nebelfetzen gehüllte Gestalt ist nur schwer zu erkennen, das Gesicht nur unscharf in seinen Umrissen wahrzunehmen.

»Wer, wer bist du?«, fragt Paul zögerlich und vorsichtig.

»Es spielt keine Rolle, wer ich bin, sondern wer du glaubst, dass ich bin«, antwortet die freundliche Stimme.

Paul steht regungslos da. Der Mann hinter der Stimme streift den Nebel, der ihn umgibt, aus seinem Gesicht. Paul blickt in ein Gesicht mit dem gütigsten Lächeln, das er je in seinem Leben gesehen hat. Nicht einmal seine Linda kann so lächeln. Erstarrt und unfähig, sich zu bewegen, aber ganz ruhig und innerlich frei, fragt Paul schließlich noch einmal vorsichtig nach.

»Ich kenne dich von irgendwoher, wer bist du?«

»Ich? Ich bin der Weg, die Wahrheit und das Leben!«, antwortet der Fremde mit einem sanften Lächeln auf den Lippen.

Paul denkt nach. Der Spruch kommt ihm irgendwie bekannt vor.

»Moment mal, das habe ich schon irgendwo gehört«, sagt er aufgeregt zu seinem Gegenüber und fährt fort.

»Ja sicher, das stand irgendwo in einem Buch geschrieben, das ich einmal gelesen habe. Da ging es um Wahrheit, Ehrlichkeit, Heilung und solche Dinge«, dämmert es Paul langsam, aber allmählich doch.

Er hat einige Bücher über Bewusstsein und Heilung gelesen –Linda zuliebe. Sie hatte ihn auch dazu überredet, gemeinsam einige Seminare zu besuchen. Anfangs war er noch sehr skeptisch gewesen, doch schließlich hat er Gefallen daran gefunden. Nicht zuletzt deshalb, weil er einiges davon, was er in diesen Workshops gehört hat, auch ganz gut in der Werbung verwenden konnte. Die Gurus, wie er die Vortragenden gerne nannte, waren auch wirklich top.

Die hatten keine Werbung mehr nötig, die wussten schon sehr gut, wie Marketing funktioniert. Einige der Meister zogen die Menschen geradezu magisch an.

Paul gewinnt nun etwas an Klarheit, fasst Mut und geht einen großen Schritt auf den Mann hinter der sanften Stimme zu.

»Aha, genau, jetzt weiß ich es! Du bist einer der Gurus, bei denen ich ein Seminar besucht habe, richtig? Mir fällt nur gerade dein Name nicht ein«, sagt Paul zu dem Fremden.

»Hallo, ich bin Paul!«, streckt er freundlich die Hand zum Gruß entgegen.

Aber Pauls Hand greift ins Leere.

»Ein Guru? Na das ist ja cool! Ja, so kannst du mich von mir aus auch gerne nennen«, antwortet der Fremde lachend und sichtlich amüsiert.

»Hast du denn wirklich gar keine Ahnung, wer ich sein könnte und wo du hier bist?«, fragt er schließlich Paul.

Das Licht wird zunehmend heller und jetzt kann Paul das Gesicht des Fremden ganz gut erkennen. Erschrocken und wie angewurzelt steht er da. Es dauert einen langen Moment, bevor sich Paul doch leise zu sprechen traut.

»Du bist es wirklich, es gibt dich tatsächlich!«

Sein Gegenüber nickt gütig und freundlich, aber auch ein wenig gelangweilt, so als hätte er das schon millionenfach gehört. Der Fremde erscheint Paul nun in einem völlig anderen Licht.

»Komm, setz dich zu mir, ich will dir etwas erzählen«, spricht der zunehmend weniger fremd wirkende Mann.

»Ich kenne dich schon dein ganzes Leben lang und du mich auch. Nun, du hast nie sonderlich viel Zeit mit mir verbracht, aber hin und wieder hast du dich doch bei mir gemeldet. Das hat mir gefallen und das hat mir genügt. Denn in der Tiefe deiner Seele hast du an unsere Verbindung und an unsere Freundschaft geglaubt.

Du hast darauf vertraut und nur darauf kommt es an, mein Freund.«

Paul überlegt kurz und intensiv, was der seltsame Mann damit wohl meinen könnte. Doch noch bevor er einen klaren Gedanken fassen kann, setzt dieser das Gespräch fort:

»Weil du unsere Freundschaft, oder nennen wir es ruhig unsere Liebe, nie ganz unterbrochen hast, deshalb bist du jetzt hier. Du könntest auch tot sein und damit meine ich richtig tot! Auch wenn du das jetzt nicht verstehen kannst. Ich möchte dir deinen wahren Weg zum wahren Leben zeigen. Weißt du, die Menschen glauben alles Mögliche, was das betrifft, worum es in ihrem begrenzten Leben geht. Und wie schnell sich das Leben ändern kann, das hast du ja eben selbst erfahren«, spricht die gütige Stimme weiter zu Paul.

Paul kann – unfähig, ein Wort zu sagen – nur stumm nicken und hört interessiert weiter zu. Hin und wieder hat sich Paul schon Gedanken über den Sinn des Lebens gemacht.

»Warum, weshalb, wofür und so weiter. Warum gerade ich? Was sind meine Talente? Hat das alles einen Sinn? Leben, Arbeit, Kinder und das ewige Hamsterrad? Was kommt danach? Hat man vielleicht doch eine Bestimmung im Leben? Wo entsteht eigentlich Glück und wie kann man es halten?«, machte er sich sogar ziemlich viele Gedanken dieser Art.

In letzter Zeit sogar immer öfter. Nur die Antworten sind ausgeblieben. Denn er hatte auch immer weniger Zeit, um die Antworten zu finden. Sein Hamsterrad drehte sich einfach zu schnell dafür. Aber jetzt trifft er auf einmal diesen Guru – hier an diesem Ort, den Paul auch von irgendwoher kennt. Nur aus welchem Film bloß?

»Ich will dir sagen, worum es im Leben wirklich geht, mein Freund. *Es geht um die Liebe!*

Es geht nur um die Liebe, mein Bruder!«, spricht der Mann im weißen Gewand.

Das klingt gut und stimmig in Pauls Ohren.

»Aber wie meinst du das?«, fragt er den Mann mit den langen schwarzen Haaren.

»Sag mir bitte: Wie soll ich das verstehen?«, setzt er neugierig nach.

»Gar nicht«, lächelt der Mann zurück.

»Das kannst du nicht verstehen. Das kannst du nur erkennen!«

Paul ist wieder im Managermodus und will sein Gegenüber in Fragen verwickeln. Doch bevor er die nächste Frage stellen kann, gibt der Fremde schon eine Präventiverklärung ab:

»Die erste Liebe ist die Liebe, die uns beide verbindet. Die zweite Liebe ist die Liebe, zu der du in Verantwortung berufen bist. Die dritte Liebe ist die zu dir selbst und zu deinen Wünschen. Vielleicht wirst du in einem Leben nicht alles erkennen, aber glaube mir, das ist egal, oder „wuascht", wie ihr in Wien zu sagen pflegt«, sagt der Fremde, mit einem Lächeln auf den Lippen, so als würde die Anzahl der Leben beliebig erweiterbar sein.

»Die Liebe zu dir selbst jedoch, die musst du auf jeden Fall finden. Und zwar in einem einzigen Leben! Bedenke stets: Deine Zeit ist kurz und du bist sterblich. Diese Liebe findest du nur, wenn du deine Wünsche findest. Nur in deinen Wünschen kannst du die Liebe zu dir und damit dich selbst finden! Liebe deinen Nächsten wie dich selbst, alles ist so easy, verstehst du?«, fragt er Paul mit freundlicher aber bestimmter Stimme.

Paul versteht überhaupt nichts mehr, aber beginnt langsam, einen Schimmer davon zu bekommen, was die Ausführungen des eigenartigen Gesprächspartners bedeuten könnten.

»Komm, erzähl mir bitte mehr.«

Also erklärt der durchtrainierte Mittdreißiger mit dem weißen Umhang und den offenen Flip-Flops geduldig weiter.

»Du musst zuerst dich selbst lieben – und das heißt: dich selbst achten, auf dich selbst achten und die Verantwortung für dich selbst übernehmen –, bevor du andere lieben kannst. Es ist wie mit einem Stein, den man ins Wasser wirft. Es beginnt in der Mitte und dann ziehen die Wellen immer weitere Kreise. Denk daran: Du findest dich in deinen Wünschen! Was sind eigentlich deine Wünsche Paul, kennst du sie?«, fragt ihn der Fremde.

Paul, der nun wie gelähmt dasitzt, versteht überhaupt nichts mehr. Zu viel ist zu viel. Paul versucht klar zu denken, er nimmt alle Kraft seines heute schon ziemlich beanspruchten Hirns zusammen und versucht, sich auf seine Wünsche zu konzentrieren. Er will dem Fremden endlich Contra geben. Doch so sehr er sich auch anstrengt, es kommt nichts Vernünftiges dabei heraus – nur Leere. Sein Gegenüber wartet geduldig. Da er einfach keine Antwort findet, überwindet sich Paul und meint leise, nachdenklich und betrübt:

»Ganz ehrlich, ich glaube, ich kenne meine Wünsche nicht wirklich. Kannst du mir helfen?«

»Ja, das kann ich und das werde ich, wenn du es willst«, antwortet der Mann fürsorglich und legt liebevoll den Arm auf Pauls Schulter.

In der Zwischenzeit hat Paul Vertrauen zu seinem rätselhaften und scheinbar weisen Gesprächspartner gefunden.

»Du musst die Kontrolle abgeben. Du musst dich einlassen auf die Tage deines Lebens, dann kommen die Wünsche von selbst ans Tageslicht. Du musst vertrauen – dir selbst, den Mitmenschen, mir und unserer Freundschaft. Gib die Kontrolle ab! Heute hast du selbst erlebt, dass man ohnehin nichts kontrollieren kann, oder?«, richtet der Fremde eine zynische und spitze Frage an Paul.

Wieder einmal kann der nur stumm und zustimmend nicken.

»Wenn du wirklich willst, dann werde ich dir sieben deiner Wünsche zeigen. Ich werde dich jetzt wieder verlassen, aber du wirst nie von mir verlassen sein. Du wirst mich immer finden, wenn du mich finden willst. Und ich werde immer für dich da sein. Immer! Denk von nun an die Zahl Sieben. Suche in Ehrlichkeit und suche mit reinem Herzen! Suche nach deinen sieben Wünschen!«, vernimmt Paul die Stimme des Mannes, die allmählich immer leiser wird, bis er sie schließlich nicht mehr wahrnehmen kann.

»Schnell, schneller, Defibrillator, Tempo, Tempo!«, dröhnt es in Pauls Ohren.

»Jetzt gebt's endlich Gas, der stirbt uns sonst noch weg!«, ruft lautstark eine hektische Stimme unter Hochspannung.

Ein grelles, fürchterlich stechendes Licht durchschneidet Pauls Augen. Es ist ein ganz anderes Licht als jenes, welches er noch kurz zuvor gesehen hat – viel greller, viel brutaler und beißend hell, keine Spur von Wärme weit und breit. Es schmerzt in Pauls Gesicht. Zaghaft öffnet er die Augen, er will sehen, was ihn so schmerzt. Eine brutal grelle Lampe leuchtet ihm mitten ins Gesicht und scheint alles zu verbrennen. Um ihn herum stehen Leute in weißen Mänteln. Lauter neue Gesichter für Paul. Hektik, Stress, ja Panik, liegt in der Luft. Alle haben nur ein Ziel: Paul.

»Wo bin ich hier und wer sind Sie?«, stellt Paul heute schon zum zweiten Mal die gleiche nervenaufreibende Frage.

»Willkommen im Intensivklinikum St. Pölten. Sie haben unheimliches Glück, dass Sie noch am Leben sind. Mein Name ist Dr. Gutstein«, wird Paul höflich und professionell auf der Intensivstation begrüßt.

»Habe ich das alles geträumt? Was ist passiert?«,

denkt Paul unter starken Schmerzen.

Überall Schmerz: Es gibt keine Stelle, die nicht schmerzt. Paul empfindet seinen Zustand als Ganzkörperschmerz und blickt nach links auf ein Gerät, das ihm mit seinem Blinken und dem permanenten Piepsen ziemlich auf die Nerven geht. Sein Blick bleibt am Monitor hängen. Die Laufschrift zeigt unentwegt und fortlaufend etwas an: die Zahl Sieben.

Nutze jeden Tag und jede Stunde,
denn sie könnten die letzten sein!

Kapitel 3

Die zweite Chance

Für Paul beginnt der dritte Tag auf der Intensivstation, dem Vorzimmer des Todes, wie die Spezialabteilung von den Göttern in Weiß auch gerne genannt wird, wie immer – schmerzhaft. Das kleine, trostlose Zimmer scheint extra für Schmerzen gemacht zu sein. Unzählige lebenserhaltende Maschinen und Apparate, der medizinischen Weisheit letzter Schluss, reihen sich eng aneinander. Sie teilen sich den engen Platz des Krankenzimmers mit zwei schlichten, von Apparaturen umringten, Intensivbetten. Fahles, dämmriges Kunstlicht beleuchtet diesen kalten, seelenlosen Raum. Darin liegen zwei dem Tod geweihte, aber von Gevatter noch nicht abgeholte, Seelen in ihren geschundenen Körpern und erwarten, was das Schicksal noch alles für sie bereithält. Paul in dem einen Bett, im anderen ein junger Mann, der südländisch und ziemlich mitgenommen aussieht. Seinen Zimmerkollegen hat es offensichtlich noch schlimmer erwischt als ihn – Paul hat ein Gespräch der behandelnden Ärzte mitgehört: Sie werden ihm beide Beine amputieren müssen.

»Der arme Kerl ist sicher noch keine dreißig Jahre alt und schon bald ohne Beine. Für immer im Rollstuhl. Das würd' ich nicht packen, da räum ich mich lieber gleich weg, als so zu leben«, sinniert Paul in abgeklärter Rationalität, die ihn immer dann überkommt, wenn er mit dem Rücken zur Wand steht und emotional nicht mehr weiter weiß.

Plötzlich werden Pauls trübe Gedanken wieder von brutalen Schmerzen unterbrochen. Eine erneute Horrorschmerzattacke, wie er sie selbst seinen schlimmsten Feinden nicht wünschen möchte, überrollt ihn heute zum gefühlten hundertsten Mal. Es fühlt sich an, als würde man ihn bei lebendigem Leibe häuten, so, als würde jemand mit voller Wucht ein Messer in den Rücken rammen und dann in der offenen Wunde tiefer und tiefer bohren, um zu guter Letzt noch ordentlich darin umzurühren. Ein unbändiger Schmerz, von aller Schonung, Menschlichkeit und Rücksicht entfesselt, macht sich breit, so, als würde man Paul ganz langsam und in ganz kleinen Dosen das Rückenmark absaugen. Purer Horrorschmerz! Als würde man aus allen Zellen langsam und qualvoll auch noch die letzten Körpersäfte herauspressen.

> »Verdammt noch mal, dass tut wieder höllisch weh!«, stößt es schmerzhaft aus ihm heraus, dennoch versucht er stark zu bleiben, oder zumindest der eben herbeigeeilten Intensivkrankenschwester gegenüber stark zu wirken.

Sein Gesicht verkrampft sich zu einem Felsen, der dem Schmerz trotzen möchte. Seine Fäuste sind geballt und dazu bereit, den Schmerzen voll ein paar in die Fresse zu hauen, wenn sie nur könnten. Paul ist kein Luschi, er ist kein Weichei. Er hält schon was aus. Schmerzen waren für ihn immer nur so etwas wie vorübergehende Benchmarks des eigenen Körpers, die es zu toppen galt. Aber dieses Mal ist alles anders. Solche Schmerzen kannte er bislang nicht. Diese Schmerzen haben eine neue, bisher unbekannte Qualität – eine neue Dimension der qualvollen Folter, der scheibchenweisen Selbstaufgabe.

Für die Intensivkrankenschwester Petra, die sich sehr um das Wohl aller Patienten, besonders aber um das der Neuankömmlinge kümmert, hingegen ist es Alltag. Sie kennt die Schmerzen der Intensivpatienten nur zu gut. Vieles hat sie erlebt und vieles hat sie mitansehen müssen in ihren zwanzig Dienstjahren. Gegen die Intensivstation ist alles, was sie zuvor erlebt hat, nur ein Klacks.

Immer wieder musste die taffe Schwester unsagbar viel Leid aus nächster Nähe miterleben. Den Tod und seine oft üblen Tricks, um die Leute abzuholen, kennt sie nur allzu gut. Die sympathisch, lockere Mittvierzigerin mit der frechen blonden Kurzhaarfrisur kennt ihre Patienten, so auch Paul, nur im angeschlagenem und meist stark zugerichteten Zustand. Die einen werden ruckzuck vom Knochenmann abgeholt, die anderen so schnell wie möglich wieder auf eine andere Station verlegt. Denn Petras Betten sind begehrt. Ihre Station erfreut sich der höchsten Nachfrage im ganzen Klinikum.

Pauls Gesicht ist kaum noch zu erkennen. Ein dichter Kopfverband und ein von Blutklumpen überzogenes und entstelltes Gesicht erlauben es nicht, seine durchaus vorhandene Ähnlichkeit mit Tom Cruise zu erkennen. Auch der Spitalspyjama, den sie ihm verpasst haben, lässt nichts von einem sportlichen Body darunter erahnen.

> »Wenn der je wieder auf die Beine kommt, sieht er möglicherweise ganz nett aus. Könnte ein schnuckeliges Kerlchen sein, aber er ist sicher ein Werbeschnösel«, denkt Petra im Stillen vor sich hin, während sie die Krankenakte des Neuzugangs studiert.

Paul hingegen beschäftigen ganz andere Gedanken. Er fühlt sich ausgeliefert, eingesperrt und hilflos – gefangen zwischen all dem Leid und all den Geräten, die versuchen, dem Schicksal mit Hilfe der Technik ein Schnippchen zu schlagen. Als ob das irgendeine Aussicht auf Erfolg hätte! Er fühlt sich gefangen zwischen einem jungen Bettnachbarn, dessen Namen er nicht einmal kennt, und seiner eigenen Ungewissheit, gefangen in St. Pölten, der Stadt, die er immer als eine der trostlosesten und seelenlosesten überhaupt bezeichnet hat. Aber das war früher. Hier würde er nicht einmal sterben wollen, hat er immer gedacht.

»Hoffentlich kommt es jetzt nicht so«, richtet er den Blick zum Himmel.

Nun ist er hier gefangen, bei Ärzten, die sich zwar halbwegs redlich um ihren Patienten bemühen – wohl besonders wegen seiner Zusatzversicherung –, aber nicht liebevoll: das Lächeln im Handbuch vorgeschrieben und gespielt, die Zuversicht ein Teil der Behandlungsroutine. Das hier sind Ärzte, denen Paul auf gut Deutsch scheißegal ist. Schwester Petra ist der einzige Sonnenschein weit und breit.

»Hallo, mein Engel in Weiß«, grüßt Paul, gedanklich leicht schelmisch, als seine Hand zufällig die der Schwester berührt, als sie ihm ein Glas frisches Wasser mit Trinkhalm reicht.

Stilles Mineralwasser mit Medikamenten on the rocks, geschüttelt und nicht gerührt – das ist nun Pauls neuer Standarddrink. Petra steht vor Pauls Bett und beugt sich zu ihm vor, sodass der geschundene Spitzbub ein paar kurze und tiefe Blicke in ihren Ausschnitt erhaschen kann.

»Schwarze Spitze trifft sportliches Darunter. Nicht schlecht, Herr Specht«, schickt er ein paar ablenkende Worte zu seinem männlichen Ego und versucht, den einzig schönen Ausblick aus seinem Bett so lange wie möglich zu genießen.

Es ist eine willkommene Abwechslung in einem schmerzerfüllten und tristen Alltag. Petra merkt, wie die Blicke ihres Patienten immer tiefer in ihr Dekolleté fallen, aber diese Bedeutungslosigkeit stört sie nicht weiter, so erlaubt sie Paul noch ein paar Momente lang Ablenkung. Ein wenig schmeichelt ihr Pauls verstohlene Aufmerksamkeit sogar.

Denn Petra ist schon lange einsam. Wenn sie vom oft ziemlich kräfteraubenden Dienst nach Hause kommt, wartet niemand auf die adrette, sportliche Erscheinung – niemand außer Petras zwei Katzen.

Die Zimmertiger sind jedoch vor allem daran interessiert, welche Leckerlis Frauchen wieder aus dem Einkaufskorb hervorzaubert.

Natürlich hat es auch den einen oder anderen Mann in ihrem Leben gegeben, aber die Beziehungen hielten nie wirklich lange und zur Ehe hat es ohnehin nie gereicht. Vielleicht hat Petra auch zu viel gewollt. Vielleicht waren die Anforderungen an den Prinzen mit dem weißen Schimmel einfach eine Spur zu hoch. Darüber hinaus sind die ständigen Nachtdienste und die Doktorgeschichten à la Schwarzwaldklinik auch nicht gerade beziehungsfördernd. Die Langzeitsingledame hat sich ganz gut mit ihrem Singleleben abgefunden und letztlich arrangiert. Sie steht mitten im Leben und ihre freien Tage sind wirklich freie Tage.

> »Das Singleleben hat auch so seine Vorteile, wenn Frau einfach machen kann, was sie will«, lautet Petras Credo.

Mit voller Wucht peitscht der Regen auf die großen Glasflächen des Wohnzimmers. Dicke, schwere Tropfen rinnen unaufhörlich zu Boden. Es scheint, als würde der Himmel gerade zornig weinen. Seit gut drei Stunden sitzt Linda nun schon beinahe regungslos auf der großen weißen Ledercouch. In einem fort starrt sie mit leerem Blick in den vom Regen durchtränkten Garten.

Seit Pauls Unfall ist nichts mehr so, wie es einmal war. Alles ist nur noch Grau in Grau. Linda ist allein mit sich und ihren schweren Gedanken. Sie fühlt sich einsam, hilflos und zum ersten Mal im Leben vollkommen verlassen. Ein Gefühl von schmerzender Hilflosigkeit im Duett mit schwärzester Hoffnungslosigkeit überfällt sie neuerdings immer öfter ohne Vorwarnung – wie ein Terrorkommando aus dem Hinterhalt. Plötzlich wieder: Ein neuer Angriff auf ihre Seele beginnt. Mit zitternden Händen greift sie zu der Schachtel auf dem Glastisch vor ihr. Ein beherzter Griff zu den Tabletten und ein großer Schluck Whisky dazu.

»Was soll's, Prost, altes Haus!«, leistet sich Linda wieder einmal selbst Gesellschaft, denn sonst ist ja keiner da.

Die Kinder hat sie übers Wochenende zu den Großeltern gebracht, damit sie sich endlich wieder ein wenig erholen kann und nicht auch noch ständig die bohrenden Fragen der Kleinen nach dem Papa beantworten muss – Fragen, die sie ohnehin nicht beantworten kann. Ganz allein ist Linda aber dennoch nicht. Sie hat jetzt immer öfter einen guten alten Freund zu Gast – einen Freund, den sie aus früheren Zeiten recht gut kennt, den sie aber eigentlich gar nicht mehr treffen wollte, ihren guten alten Freund, mit dem sie schon so vieles erlebt hat, ihren alten Freund aus Schottland: Mister Jonny Walker.

»Warum musstest du dir verdammt noch mal dieses unnötige Auto kaufen?«, fragt Linda schreiend und mit leicht anschlagender Zunge das Bild von Paul auf dem Sideboard neben ihr.

»Wie geht's jetzt weiter? Wie zahlen wir das Haus, die Schulden, wie zahlen wir das jetzt alles, ha? Wie machen wir das jetzt, Paul? Mister Supergscheit, gib mir gefälligst eine Antwort!«, schreit sie völlig überdreht – so laut, dass sich ihre Stimme immer wieder überschlägt – vorwurfsvoll das Foto ihres Mannes an.

Schwere Tränen laufen über Lindas Wangen und der Whisky in ihre Kehle. Die mit dem goldbraunen Zaubersaft geboosteten Tabletten beginnen zu wirken. Doch für Pauls leid- und alkoholgeprüfte Frau wirken sie noch nicht gut genug. Beherzt nimmt sie noch einen weiteren kräftigen Schluck schottischer Ablenkung zu sich.

> »Du bist so ein Arsch, jetzt haben wir den Wahnsinn, den Super-GAU! Alles wegen dir, nur weil du deine Minderwertigkeitskomplexe mit so einer Karre in den Griff kriegen wolltest. Scheiß Unfall! Scheiß Leben! Scheiß Paul!«, schreit Linda sich beinahe abartig die Seele aus dem Leib.

Ihre Hände zittern wie bei einem epileptischen Anfall. Sie verschüttet mehr Whisky, als sie trinken kann. Lindas ganzer Körper bebt. Es dauert nicht mehr lange und sie explodiert. Das reicht jetzt sogar dem Kater, der trotz Dauerregens das Weite sucht und in den Garten flüchtet. Nach einem elendslangen Weinkrampf bricht Linda schließlich völlig entkräftet zusammen. Immer noch zittert sie am ganzen Körper, friert erbärmlich und kauert wie ein kleines Kind auf der Seite liegend. Alles in ihr trägt ein Kleid aus Schmerz. Ihr Körper, ihre Seele, ihre Gedanken, ihr Leben – überall ist nur mehr Schmerz zu spüren.

Zu den Schmerzen gesellen sich auch immer öfter unerträglich quälende Fragen – Fragen, die nach Antworten ringen, aber zu denen einfach keine Antworten kommen können.

Fragen der üblen und ungefilterten, brutal die Wirklichkeit herausfordernden Sorte:

> Was ist, wenn die Versicherung nicht zahlt?
>
> Wie lange wird Paul nicht arbeiten können?
>
> Wird er jemals wieder arbeiten?
>
> Wird er jemals wieder mein Mann sein?
>
> Werden wir das Haus behalten können?
>
> Was soll ich den Kindern erzählen?
>
> Wie soll das jetzt alles weitergehen?

All diese Fragen, auf die Linda keine Antworten finden kann, fliegen wie giftige Pfeile auf sie zu und treffen sie mitten ins Herz. Linda ist streichfähig, einfach fix und fertig, fertig mit sich und der Welt. Das alles ist zu viel, viel zu viel für eine Frau, die ab jetzt völlig alleine kämpfen muss. Erschöpft von den quälenden Fragen, den Schmerzen und dem langen Besuch ihres schottischen Freundes, schläft sie schließlich ein.

„Knock, knock, knocking on heavens door" tönt es aus Lindas Handy und das holt sie abrupt aus dem Komaschlaf zurück ins Leben – in das Leben, vor dem sie nur noch flüchten wollte.

»Hallo, wer spricht da?«, fragt sie mit verschlafener Stimme und tockener Kehle.

»Guten Abend, hier spricht Dr. Gutstein vom Landesklinikum St. Pölten. Es geht um Ihren Mann. Bitte kommen sie so rasch wie möglich zu uns in die Klinik. Wir müssen uns dringend mit Ihnen unterhalten!«, antwortet der Oberarzt am anderen Ende der Leitung.

»Danke fürs Vorlesen, das war echt nett von dir, Petra«, bedankt sich Paul artig bei seiner Lieblingskrankenschwester, die er mittlerweile vertrauensvoll duzt.

Es war ein aufbauender und motivierender Brief, den Petra vorgelesen hat – ein Brief, der Paul völlig aus dem Häuschen gebracht hat. Wie ein kleiner Bub zuckelt er nervös hin und her, soweit es ihm bei all den körperlichen Einschränkungen möglich ist. Der Brief ist von Roger, dem Aufsichtsratspräsidenten der Agentur, und ist von der gesamten Belegschaft unterschrieben worden. Sogar Stefan, Pauls beruflicher Erzfeind, hat unterschrieben – obwohl sich die beiden aus gutem Grund wirklich hassen: Stefan war einst Pauls Studienkollege und sägt schon seit einiger Zeit beharrlich, aber bisher erfolglos, an Pauls Jobsessel. Roger hat Paul in dem Brief vollste Unterstützung und Hilfe zugesagt.

> »Die ganze Company steht hinter dir und wird helfen, wo immer es nötig ist. Finanziell brauchst du dir keine Sorgen zu machen, alle Incomes laufen weiter wie gehabt. Sieh zu, dass du bald wieder der alte Paul wirst, du Rockstar!«

Paul schmeicheln die aufbauenden Worte seiner Firma sehr.

Er hat immer schon gewusst, warum er sich für diese Agentur so engagiert. Auch Petra ist beeindruckt von solchen Worten und freut sich für ihren Lieblingspatienten.

> »Eine coole Bude, unsere Agency, nicht wahr?«, fragt Paul, durch stark geschwollene Lippen noch ziemlich unverständlich, seinen Pflegeengel.

Erleichtert und mit dem Gefühl, ein wertvolles Mitglied eines großartigen Teams zu sein, sinkt er zurück in das Krankenbett. Das nervöse Zucken eines kleinen Jungen ist der Erhabenheit eines Topmanagers gewichen.

Petra stellt die Lehne von Pauls Bett wieder waagerecht.

Mit einem fast schon liebevollen Lächeln schließt sie Paul an eine weitere Infusionsflasche an – die vierte an diesem Tag. Paul schaut noch einmal tief in türkisgrüne Augen, die ihn in diesem Moment an den kristallklaren Attersee an einem schönen, warmen Sommertag erinnern. Ihre Blicke treffen sich, berühren einander sanft. Für eine kleine Ewigkeit sehen sich die beiden einfach nur an: still, im Hier und Jetzt, im Moment und beinahe schon vertraut. Immer tiefer gleiten die Blicke in den anderen hinab und suchen nach dem Grund der Gründe.

Gezeichnet von den Strapazen der vergangenen Tage ist Paul ziemlich fertig und müde. Die routinierte Schwester merkt das und fordert ihren Patienten auf:

»Du musst jetzt wieder ein wenig schlafen, streng dich nicht an«, flüstert sie Paul, noch geflasht von seinen Blicken, zu.

Dieser Aufforderung kommt Paul gerne nach. Ein letzter Blick zu Petra, die sich beim Verlassen des Intensivzimmers noch einmal umdreht und mit einer winkenden Handbewegung das Licht auf Schlafmodus stellt. Die Türe fällt leise ins Schloss. Paul schläft erschöpft, aber zufrieden ein.

Ein zärtliches Streicheln auf der Wange weckt Paul aus einem gefühlt zwanzig Stunden langen Schlaf. Das Erwachen holt ihn aus seinem Traum. Er hat wieder geträumt: vom Unfall und dem Guru, dem Typen mit der Zahl Sieben. Paul ist noch völlig durcheinander. Rein gar nichts kann er zuordnen. Er weiß noch nicht einmal, ob er überhaupt schon wieder wach ist oder ob er noch träumt. Ehe er den Traum in Gedanken ordnen kann, dringt eine liebevolle und vertraute Stimme in seine Ohren.

»Hey Schatz, ich bin es, Liebling, wie geht's dir heute?«

Linda sitzt am Bettrand und streichelt Paul vorsichtig und liebevoll über seinen mit Verband bedeckten Kopf. Ihr Blick ist tränengetrübt. Es ist der schwere und sorgenvolle Blick einer sorgenerfüllten Frau. Paul wird rasch hellwach und wirft Linda einen erwartungsvollen Blick zu. Er greift nach ihrer Hand. Sie halten einander fest und sind für einen Moment einfach nur glücklich, einander zu berühren und lebendig zu sein. Linda jedoch wird es immer schwerer ums Herz. Sie schluckt, drückt herum und ringt verzweifelt um Worte. Sie will sprechen, aber der Knoten im Hals lässt keinen Ton entweichen. Es schnürt ihr die Kehle zu. Die Situation ist beklemmend, erdrückend und beschämend zugleich. Linda wird wie von einer riesigen Lawine hinabgezogen und erdrückt von dem, was sie weiß, dass kommen wird.

»Paul, ich war bei Dr. Gutstein«, beginnt sie zögerlich den Kopf zu Boden geneigt, damit sie möglichen fragenden Blicken ihres Mannes ausweichen kann, das Gespräch.

»Du musst jetzt stark sein, hörst du, stark sein, mein Held. Schatz, du, du ...« Linda stottert herum und zerrt dabei ordentlich am dünnen Nervenkostüm ihres Mannes.

»Was? Was ist los?«, unterbricht sie Paul mit schroffer Stimme, zum Kampf mit dem Schicksal bereit.

»Die Ärzte sagen, du wirst nie wieder ganz gesund. Du wirst womöglich im Rollstuhl bleiben«, bricht es aus Linda unter Tränen heraus.

Augenblickliche Stille erfüllt den Raum.

»Das ist jetzt ein übler Scherz, ich habe mich verhört, oder?«, fragt ein um die Existenz seiner Zukunft ringender Paul.

Jedoch Lindas stumme Antwort lässt keinen Zweifel.

Paul bricht zusammen. Er bricht vollkommen weg.

Sein Leben und der Boden unter ihm beginnen zu wanken. Das dünne Eis der Hoffnung bricht ein. Laut krachend zerberstet es und reißt jeden Ausblick auf ein möglicherweise noch halbwegs gutes Leben hinab in die Tiefe, in die kalte, schwarze Tiefe der Sinnlosigkeit, wo jeder Atemzug letztlich nur mehr einen Sinn hat: den, aufzugeben. Die Luft bleibt weg, die Erde hat aufgehört, sich zu drehen. Eine riesige Schockwelle erfasst Pauls ganzen schmerzenden Körper. Sein Hirn brennt und weiß nicht, wie es diese Attacke auf das Leben einordnen soll. Abwechselnd vibriert der ganze Körper aus Wut und dann wieder aus purer

Verzweiflung. Pauls schlimmster Begleiter, der Zweifel, hat ihn wieder voll im Würgegriff. Gnadenlos nimmt er seinem Opfer jede Hoffnung und jede Luft zum Atmen. Einfach so. Eine Explosion der Ratlosigkeit folgt in der Sekunde. Augenblicklich wird jede Zelle vom Lebenssinn abgeschnitten. Sofort, ohne auch nur einen Wimpernschlag lang darüber nachzudenken, ergibt sich Paul der ihm drohenden Lähmung. Es ist sowieso sinnlos. Unfähig, auch nur ein Wort zu sprechen oder gar einen klaren Gedanken zu fassen, sieht er Linda fragend an – hilfesuchend. Verzweifelt sucht er nach irgendeinem Halt, nach einem kleinen Strohhalm der Hoffnung. Paul taumelt auf den Abgrund seines Lebens zu.

In ein paar Sekunden wird sein Leben vorbei sein, wird er gestorben oder gelähmt sein, und keiner hält den Horrorfilm an. Keiner hält Paul. Keiner fängt ihn auf.

Wie ein kleines Kind, das jegliche Orientierung verloren hat, liegt er stumm im Bett, als es explosionsartig aus ihm heraus bricht:

> »Ich soll gelähmt bleiben und ein Krüppel bleiben? Ich, Paul, für immer im Rollstuhl? Ich soll auf andere angewiesen sein, für den Rest meines Lebens?« Grausamste Bilder und Vorstellungen verbrennen sein Hirn und zerreißen die einstigen Lebenspläne brutal in tausende nutzlose Fetzen.
>
> »Bitte geh jetzt, geh einfach. Bitte!«, fleht der gebrochene, am Boden des Lebens liegende Paul seine Frau leise wimmernd, wie ein verletzter Straßenköter an.
>
> »Aber Schatz?«, erwidert Linda.

Sie will helfen. Sie muss Paul jetzt beistehen.

> »Geh jetzt endlich, ich muss meine Ruhe haben, ich will jetzt alleine sein. Ich will dich nicht mehr sehen, ich will verdammt nochmal niemanden sehen!«, fordert er Linda erneut und unmissverständlich auf, ihm

die nötige Distanz und Ruhe zu geben, die er jetzt bitter nötig hat.

Linda kennt Paul lange und gut. Sie weiß: Wenn sie jetzt nicht tut was er will, dann rastet er völlig aus, dann gerät alles außer Kontrolle. Auch wenn sie ihre Tränen nur schwer unterdrücken kann, reißt sie sich zusammen und gibt Paul einen zärtlichen Kuss auf die Stirn. Es zerreißt Linda fast das Herz, Paul so liegen und leiden zu sehen. Linda leidet mit ihrem Liebsten, sie kann seinen Schmerz förmlich fühlen. Liebe und Leiden verbinden. Doch Linda geht, geht geradewegs an Pauls Bettnachbarn vorbei und wirft einen kurzen Blick durch die Beobachtungsscheibe in das Schwesternzimmer, wo die diensthabende Schwester Petra am Schreibtisch sitzt und Krankenakten studiert.

Ein letztes Mal dreht sich Linda zu Paul um, stumm fragend, ob es richtig ist zu gehen.

Paul liegt wie versteinert in seinem Bett. Die Apparate um ihn verrichten in einem fort ihren Dienst. Der Schlauch der Infusion hängt an seiner Hand – Tropfen um Tropfen der nun nutzlos gewordenen Hoffnungsmedizin rinnt in seine Adern. Er starrt mit leerem Blick, den Kopf zur Seite geneigt aus dem Fester, hinaus in die seelenlose Stadt, hinaus in eine hoffnungslose Nacht. Unter dem Verband laufen langsam schwere, mit Blut durchtränkte Tränen hervor. Heute ist die Hoffnung gestorben. Heute ist der Tag, der alle Trostlosigkeit und Hoffnungslosigkeit der Welt in sich vereint. Ein schwärzeres Schwarz gibt es nicht mehr auf dieser Welt. Heute hat die Hoffnung Paul für immer verlassen.

Es ist ein wunderschöner Frühsommertag in den Tiroler Bergen: einer dieser Bilderbuchtage, an denen angenehm warmer Wind vom Tal herauf weht – noch nicht heiß, aber auch nicht mehr kühl. Ein perfekter Sommermorgen kündigt einen perfekten Tag an. Ein paar Tiroler Fleckkühe liegen ruhig vor sich hinkauend auf der frisch gemähten Wiese am Ortsanfang – so entspannt, als wären alle Menschen der Welt Vegetarier und nicht weiter an ihrem Dasein interessiert. Die Almen sind frisch gemäht und der Duft von frischem Sommerheu umspielt die Nasen der Besucher des kleinen Bergdorfes nahe Innsbruck – ein Sommeridyll, wie es selbst die Macher des Tourismusverbandes nicht besser inszenieren könnten.

Eine Gruppe Mountainbiker fährt laut grölend, noch immer im vollen Adrenalinrausch der vorangegangenen Abfahrt, an Pauls Fenster vorbei. Als er sie hört und schließlich an der steilen Ortsausfahrt vorbeibrausen sieht, erfasst ihn tiefe Wehmut. In einem einzigen kurzen Augenblick werden alle Seelenwunden brutal aufgerissen. Paul ist selbst ein begeisterter Biker gewesen – bis zu seinem Unfall. Zweitausend Höhenmeter und siebzig Kilometer Strecke am Stück waren absolut kein Problem für den passionierten Hobbysportler.

> »Wenn nur nicht dieser verdammte Unfall passiert wäre!« Paul kommt mit seiner neuen Situation überhaupt nicht zurecht und blickt den Bikern wehmütig hinterher.

Er ist depressiv geworden, seit er hierher in die Berge verbannt worden ist. Eigentlich sollte hier alles besser werden. Und eigentlich sind auch alle wirklich sehr nett und bemüht. Aber es ist nun einmal kein Urlaub hier in den Bergen, sondern eine Reha mit ungewissem Ausgang, um zumindest im Rollstuhl überleben zu können.

Gleich bei seiner Ankunft ist Paul reiner, aber saurer Wein eingeschenkt worden.

Sie haben ihm erklärt, er solle sich besser auf einen längeren Aufenthalt einstellen.

»Warum musste mir das passieren? Warum gerade mir? Was habe ich schon getan? Wem habe ich was angetan?«, fragt sich Paul jeden Tag, immer und immer wieder, ohne auch nur einen Funken einer Antwort zu bekommen – viele Fragen und immer wieder keine Antworten.

Aber es sind nicht nur diese Fragen, es sind vor allem auch die Fragen der Existenz, die Fragen an die Zukunft, die ihn überhaupt nicht mehr zur Ruhe kommen und ohne Tabletten nicht mehr schlafen lassen.

Was ist, wenn die Versicherung nicht zahlen will?

Wie lange wird das alles hier dauern?

Werde ich je wieder richtig arbeiten können?

Werden wir das Haus behalten können?

Wie wird meine Frau damit fertig werden?

Was soll ich den Kindern erzählen?

Wie soll das jetzt alles weitergehen?

Werde ich jemals wieder gesund werden?

Werde ich jemals wieder der alte Paul werden?

Fragen über Fragen, die Paul Tag und Nacht quälen und sich wie ein Virus in sein Hirn fressen, Fragen, die Paul jeden Tag ein Stückchen mehr auffressen. Der einst so taffe Manager sucht verzweifelt nach Antworten. Wenigstens eine Richtung will er finden. Es scheint, als wolle ihn in dieser alpinen Abgeschiedenheit nichts und niemand hören und antworten. Alleine und ungehört in der Klinik der Hoffnungslosen – so fühlt er sich. Fragen, die sich tief in sein Hirn bohren und nichts als leere Löcher hinterlassen, zermürben Paul langsam, aber sicher. Langsam, aber sicher, machen sie ihn fertig. Er war immer hart im Nehmen. Er ist keiner, der die Flinte schnell ins Korn wirft, keiner, der schnell den Schwanz einzieht, wenn es einmal schwierig und eng wird. Nein, Paul hat echte Steherqualitäten. Ein Mann wie er hält durch.

Dieses Mal ist aber auch er überfordert, denn er hat keine Ahnung, wie er diese Situation durchstehen soll. Ob er und sein Schicksal je wieder Freunde sein werden?

»Hey Junge, du hast schon so viel Krummes in deinem Leben wieder geradegebogen. Du bist ein Steher, Alter.

Steher? Ja, was ist, wenn er mir gar nicht mehr steht? Mir, dem Rollstuhl-Jango.« Beinahe jeder Gedanke, dem Paul folgt, endet in einem Hirndesaster mit anschließender Gefühlsapokalypse.

Fremd und unwirklich ist es geworden, sein ihm noch bis vor kurzem vertrautes Spiegelbild.

»Nein, Junge, diesmal stemmst auch du das nicht. Das ist auch für dich eine Nummer zu groß!«, grantelt er jeden Morgen resignierend den entstellten Mann im Spiegel an.

»Guten Tag, Paul, nimm Platz. Oh Pardon, du sitzt ja schon«, witzelt er über sich selbst, während er sich ein Meeting vorstellt, bei dem er im Rollstuhl in den Konferenzraum geschoben wird.

Paul ist fertig mit sich und der Welt – so fertig, dass er sich auch beim besten Willen nicht vorstellen kann, so ein Leben zu leben. Er kann einfach nicht begreifen, was ihm, dem einstigen Glücksritter, zugestoßen ist, dass er auf einmal nicht mehr Herr der Lage ist, dass er nicht mehr der Kontrolleur seines Lebens ist und ihm das Leben einfach die Zügel aus der Hand gerissen hat. Er kann sich nicht vorstellen, sein Leben je wieder unter Kontrolle zu bringen.

»Den alten Paul wird es so nie wieder geben!«, zieht er nüchtern Bilanz und freundet sich allmählich mit dem Gedanken an, sich seinem Schicksal bedingungslos zu ergeben.

Auch wenn er sein Leben überhaupt nicht fassen kann, ganz tief in ihm spürt er Dankbarkeit – dafür, dass er überhaupt noch am Leben ist.

Ganz tief in ihm erkennt Paul, dass das Leben letztlich ein Geschenk ist. Ein Geschenk, das man wissentlich nur einmal bekommt.

Seit dem Crash sind seine Werte schlagartig andere geworden. Was früher zählte, ist jetzt gänzlich egal. Er wünscht sich ganz einfach nur, je wieder gehen zu können, einfach normal spazieren gehen zu können, wie Millionen andere Menschen auch.

»Hallo, mein Name ist Jussoff. Ich bin Ihr Betreuer für heute Nachmittag«, wird Paul von hinten angesprochen.

Überrascht dreht er sich um, soweit es unter starken Schmerzen und an den Rollstuhl gefesselt möglich ist.

»Ein wunderbarer Tag heute, finden Sie nicht auch? Wollen wir eine Runde im Park drehen?«, fragt der ausländische Pfleger seinen Nachmittagsschützling.

»Sie meinen wohl, Sie schieben mich eine Runde durch den Park«, erwidert Paul grantig dem ihm zugeteilten Pfleger.

»Wo kommen Sie eigentlich her und wie lange leben Sie schon hier?«, versucht sich Paul mit seichtem Smalltalk abzulenken und willigt der Spazierfahrt ein.

»Ach, es kommt mir so vor, als würde ich schon mehr als zweitausend Jahre lange hier leben. Geboren aber bin ich in ein einer kleinen Stadt im Nahen Osten«, antwortet der freundliche Pfleger mit den langen schwarzen Haaren, die er im modernen Männer-Dutt trägt, in ziemlich gutem Deutsch.

»Naher Osten – na super, wieder ein Flüchtling! Lasst mich doch einfach alle in Ruhe«, denkt Paul, genervt von den immerwährenden Flüchtlingsstorys in den Medien, genervt von den „wir schaffen das"-was-doch-nicht-zu-schaffen-ist-Storys.

Auf einmal muss Paul an den Typen mit der Zahl Sieben denken. Er kann noch immer nicht zuordnen, ob er geträumt hat, oder woher sonst diese Erinnerung kommt. Und wer ist der Typ im Traum bloß gewesen? Vielleicht Jesus?

»Die sehen sich irgendwie ähnlich, der Pfleger und der Guru aus dem Traum. Seltsam!«, versucht sich Paul krampfhaft zu erinnern und Ordnung in seine Gedanken zu bringen.

»Wissen Sie, Paul, ich kann mir sehr gut vorstellen, dass Sie sich wünschen, wieder gesund zu werden. Sie wünschen sich schlicht und einfach Ihr altes Leben wieder zurück«, sagt der Rollstuhlschieber leicht oberlehrerhaft zu seinem Patienten.

»Na was glaubst du denn? Glaubst du, es ist toll, so zu leben und sich von einem Mufti durch den Park schieben zu lassen?«, antwortet Paul harsch und genervt.

»Ja sicher, das verstehe ich. Wirklich, ich verstehe es, Paul. Aber so wird es nicht laufen! Du wirst dein altes Leben nicht wiederbekommen. Das ist ein für alle Mal vorbei, Geschichte. Aber versuch es doch einmal, nur ein wenig positiv zu sehen. Du könntest auch tot sein und damit meine ich: richtig tot. Aber du bist am Leben. Du lebst, bist hier und du bekommst eine zweite Chance! Vielleicht liegt noch eine ganz tolle und lange Reise vor dir.

Vielleicht wird es sogar die Reise deines Lebens, die Reise zu dir selbst. Vielleicht gehen deine Wünsche ja doch noch eines Tages in Erfüllung. Du kennst doch deine Wünsche, oder?«, fragt der Pfleger mit einfühlsamer Stimme.

Paul erschrickt und überlegt.

»Momentmal, meine Wünsche kennen? Nicht schon wieder!«

Der letzte Satz des Pflegers hat gesessen.

Tief ins Herz hat er Paul damit getroffen, mit der wiederbelebenden Wirkung eines Defibrillators. Instinktiv spürt er: Irgendwie könnte der Typ doch recht haben.

»Aber wieso fängt jetzt auch der mit dem Geschwafel von den Wünschen an? Was aber, wenn es stimmt? Was, wenn ich wirklich so etwas wie eine zweite Chance bekommen habe? Was, wenn es einen Gott oder so was Ähnliches wirklich gibt, der mir tatsächlich einen neuen Anfang schenkt?« Ein neues Paket an frischen Fragen wird direkt in Pauls Gehirn geliefert.

Diese Fragen aber schmerzen nicht. Nein, diese Fragen sind anders und lassen so etwas wie Hoffnung in seinen maroden Hirnsträngen aufkommen. Ein Energieblitz durchquert Pauls Körper, schlägt in den geschundenen Body ein und rüttelt die malträtierte Seele ordentlich durch. Für einen kurzen Augenblick vergisst Paul sogar ganz, dass er der Gefangene eines behinderten Körpers ist. Allmählich fühlt er: Auch für ihn muss es nicht völlig hoffnungslos sein. Ein zufriedenes Grinsen zieht in seinem Gesicht auf und verleiht der aufkommenden Hoffnung Ausdruck. Es fühlt sich so an, als würde das Leben wieder auf Paul zugehen. Jetzt reicht es ihm, jetzt will er keine halben Sachen mehr machen. Er hat keine Zeit mehr zu verlieren. Er will zurück ins Leben!

Er muss zurück, muss einen Weg zurück finden. Er muss es einfach versuchen!

»Vielleicht ist es auch gut so, dass es ein neues Leben geben kann«, spricht er sich wieder Mut zu.

Die Gedanken um seine Zukunft fahren Achterbahn. Hoch und Tief reihen sich in einer langen Kette von Träumen und deren Grenzen aneinander. Solche Gedanken machen müde. Auch so eine kleine Spazierfahrt strengt Paul noch ziemlich an. Die Hoffnung treibt zarte Triebe und für einen Moment sieht es so aus, als wolle ihm das Leben tatsächlich die Hand zur Versöhnung reichen.

Doch Pauls Verletzungen und die Medikamente sind noch zu stark, als dass er das Leben willkommen heißen könnte.

Matt und müde kann er die Augen kaum noch offenhalten und möchte nur noch eines: so schnell wie möglich zurück auf sein Zimmer.

»Komm, lass gut sein, Jussoff, bitte bring mich zurück aufs Zimmer«, ersucht er seinen Tagesaufpasser.

Der folgt dem Wunsch seines Patienten umgehend, macht kehrt und bringt Paul, der nach wenigen Metern Fahrt im Rollstuhl einschläft, zurück auf sein Zimmer im siebenten Stock. Oben angekommen öffnet Pauls fürsorglicher Betreuer die Tür und schiebt den Rollstuhl über die Schwelle an seinen Bestimmungsort.

Durch den kleinen Ruck erwacht der Passagier und öffnet erschrocken die Augen. Jede noch so kleine Erschütterung lässt sofort wieder das ganze Crashtrauma vor Pauls geistigem Auge auferstehen.

Vor ihm steht eine Frau in einem roten Sommerkleid und hohen weißen Stöckelschuhen mit dem Rücken zur Tür. Wartend steht sie da und blickt aus dem Fenster hinaus in den Park. Als sie die beiden schließlich bemerkt, dreht sie sich um und geht mit beherzten Schritten auf Paul zu. Der hat sie längst erkannt. Er würde sie auch blind erkennen, nur am Geruch, seine Linda.

Überglücklich sie zu sehen, beginnt sein Herz vor Freude Rock 'n' Roll zu tanzen. Blitzartig ist alle Müdigkeit verflogen. Freudentränen fluten seine Augen, doch Paul kämpft dagegen an.

»Es ist wahnsinnig schön, dass du schon gekommen bist. Komm her, mein Schatz, komm her zu mir, Darling!«, fordert er seine Frau auf und streckt ihr erwartungsvoll die schmerzenden Hände entgegen.

Linda geht langsam, einem Model am Laufsteg gleich, auf ihren Mann zu.

Sie genießt den Augenblick und spielt gekonnt, fast schon frivol mit dem Augenblick und der Vorfreude ihres Mannes.

Vor dem Rollstuhl angekommen, beugt sie sich langsam zu Paul hinunter, blickt ihm dabei tief in die feuchten Augen und drückt ihn beherzt, wie eine Mutter ihr Kind, an die Brust.

Paul atmet tief durch und lässt sich einfach in diese zärtliche Begegnung fallen. Immer tiefer gräbt er sich in das üppige Dekolleté seiner Liebsten. Diesen Moment gilt es, so lange es geht, festzuhalten.

»Ich liebe dich, Paul, ich liebe dich sehr«, flüstert Linda zärtlich und gibt ihrem Mann einen langen, innigen Kuss auf die zerschnittene Stirn.

»Ich liebe dich auch wahnsinnig, mein Schatz. Es ist so schön, dass du hier bist«, antwortet Paul leise und glücklich.

»Wieso bist du heute schon gekommen? Du solltest dich doch wegen mir nicht stressen«, fährt er fort.

»Paul, ich habe lange überlegt, ob und wie ich es dir sagen soll. Hier, lies bitte selbst«, antwortet Linda holprig und leise, um jedes Wort ringend und hält Paul einen Brief unter die Nase.

Der Brief ist von seiner Firma. Er ist von Roger, dem Aufsichtsratsvorsitzenden höchstpersönlich.

»Wir alle in der Company wissen um unseren großartigen CEO. Wir alle schätzen und lieben dich und wir sind unsagbar stolz auf dich. Wir alle stehen hinter dir. Wir alle brauchen einen solchen großartigen und kreativen Geist« beginnt der Brief, der Paul vor Rührung wieder die Tränen in die Augen treibt.

Anerkennung, Hochachtung und Lob füllen die erste Seite. Doch als Paul das Blatt wendet und weiterliest, sinkt sein Kopf von Zeile zu Zeile immer tiefer zu Boden.

»Aber in turbulenten Zeiten wie diesen brauchen wir einen schlagkräftigen CEO«, ist zu lesen.

»Wir brauchen alle Kraft am Markt und beim Kunden. Wir können es uns nicht leisten, die wichtigste Stelle der Agency auf unbestimmte Zeit unbesetzt zu lassen. Deshalb sind wir schweren Herzens, aber dennoch zu dem Entschluss gekommen, Stefan Neumayer mit sofortiger Wirkung die Leitung der Agentur zu übertragen.«

Das hat gesessen! Ein Schlag mit der starken Faust einer Shareholder-getriebenen Organisation mitten ins Gesicht. Ein brutaler Faustschlag der Ungerechtigkeit, der Paul völlig unerwartet und mit aller Härte trifft.

»Nein, nicht Stefan, dieses Arschloch!«, fährt es aus ihm heraus. Sein Puls ist auf Hundert und wenn er nicht im Rollstuhl sitzen würde, könnte er glatt an die Decke springen und Stefan, diesem hinterlistigen Kerl, geradewegs an die Gurgel.

Aufgewühlt und zitternd vor Wut liest er weiter. Pauls Hände vermögen vor lauter Zittern kaum noch das Papier ruhig zu halten.

»Aber die ganze Belegschaft steht hinter dir, Paul. Nimm dir alle Zeit, die du zur Genesung brauchst. Wenn du wieder fit genug für den Job bist, finden wir sicher eine passende Stelle für dich«, schließt der Brief von Roger, der an Heuchelei nicht mehr zu überbieten ist.

Nur langsam beruhigt sich Paul und sein Zorn drosselt sich auf ein einigermaßen erträgliches Niveau. Paul lässt den Brief aus seinen Fingern auf den Boden gleiten. Einer alten, wertlos gewordenen Aktie gleich, liegt er nun vor seinen bewegungsunfähigen Füßen. Er blickt zu Linda, die, mit Tränen in den Augen, Pauls traurigen Blicken mit ein wenig Hoffnung begegnen möchte – nur gelingen will es ihr nicht.

»Ist das jetzt der Dank für all die Jahre? Ist das der Dank für alles, was ich für diese Firma geleistet habe? Ich habe die Agentur von null aufgebaut!«, schreit er vollkommen hoffnungsimmun, mit vor Wut bebender Stimme.

Die Emotionen fahren erneut Achterbahn mit ihm. Aber er kann nicht aussteigen und schwankt. Er ist völlig hin- und hergerissen: zwischen Explodieren und völliger Resignation.

Pauls einstige schöne heile Werbewelt ist wie ein Kartenhaus zusammengebrochen. Alles liegt in Schutt und Asche. Alles ist endgültig ruiniert. Die Wunderwelt existiert ab sofort nicht mehr. Alles, für das er so hart gearbeitet hat, ist mit einem Brief Geschichte geworden – einfach so, einfach weg, einfach vom Erdboden verschwunden, mit einem Schlag nichtig, wertlos und sinnlos geworden. Fuck, Pauls Gedanken schießen wie Kampfjets im Angriffsmodus durch seinen Kopf. Alles dreht sich um die Agentur, die Aufsichtsratsmitglieder und um Roger, Pauls einstigen Weggefährten und nunmehrigen wirtschaftlichen Totengräber.

»Allesamt verlogene Arschlöcher!«, flucht er vor sich hin.

Von einem Augenblick zum anderen bricht er völlig zusammen, sackt weg, taucht einfach ab, weg aus dem Leben.

»Enough is enough!«, denkt sein gequältes Hirn.

Das war zu viel für den geschundenen Paul mit seiner geschundenen Seele. Bum, zack, aus.

Ein Nervenzusammenbruch vom Allerfeinsten, wie die Ärzte später mitteilen werden, beendet die unschönen Gedanken vorübergehend. Als Paul zaghaft die Augen wieder öffnet, liegt er zusammengekauert in seinem Bett. Er will weiterschlafen, doch eine neuerliche Schmerzattacke hat ihn brutal aus dem Verdrängungsschlaf gerissen. Sofort sind wieder die Worte seiner Ex-Kollegen und der scheinheilige Brief von Roger präsent. Er will diese Hiobsbotschaft nicht an sich heranlassen, er will sie einfach verdrängen, so als hätte er sie einfach nie gehört.

Linda sitzt an Pauls Bett und hält seine Hand. Fortwährend streichelt sie mit ihrem Daumen über Pauls Handrücken – so, als wolle sie ihn damit hypnotisch ruhigstellen.

Sie ist traurig und nachdenklich, versunken in ihre eigenen dunklen Gedanken, die sie aus Wien mitgebracht hat. Still sitzt sie da, nichts regt sich an ihr, nur der Daumen verrichtet unaufhörlich seinen Dienst. Paul hat keine Ahnung, wie lange er geschlafen hat und wie lange seine Frau schon an seiner Seite sitzt, wie lange sie schon Wache hält über den angeschlagenen Krieger. Fürs Erste ist er einfach nur froh darüber, dass sie bei ihm ist, dass sie an seiner Seite ist, froh darüber, jetzt nicht alleine sein zu müssen – jetzt, wo ihn das Leben erneut mit einem harten linken Hacken k. o. geschlagen hat. Linda sitzt gedrückt neben Paul. Ein nachdenklicher und betrübter Blick verrät ein wenig von ihrem Seelenschmerz.

»Paul, ich muss mit dir reden!«, setzt Linda mit ernster Miene behutsam und ganz vorsichtig zu einem Gespräch mit ihrem verletzten Mann an.

»Ja, Darling, was gibt's? Aber bitte heute nur mehr good News!«, antwortet Paul scherzhaft.

»Sieh mal, es war in letzter Zeit alles so unheimlich viel für mich – zu viel für mich. Es ist alles so gewaltvoll über uns hereingebrochen. Ich weiß nicht mehr ein noch aus!«, lässt Pauls Liebe seines Lebens unter Tränen ihren Worten und Sorgen freien Lauf.

Eine Stimme, in der in jedem Wort das Wort „Entschuldigung" mitschwingt, redet schüchtern und leise vor sich hin. Paul muss sich anstrengen, um Linda zu verstehen. Er ist benommen und noch immer wie betäubt von all den seelischen Schmerzen und den vielen starken Medikamenten. Betäubt von all den dramatischen Nachrichten. So liegt er einfach nur da und hört sich an, was Linda zu sagen hat.

»Ich liebe dich sehr, aber ich weiß nicht, wie es weitergehen soll mit uns beiden,

wie wir dieses Leben meistern werden und ob wir es überhaupt meistern können. Ist das jetzt überhaupt noch ein Leben?«, fragt Linda mit vorwurfsvollem Unterton, so, als hätte alleine Paul an allem Schuld.

»Und was willst du mir damit jetzt sagen?«, fasst Paul seine ganze Kraft in einem einzigen Satz zusammen und erwartet eine weitere Botschaft Hiobs.

»Ich, ich weiß nicht, aber ich will eine zweite Chance! Verstehst du?«

Paul nickt kurz und steif, ohne auch nur ein einziges Wort zu verstehen.

»Ich brauche einfach eine Auszeit. Von dir, von den Kindern, von Wien, von meinen Eltern, von deinen

Eltern. Einfach von diesem engen Leben! Es nimmt mir den Atem, versteh doch, es erstickt mich!«

Paul schüttelt den Kopf. Nein, das versteht er nicht und das will er auch nicht verstehen. Er hat auch keine Kraft mehr, um irgendetwas zu verstehen.

Er ist mit sich selbst mehr als genug beschäftigt, damit beschäftigt, sich selbst und sein Schicksal zu verstehen. Er braucht alle Kraft für sich selbst. Doch er ist erleichtert darüber, dass Linda nur eine Auszeit will. Es hätte ja auch viel schlimmer kommen können: dass sie ihn verlässt. Verstehen würde er es. Überleben aber sicher nicht. Paul blickt in Lindas leere, verschwommene und fragende Augen, hinein in suchende Augen und hinab zu ihrer Seele, zu ihren Fragen und deren Schatten. Nach so vielen Jahren können sich Linda und Paul auch ohne Worte unheimlich viel sagen. Ein Blick genügt und beide wissen, was Sache ist. Jeder weiß dann sofort, was es geschlagen hat.

»Du trinkst wieder, nicht wahr?«, fragt er Linda mit trauriger Stimme, so als wäre ihre Liebe gerade in Whisky ertrunken.

Dabei können Sorgen schwimmen, hat er Linda immer wieder gesagt. Linda ist unfähig, auf die Frage zu antworten. Sie schämt sich zu sehr. Sie schweigt. Ihr Blick ist zu Boden gerichtet. Das genügt Paul. Er hat verstanden.

»Eine Auszeit ist vielleicht gar keine schlechte Idee, mein Schatz. Machen wir das so, nimm dir eine Auszeit. Ich komme hier schon ganz gut allein zurecht«, gibt Paul seiner verstörten Frau völlig überraschend grünes Licht für ihren Wunsch.

Er weiß: Jetzt macht es keinen Sinn mehr, weiter zu reden, keinen Sinn, weiter über die Zukunft nachzudenken – nicht, solange Linda wieder trinkt. Das hat ihre Ehe schon einmal an den Rand des Abgrundes gebracht. Aber sie haben beide um ihre Liebe gekämpft, sie haben um ihre zweite Chance gekämpft – und sie haben gemeinsam gewonnen, sie haben eine zweite Chance bekommen.

»Aber dieses Mal? Werden wir auch dieses Mal noch eine Chance bekommen?«, denkt Paul und fragt sich in diesem Augenblick, ob er seine Frau auch immer liebevoll genug behandelt hat, ob er ihre grenzenlose Liebe zumindest ansatzweise erwidern konnte, ob er nicht auch mit die Schuld trägt an Lindas Krankheit, und erinnert sich an echt schwere Zeiten mit einer Alkoholikerin an seiner Seite.

»Linda, bitte geh jetzt, ich muss alleine sein!«, drängt Paul auf einen schnellen Abschied.

Sie versteht, dass jetzt jedes Wort von ihr ein Wort zu viel wäre, nimmt ihre geliebte Louis-Vuitton-Tasche und folgt Pauls Wunsch, nicht jedoch ohne ihm einen Kuss auf seinen immer noch geschwollenen Mund zu geben. Lindas Tränen hinterlassen einen langen, salzigen Abgang auf Pauls Lippen. Sie lässt die Tür hinter sich zufallen und geht in Gedanken versunken zum Aufzug. Ihre Schritte sind schwer, ohne die übliche Eleganz, und schleifen über den grauen Fliesenboden.

Die Wartezeit vor der Aufzugstür nützt sie, um noch einmal Pauls letzte Worte Revue passieren zu lassen. Ein wehmütiges Herz, das sich tonnenschwer anfühlt, schlägt nun in ihrer Brust. Ein grelles „Ping" unterbricht Lindas Wehmut, während sich die Aufzugstüre langsam öffnet. Als die Türe offensteht, drängt sich von hinten eine Person noch vorne.

»Gestatten Sie bitte!« – höflich, aber bestimmt bahnt sich die Person den Weg.

Linda beobachtet, wie sich eine quirlige Dame in engen Jeans und weißer Bluse aus dem Fahrstuhl zwängt. Irgendwie kommt sie ihr bekannt vor. Weibliche Intuition nimmt ihren Lauf und ihre beiden Blicke treffen sich, wie

Schwerter zweier Rivalinnen im Kampf um den Sieg. Es ist nur ein ganz kurzer Augenblick, aber ein mächtig explosiver.

»Herein, ja, bitte«, antwortet Paul – noch immer ordentlich von Lindas Offenbarungen verstört –, dem Klopfen an der Zimmertüre apathisch.

»Hat sie wieder was vergessen, oder will sie mich, wo ich eh am Boden liege, noch einmal ordentlich treten?«

Paul blickt auf die Uhr und sieht: Es ist Zeit für die Nachmittagsjause. Er setzt sich bequem hin, um das Tablett auf dem kleinen Holztischchen neben seinem Bett in Empfang zu nehmen. Erwartungsvoll blickt er zur Türe.

Es ist nicht die Jause, die ihm nun den Atem stocken lässt.

Es sind türkisblaue Augen und ein ehrliches, frisches Lächeln – ein Lächeln, das er bitter nötig hat, gerade heute, ein Lächeln, das er lange nicht mehr gesehen hat.

»Petra, hey, was machst du denn hier?« Mehr fällt Paul, der ob des Überraschungsbesuches völlig von den Socken ist, in diesem Moment nicht ein.

»Ich wollte mal nachsehen, wie es meinem Ex-Lieblingspatienten hier so geht«, antwortet Pauls Besuch und drückt ihm frech einen Begrüßungskuss auf die Wange.

Paul ist wie elektrisiert und freut sich mächtig über Petras Besuch. Mit jedem hätte er gerechnet, aber nicht mit ihr. Wie ein kleines Kind freut er sich über ihr Kommen, wie ein kleiner Bub, der eben seine erste Modelleisenbahn unterm Weihnachtsbaum entdeckt hat: er spürt unverfälschte und ehrliche Freude. Doch Männer versuchen ihre Emotionen so gut es geht zu verbergen. So will auch Paul seine Freude verstecken – mit Erfolg, denn das Schauspiel war quasi jahrelang sein Job.

»Komm, nimm Platz, was möchtest du trinken? Ich bestell uns etwas.« Petra liebt Latte Macchiato, das weiß Paul. »Das ist das Schöne an einer Zusatzversicherung: All inclusive, you know«, scherzt er nach der telefonischen Bestellung und schiebt den Rollstuhl ganz nah zu Petra.

Sie rückt näher und ihre Knie berühren einander leicht. Die lebensfrohe Petra und der gezeichnete Paul sehen an diesem Nachmittag ein wenig aus wie die Schöne und das Biest.

»Wie geht's dir? Du siehst nicht sonderlich gut aus. Komm erzähl mir: Was ist los?«, fragt Petra einfühlsam.

Tröstend nimmt Sie dabei Pauls Hand und hält sie behutsam zwischen ihren beiden mit rotem Nagellack getunten Händen. Petra war schon auf der Intensivstation eine aufmerksame und liebevolle Zuhörerin. Es ist ihr täglich Brot und ihr mittlerweile in Fleisch und Blut übergegangen. Paul will keine Emotion zeigen. Dennoch ist er erleichtert, eine Zuhörerin gefunden zu haben. Sein enges Herz will aufbrechen und vieles will, ja muss, jetzt einfach raus: alle Schwere der vergangenen Tage und Wochen, alles muss jetzt raus. Instinktiv legt Paul seinen Kopf zaghaft und ganz vorsichtig an Petras Schulter.

»Na bravo, Alter, was machst du da? Los, zeig jetzt Haltung!«, denkt er in diesem Moment der spontanen Entspannung sofort.

Aber es gefällt ihm einfach zu gut und so bleibt der schwere Kopf, wo er ist. Auch Petra gefällt sich gut in der Rolle der aufopfernden Zuhörerin. Anfangs ist sie noch skeptisch ob Pauls weitreichender Erzählungen, aber merkt rasch, dass das Zuhören nicht nur ihrem Ex-Patienten gut tut. Es wird ein langer Nachmittag mit ziemlich vielen Latte Macchiatos, ein Nachmittag, der Pauls geschundener Seele unendlich guttut. Geduldiges Lauschen ist feinster Balsam für eine verletzte Seele. Paul spürt Verständnis und auch fast ein wenig Heilung, wenn er in Petras türkisgrüne Augen blickt und sie einfach in seiner Nähe ist. Seltsam, aber irgendwie glaubt er, Petra schon seit Jahrhunderten zu kennen.

»Wenn es so etwas wie Seelenverwandtschaft gibt, dann wohl mit ihr«, fühlt er in einer kurzen Verschnaufpause seiner Ausführungen.

Während Pauls Monologen lassen ihre Blicke keine Sekunde voneinander ab. Sie haben sich gefunden und wollen sich nicht mehr verlieren, wenigstens nicht an diesem Nachmittag. Paul offenbart Petra sein ganzes langes Leben und redet sich allen Mist von der Seele. Ohne Tabus erzählt er von allen Ups und lässt auch keine Downs aus. Petra weiß am Ende alles, wirklich alles, über ein erstaunliches Leben.

»Ob das wohl in Ordnung war, ihr alles so brühwarm und offen zu erzählen?«, überkommen Paul Zweifel an der ungeplanten nachmittäglichen Gesprächstherapie.

»Egal, es hat einfach unheimlich gutgetan und das ist das Einzige, was zählt«, rechtfertigt er sein Verhalten.

Es ist spät geworden und der Abend ist längst angebrochen. Petra hat kein einziges Mal auf die Uhr gesehen – zu spannend waren Pauls Geschichten. Doch sie spürt: Nun ist es an der Zeit, die Heimreise anzutreten.

»Ich muss jetzt gehen, Paul«, sagt sie mit leicht wehmütiger Stimme.

Auch Petra hat diesen Nachmittag sehr genossen. So offen hat noch nie ein Mann zu ihr gesprochen. Sie hing an Pauls Lippen, denen sie am liebsten auch anders begegnet wäre. Auch sie spürte so etwas wie Seelenverwandtschaft. Sie hat bloß, genau wie Paul, versucht, Herrin ihrer Gefühle zu bleiben und nichts von ihrem Inneren preiszugeben. Paul begleitet Petra zur Türe. Er gibt sich einen Ruck und versucht, aus dem Rollstuhl aufzustehen. Zu viel gewollt, es geht einfach nicht.

Er rutscht wieder tief hinunter in sein fahrendes Gefängnis. Die Lähmung lähmt sein Leben. Jetzt erst weiß er, wie es ist, kein voll funktionsfähiger Mensch zu sein, wie es sich anfühlt, auch die normalsten Dinge des Alltags als Herausforderung annehmen zu müssen. Dieser Moment demütigt Paul. Er ohrfeigt den arroganten Schnösel von einst, mit purer Hilflosigkeit. Sein Körper hat einfach aufgehört zu gehorchen. Er funktioniert einfach nicht mehr: keine Steuerung, blanke Befehlsverweigerung. Einfach sitzen bleiben zu müssen – dieser Makel klebt an Paul, wie er selbst am Rollstuhl. Petra erkennt die Situation und beugt sich zu ihm hinunter.

»Auf Wiedersehen, es war sehr schön heute«, meint sie leise und tröstend zu ihm.

Paul blickt in wunderschöne, hoffnungsspendende Augen, an denen er sich in diesem Moment nicht sattsehen kann und denen er einfach nicht mehr widerstehen will. Zaghaft, um jeden Zentimeter ringend, bewegen sich seine Lippen hin zu Petras saftig roten Kirschblütenlippen. Als sie sich schließlich ganz leicht und sanft berühren, explodieren die Gefühle. Wie aus einem Vulkan bricht es aus beiden heraus.

Ein frisch gemixter Cocktail aus Liebe, Verlangen und Hoffnung entfaltet seine ganze Kraft und reißt beide in den gefährlichen Strudel des Begehrens.

Jetzt wollen, ja können, beide kein Halten mehr akzeptieren.

Obwohl Pauls Lippen immer noch stark schmerzen, küsst er seinen Seelen-Pflegeengel, als gäbe es kein Morgen.

Vergiss,
was dich in der Vergangenheit verletzt hat.
Aber vergiss niemals,
was du daraus lernen kannst!

Kapitel 4

Der Wunsch, sich selbst zu lieben

Kühle zwölf Grad, mehr schafft der junge Tag in dem kleinen Tiroler Bergdorf, wo Paul nun schon seit Wochen seinen Wiederherstellungsaufenthalt verbringt, noch nicht. Eine drei Tage lang andauernde Schlechtwetterfront hat das idyllische Alpendorf in einen dicken grauen Nebelmantel gehüllt. Der sonst über dem Tal liegende Duft von frisch gemähten Wiesen ist im Dauerregen der vergangenen Tage untergegangen. Heute Morgen riecht es einfach nur trostlos und nass. Das Grau der Wolken und das Grau der umliegenden Bergwände verschmelzen zu einer einzigen grauen Szenerie. Der Nebel hat sich festgefressen – tief und fest, wie ein ewiger Schleier hängt er über dem Tal. Grau in Grau, wie alles hier, ist auch Pauls Stimmung an diesem unschönen Morgen. Lethargisch sitzt er auf dem Bett und starrt in den Regen. Er hat schlecht geschlafen und war gestern lange wach – zu viele Fragen und Gedanken haben, wie so oft auch diese Nacht, sein Hirn gemartert. Da ist so vieles, das er noch nicht einordnen kann, so vieles, mit dem er noch nicht umgehen kann. Da ist zu vieles, auf das er noch nicht einmal ansatzweise eine Antwort gefunden hat. Auch das viele Elend, dem Paul hier in der Reha an allen Ecken und Enden begegnet, setzt dem einst emotionsresistenten Macher ordentlich zu. Menschen ohne Arme, ohne Beine und ohne jede Hoffnung sind zu seinen täglichen Begleitern geworden. Hier in der Klinik ist alles so gänzlich anders als in seinem „früheren Leben", wie er die Zeit vor dem Unfall nennt. Die Menschen, mit denen er es früher zu tun hatte, waren allesamt Schönheiten – mit Masken und trügerischem Schein zwar, aber Schönheiten.

Die Menschen, denen Paul hier in der Klinik tagtäglich begegnet, sind gezeichnet und verunstaltet. Sie haben ihre Masken längst abgelegt. Hier, wo die schmerzhafte Wahrheit regiert, sind Masken nutzlos. Die armseligen Kreaturen sind nur noch sie selbst. Manche, so kommt es Paul vor, sind nicht einmal mehr das. Sie leben in der Brutalität der Wirklichkeit, aus der es kein Entrinnen gibt. Die Klinik ist eine eigene Welt, in der die Schicksalsgenossen für einige Zeit zusammenleben – eine Welt mit eigenen Gesetzen und Spielregeln. Hier regieren die Eintönigkeit und die Monotonie der Schmerzen mit stählerner Hand. Alles ist eingehüllt in einen ständigen Geruch von Desinfektionsmittel. Unwirkliches, kaltes Licht von viel zu grellen Neonlampen, scheint in den nüchternen, weißen Gängen auf hässliche, graue Fliesenböden.

»Einen Architekturpreis gewinnt dieses Haus sicher nicht, ebenso gut würde es sich als Kaserne eignen«, urteilt Paul kritisch über das Gebäude. »Würden nicht hier und da beeindruckende Bergbilder der Umgebung an den Wänden hängen, würde einen die Monotonie des Gebäudes in eine gefährliche Stimmungsmischung aus Lethargie und Depression versetzen«, ist er überzeugt.

Paul hat viel nachgedacht in der vergangenen Nacht, so wie auch in den unzähligen schlaflosen Nächten davor. Wenn das so weitergeht, wird ihm bald der Schädel platzen. Um Antworten auf seine vielen Fragen zu finden, muss er auch sein Herz fragen. Das hat Paul inzwischen gelernt. Daher versucht er sich ruckzuck mit seinem Herzen zu connecten. Aber das eigene Herz zu finden und zu befragen, ist keine einfache Sache, da kann schon mal einige Zeit Funkstille herrschen. Es kommt Paul so vor, als sei er durch den Unfall völlig abgestumpft und gefühllos geworden. Seine Gefühle liegen im Wachkoma. Die geballte tägliche Dosis an Leid um ihn herum ist eine neue und gewiss keine einfache Erfahrung für den einstigen Sunnyboy.

Paul merkt: Er muss seine verwundete Seele schützen, er muss sich rasch ein dickes Fell wachsen lassen. Nach außen hin hat er stets den coolen Werber gemimt, aber innen drinnen sieht es ganz anders aus. Wie die meisten Männer hat auch Paul gelernt, Emotionen zu verbergen und – wenn es sein muss – sogar zu unterdrücken. Und das musste verdammt oft sein in der jüngsten Zeit. Um sich vom Leid der Klinik zumindest ein wenig abzuschotten, will er eine hohe Mauer zwischen sich und dem Leid der anderen bauen. Denn so viel Frustpotential packt er einfach nicht. Es zieht ihn immer wieder tief hinunter, obwohl es viel tiefer eigentlich ohnehin nicht mehr geht. Paul hatte viel Zeit, um über das Leiden und das Leben nachzudenken und hat sich dabei so manche wichtige Frage gestellt. Doch viele seiner Fragen sind ohne brauchbare Antworten geblieben. Das Leben hat einfach zu viele Fragen auf einmal gestellt. Brutale Lebensschule halt – hart, aber lehrreich.

»Nun bin ich also gefangen hier in Tirol, in diesem scheiß Rollstuhl, und kann nur abwarten, ob es irgendwann, irgendwie einmal besser wird. Ich kann nur warten, immer wieder warten und hoffen. Verdammt noch einmal!«, flucht Paul, während er so heftig mit der Faust auf den kleinen Tisch vor ihm schlägt, dass die Tasse Kaffee darauf umfällt und der lauwarme, fahl schmeckende Filterkaffee über seine Hose rinnt.

»So ein Mist aber auch!«, schreit er aus voller Kehle, zornig über sein Missgeschick.

Als er den Schaden auf seiner weißen Trainingshose begutachtet, überkommt ihn plötzlich ein angenehmes Gefühl der Heiterkeit. Paul muss herzlichst über sich selbst lachen. Er kann gar nicht mehr aufhören und genießt die Momente des Lachens, die so viel Dreck aus seiner Seele spülen.

Er lacht sich krumm über den tollpatschigsten Typen im ganzen Land. Er lacht unbeschwert wie ein kleines Kind.

Er lacht, wie er es schon seit Ewigkeiten nicht mehr konnte. Doch als der Lachanfall, der eine Art Weckruf seiner Seele war, vorüber ist, holen ihn rasch wieder die altbekannten düsteren, seelenzerfressenden Gedanken ein:

> »Okay Alter, der Unfall war scheiße, aber es ist jetzt einmal, wie es ist. Und jetzt reden wir mal Klartext!«, fordert sich Paul selbst zu einem längst fälligen klärenden Gespräch heraus. »Wie war denn das Leben eigentlich vorher, vor dem Crash? Hast du alles richtig gemacht? Hast du eigentlich wirklich gelebt? Warst du glücklich? Zumindest hin und wieder? Hast du genug geliebt? Hast du dich wenigstens selbst geliebt? Hast du überhaupt geliebt, jemals einfach bedingungslos geliebt? Warst du der Mensch, der du immer sein wolltest? Deine Wünsche, Paul, du weißt ja: deine Wünsche! Hast du jemals darüber nachgedacht? Hast du jemals versucht, dir auch nur einen einzigen Herzenswunsch zu erfüllen?« Schonungslos wie nie zuvor, stellt er sich selbst viele, längst fällige Fragen.

Überwältigt von den Lebensfragen, von denen er wusste, dass sie sich eines Tages melden werden, sitzt er mit einfältigem Blick da. Paul wartet auf Antworten – auf Antworten, die seine Seele schon längst kennt.

> »Und jetzt, wo du mit dem Protzauto auf dem Weg zu einem „ach so wichtigen Termin“ direkt in den Crash gerast bist, hast du plötzlich alle Zeit der Welt, alle Zeit, um dir endlich die wirklich wichtigen Fragen zu stellen«, setzt er seinen Seelenmonolog fort und

wühlt dabei von Frage zu Frage tiefer in seinen inneren Wunden.

»Nein, du Idiot, du hast überhaupt keine Zeit! Du bist Mitte vierzig, sitzt im Rollstuhl und hast bald keinen Job mehr, aber jede Menge Schulden. Und du denkst, du hast Zeit?

Nein, du Ignorant, dir rennt die Zeit im Affentempo davon!« Pauls Verstand meldet sich unmissverständlich und ohne Rücksicht auf Verluste zu Wort.

»Und deine Frau? Du weißt doch nicht einmal mehr, wie es um sie steht, ob und wie sie das alles packt, wie es ihr jetzt geht – jetzt, wo sie wieder trinkt. Kannst du überhaupt noch auf Linda bauen? Gibt es überhaupt noch ein Fundament für eine gemeinsame Zukunft?«, legt Pauls Verstand noch ein paar quälende Fragen getreu dem Motto „Hirn killt Herz" nach.

Pauls Gedankenspiele steigern sich gerade ins Unerträgliche, als sie plötzlich von einem Klopfen an der Zimmertüre unterbrochen werden.

Er erschrickt und blickt auf seine Smartwatch. Linda hat sie ihm vorige Weihnachten geschenkt.

»Ach Gott, schon wieder zehn Uhr, das wird der Henker sein, der mich wieder zur Folterbehandlung bringt. Ja bitte, herein«, bittet Paul den befürchteten Abholer ins Zimmer.

Wie vermutet ist es der Pfleger, den alle in der Klink wegen seines Aussehens nur den „Henker" nennen. Er holt Paul, wie jeden Freitag, zur wöchentlichen Intensivbehandlung ab. Jede Woche immer wieder das gleiche Martyrium: Eine gute halbe Stunde muss er sich einer wirklich schmerzhaften Prozedur an der Wirbelsäule unterziehen und anschließend für gut drei Stunden absolut bewegungslos liegen. Aber immerhin: Die Folter zeigt Wirkung. Pauls Genesung macht Fortschritte – zwar nur ganz kleine, aber immerhin Fortschritte. Jede noch so kleine Besserung seines Zustands empfindet er als riesigen Schritt zurück ins Leben.

Der Henker schiebt Paul aus dem Zimmer, geradewegs hinunter in den Behandlungstrakt. Jonathan, wie der Pfleger mit richtigem Namen heißt, sieht mit seinem spitzen Kinn und dem markanten Ziegenbart ein wenig aus wie der Teufel. Wortkarg ist er. Aber wenn er spricht, dann mit einem leicht diabolischen Unterton. Spitze Ohren und stechende Augen sind weitere Markenzeichen des ehemaligen Bodybuilders. Seinen leicht humpelnden Gang – eine Sportverletzung – versucht er so gut es geht zu verstecken. Wird er jedoch darauf angesprochen, weicht er gekonnt aus. Hätte der Typ noch einen Schweif – nicht auszudenken!

Paul macht sich fast in die Hosen, denn er weiß inzwischen sehr genau, was ihn erwartet, und das gefällt ihm ganz und gar nicht. Angstvolle Gedanken kreisen wegen seines bevorstehenden wöchentlichen Albtraums um ihn. Die Angst treibt ihm die Schweißperlen auf die Stirn. Er fürchtet die spitzen Nadeln, die sich Millimeter um Millimeter in das Rückenmark bohren. Er weiß: Ein falscher Stich und das war's dann endgültig. Aber es muss sein. Jede Woche legt er sein Schicksal in die Hände der Götter in Weiß. Vor den Behandlungsräumen angekommen, sitzt Paul wieder mittendrin im Leid. Um ihn herum sitzen sie wieder: die Leidensgenossen, von denen es vielen noch erheblich schlechter geht, als Paul.

»Danke für's Bringen, Henker«, bedankt er sich höflich mit einer Portion Galgenhumor beim Pfleger und reicht ihm die Hand zur Verabschiedung.

Der Henker quittiert mit einem besonders kräftigen Händedruck. Beiderseitiges Augenzwinkern lässt gegenseitigen Respekt erkennen.

Nach einer guten halben Stunde qualvoller Folter im Namen des medizinischen Fortschritts ist es endlich wieder vorbei. Höllische Qualen, die auch mit Schmerzbetäubung nicht erträglicher werden, sind endlich vorüber. Paul atmet tief durch: geschafft!

Erlöst wischt er sich den Schweiß von der Stirn. Der netten Assistenzschwester wirft er noch einen tiefen Blick zu. So etwas gehört zu den ganz kleinen Freuden inmitten des ganz großen Leides, wissen die routinierten Schwestern. Wie immer nach der Behandlung muss Paul nun für ein paar Stunden absolut regungslos liegen. Geduldig, weil ohnehin fix und fertig, wartet er im Transportbett auf den Pfleger, der ihn wieder nach oben bringen wird.

Ein alter Bekannter kommt an Pauls Bett.

> »Hey altes Haus, schön dich zu sehen!«, freut sich Paul über seinen heutigen Transporteur Jussoff.

Die beiden mögen einander und haben seit ihrem ersten Gespräch im Park viele weitere Unterhaltungen über Gott und die Welt geführt. Dabei war Paul immer wieder erstaunt über die Klarheit und Weisheit des einfachen Mannes. Im Laufe der Wochen ist Jussoff schon so eine Art Psychotherapeut für Paul geworden – auf jeden Fall aber ist er für ihn weit mehr, als ein gewöhnlicher Pfleger, nämlich ein liebgewonnener und wichtiger Begleiter. Auch Jussoff mag den sympathischen Patienten aus dem siebenten Stock inzwischen sehr. Er freut sich immer, wenn er Paul sieht und er ihm ein paar aufmunternde Worte spendieren kann.

> »Siebenter Stock, Zimmer wie immer, los geht's« Paul gibt den Befehl zur Abfahrt und Jussoff startet los.

Nach jeder Monsterbehandlung ist Paul hinüber – völlig erschöpft und komplett von Schmerzen in Beschlag genommen. Auch heute ist er einfach fix und fertig. Mit schmerzendem und nachdenklichem Blick sieht er die monotonen weißen Wände an sich vorbeiziehen. Im Fahrstuhl bemerkt Jussoff schließlich die niedergeschlagene Stimmung seines Patienten und spricht ihn darauf an:

»Du bist auf der Suche, nicht wahr? Du suchst dich selbst, suchst nach der Liebe in dir, nach deiner verlorenen Liebe, stimmt‘s?«

Nachdem Paul Jussoff schon ein wenig besser kennt, ist er nicht einmal mehr erstaunt darüber, dass der Psychopfleger wieder einmal treffsicher erkennt, was Sache ist. Paul ist von der Behandlung noch mitgenommen, aber ein Gespräch wird ihm vielleicht guttun, jedenfalls aber von den Schmerzen ablenken, denkt er und antwortet spontan und offen:

»Ja stimmt, du hast recht. Wenn ich ehrlich bin, kenne ich mich eigentlich nicht wirklich. Ja, ich suche die Liebe zu mir selbst, damit ich mir verzeihen kann – mir und meinem Leben, all dem, was letztlich schiefgelaufen ist, damit ich mit mir gemeinsam wieder in eine Zukunft gehen kann, im wahrsten Sinne des Wortes wieder auf die Beine komme, verstehst du?«

»Und ob ich das verstehe! Glaub mir, Paul, keiner versteht dich so, wie ich es tue«, antwortet Jussoff, legt die Hand auf Pauls Schulter, setzt sich langsam zu ihm auf die Bettkante und spricht weiter.

»Hör mir einmal aufmerksam zu, mein Freund, ich will dir etwas sagen: Um dich zu finden und zu erkennen, musst du in dir selber suchen. Nur in dir selbst kannst du dich erkennen und letztlich auch anerkennen. Denn erkennen kommt von anerkennen. Es gibt hunderte Dinge in deinem Leben, für die du dir selbst Respekt und Anerkennung entgegenbringen kannst, ja entgegenbringen musst. Du musst diese wunderbaren Dinge aber auch erkennen. Respektiere dich! Respektiere dich so, wie du bist, mit all deinen Stärken und Schwächen, so, wie du von einer wunderbaren Kraft gemacht worden bist. „Werde schwach und du wirst stark", heißt es nicht umsonst. Finde dich in deiner Schwäche, aber auch in deinen Ängsten. Schwächen, Fehler und Ängste sind so unendlich toll! Denn sie sind wie die Begrenzungspflöcke einer Straße – nicht irgendeiner Straße, sondern der Straße deines Lebens.

Sie zeigen dir die Grenzen und deinen eigentlichen Lebensweg. Aber Vorsicht! Deine Ängste können dich auch begrenzen, mein Freund. Ängste setzen deinem Fortkommen, deiner Entwicklung Grenzen. Letztlich können sie sogar deine für dich bestimmte Fülle begrenzen. Deshalb, mein lieber Freund, ist es so wichtig, die eigenen Ängste gut und immer besser zu kennen. Es ist wichtig, zu unterscheiden – zwischen den guten und den schlechten Ängsten. Deine Ängste sitzen oft noch tiefer in dir, als deine Wünsche. Aber glaube mir, es lohnt sich, sie zu finden und sich ihnen zu stellen. Wenn du sie gefunden hast, die schlechten Ängste, dann kannst du sie besiegen. Sieh ihnen ganz tief in die Augen, Face to Face, Paul gegen Angst, und vertrau mir: Es gibt nichts, vor dem ein Mensch wirklich Angst haben müsste – nicht einmal vor dem Tod, und glaub mir: Ich weiß es!«

Paul weiß es nicht, aber er will es jetzt wissen und bittet Jussoff, weiterzuerzählen.

»Wenn du dich selbst lieben willst, dann musst du zu allererst einmal entdecken, was liebenswert an dir ist. Es gibt hunderte Dinge zu erkennen und zu lieben.

Werde achtsam dir selbst gegenüber und spür, was liebenswert an dir ist, werde neugierig und entdecke es! Spür, wann du Respekt verdienst und gib dir die Liebe und den Respekt. Denn du verdienst beides! Du, Paul, bist wie jeder Mensch, wie alles auf dieser Welt, wirklich einzigartig und besonders. Wusstest du eigentlich, dass bei den Milliarden Schneeflocken, die es immer wieder schneit, keine einzige einer anderen gleicht? Wusstest du, dass kein einziges Blatt aller Bäume der ganzen Welt einem anderen gleicht? Um wie viel einzigartiger als eine Schneeflocke oder ein Blatt bist du als Mensch wohl, Paul? «

Paul kann nur stumm und ergriffen nicken – Jussoffs Worte gehen wieder einmal tief unter die geschundene Haut. Seine Worte haben Gewicht – kein Gewicht, das erdrückt, sondern ein Gewicht, das stabilisiert. Paul will immer mehr hören und bittet Jussoff abermals, weiterzuerzählen.

»Sieh mal, Paul, es ist nun einmal so: Die wahren Sehnsüchte – und damit meine ich das wahre Sehnen, ohne die Sucht –, also die tiefen Wünsche, die bringen dich zu deinem Innersten. Sie bringen dich zum eigentlichen Kern deiner Seele. Darum ist es besonders wichtig zu wissen, ob etwas seine Wurzeln in einem Wunsch oder einem Widerstand hat. Denn das ist ein gewaltiger Unterschied! Es sind die zwei wesentlichen Säulen des menschlichen Handelns, ein ehrlicher, guter Wunsch ist meist positiv!«

»Und ein Widerstand?«, wirft Paul ein.

»Na ja, das kannst du dir sicher schon selbst beantworten. Ich wünsche mir für dich, dass du deine tiefen Wünsche kennen lernst und lieben lernst. Erst wenn du sie kennst, kannst du wirklich frei werden – frei werden, um dich und andere Menschen vorbehaltlos und ehrlich zu lieben.« Jussoff sieht Paul liebevoll an, während er erklärt. »Und noch etwas ist wichtig, Paul!«, fährt er nach einer kurzen Redepause fort. »Bedenke: Ein Wunsch alleine reicht nicht aus. Ein Wunsch alleine ändert überhaupt nichts. Erst der Entschluss danach ändert alles! Also folge der Fährte deiner Wünsche und triff die Entschlüsse mit reinem Herzen. Damit dich deine Wünsche nicht verblenden, nicht verführen können, ist es wichtig, dass Herz und Verstand eine Einheit bilden. Dein Herz und dein Verstand müssen eins werden, sie müssen zur Nummer eins in deinem Leben werden. Denn wenn deine Wünsche nichts als kümmerliche Träume bleiben, dann hast du deine wahre Chance verspielt.« Jussoff hebt mahnend den Zeigefinger und setzt fort:

»Dann waren alle Wünsche völlig umsonst. Dann waren sie nichts als vergebene Mühe. Wenn du aber deine Wünsche gefunden hast, dann hast du die Pflicht, sie zu leben. Es ist deine Pflicht dir und deinem Leben gegenüber!«

Für heute ist Jussoff am Ende seiner Erklärungen angekommen – und seinem Zuhörer fallen die Augen zu. Wenn Jussoff erst einmal zu reden beginnt, ist er kaum noch zu stoppen, dann muss einfach alles aus ihm raus. Paul ist ein guter Zuhörer und saugt die weisen Worte förmlich auf – so lange, bis er vor Erschöpfung einschläft. Und das ist gut so, denn er darf sich die nächsten Stunden ohnehin nicht bewegen. Jussoff legt noch rasch die seitliche Fixierung an, die Paul im Schlaf stabil hält. Er nimmt einen Zettel von dem Block auf Pauls Nachtkästchen und schreibt etwas darauf. Vorsichtig legt er ihn in Pauls Hand und schließt sie.

Ein paar Sonnenstrahlen kämpfen sich unverdrossen durch die tief hängenden Regenwolken der Tiroler Bergwelt – nicht viele, aber gerade genug, dass auch ein paar von ihnen den Weg in Pauls Zimmer und auf sein Gesicht finden. Es kitzelt ihn an der Nase. Die angenehm warme Sonne weckt den müden Patienten. Das liebt er. Es fühlt sich an, als würde Linda zärtlich über sein Gesicht streichen und ihn damit liebevoll zum Aufstehen motivieren. Langsam und noch verschlafen blickt Paul auf die Uhr vis-à-vis von seinem Bett.

> »Gott sein Dank, schon fast vier Uhr am Nachmittag«, ist sein erster Gedanke. »Die Zwangsruhestellung ist vorüber. Ich habe echt gut geschlafen und geträumt. Das lag sicher an Jussoffs ewig langen Erklärungen, da habe ich mich wohl hineingeträumt. Macht schon immer wieder viel Sinn, was der Bursche so erzählt. Echt beachtlich für einen so einfachen Mann, der einmal Handwerker war«, denkt Paul und gerät dabei ins Schwärmen für seinen Pfleger-Freund.

Er kann sich nicht mehr so genau an den Traum erinnern. Aber dafür noch ziemlich genau an Jussoffs Worte, über die er grübelt, während er sein Gesicht zu den nur noch spärlich scheinenden Sonnenstrahlen hinüberdreht.

> »Es stimmt, was er sagt, der Jussoff: Ich habe wirklich hundert Gründe, mich zu lieben und mir den nötigen Respekt entgegenzubringen«, überkommt Paul ein kindlich ehrliches Lächeln.

Schon tot geglaubte Lebensgeister finden ihren Weg zurück. Ein tolles Gefühl macht sich in ihm breit. Alle Zellen schalten blitzartig auf Optimismus. Wärme und Wohlbehagen breiten sich im ganzen Körper aus, ein warmer Strom von guten Gefühlen ebnet den guten Gedanken den Weg. Paul kommt die Liebe zu seiner Frau und zu seiner Familie in den Sinn. Er denkt an die beiden Kinder, die er hier in der Reha so unendlich vermisst. Trotz großer Wehmut erteilte Paul Besuchsverbot, er will einfach nicht, dass die Kleinen ihren Papa in diesem erbärmlichen Zustand zu sehen bekommen. Er spürt tiefe Dankbarkeit für alles, was in den vergangenen Jahren in seinem Leben geschehen ist.

Nur der Crash trübt das Bild. Für ihn kann er beim besten Willen nicht dankbar sein. Er muss auch an viele mehr oder weniger turbulente Situationen in seinem beruflichen Leben denken. Da war schon ordentlich was los. Und plötzlich sind sie alle da: Die vielen Ups und Downs. Paul hat vieles gemeistert und hat echt ein gutes Standing bewiesen. Er hat Risiken auf sich genommen, aber es hat sich gelohnt – zwar nicht immer, aber doch zumindest manches Mal.

> »Hey Alter, dafür kannst du dir echt selbst Respekt zollen. Ja, dann tu es doch verdammt nochmal auch!« Er presst die Lippen aufeinander und nickt zustimmend.

Er muss auch an seine Werte, an seinen Wertecodex, denken. Denn Werte waren und sind besonders wichtig für Paul.

> »Sie sind als Begrenzung des Weges wichtig«, würde Jussoff jetzt sagen und damit wohl wieder einmal recht haben, schmunzelt Paul.
>
> »Deinen Werten bist du immer treu geblieben. Zumindest hast du es redlich versucht. Die hast du nie verraten, auch wenn du dir dabei so manches Mal die Finger und den Mund verbrannt hast. Gut so!«, zollt er sich abermals selbst Respekt, während er noch suchend über die Liebe nachdenkt.

Ein leichter Blick streift die Uhr an der Wand. Die Zeiger zeigen fünf Minuten vor vier.

> »Um Gottes Willen, schon fast vier! Petra kommt ja heute auf Besuch!«, erschrickt Paul.

Als er sich langsam und vorsichtig im Bett aufsetzt, bemerkt er den Zettel in seiner rechten Hand. Hektisch öffnet er den gefalteten Zettel, auf dem geschrieben steht:

> »Denk immer an die Wünsche! In Liebe, Jussoff.«

Da bekommt er feuchte Augen und freut sich darüber, einen wirklichen Freund für sein neues Leben gefunden zu haben. Doch Paul muss sich sputen, denn Besuch ist im Anmarsch.

Freitagnachmittags ist die Hölle los auf den Tiroler Autobahnen: Alle wollen heim oder in den Urlaub. Alle wollen irgendwo hin und das möglichst schnell. Petra ist spät dran, zu spät. Sie ruft Paul an, um ihn über die Verspätung zu informieren.

Der atmet auf und freut sich über die gewonnene Zeit, denn schließlich will er ja auch im Rollstuhl eine halbwegs vernünftige Erscheinung abgeben. Aber es braucht jetzt eben alles ein wenig länger als früher. Rasieren, umziehen, selbst das Einfachste der Welt – der Gang oder besser die Fahrt aufs Örtchen – wird zum Hindernisparcour.

Petra freut sich riesig auf das Wiedersehen und ist aufgeregt wie ein junges Mädchen vorm ersten Date. Ihre Blicke wandern immer wieder prüfend in den Rückspiegel. In Gedanken geht sie noch einmal die Checkliste für den perfekten Style durch:

> »Frisur – passt. Makeup – passt. Lippenstift – passt. Lidschatten – passt. Nagellack – passt. Petra – passt!«, bestätigt sie sich selbstzufrieden und ein klein wenig in sich selbst verliebt, ihre zwar nicht makellose, aber dennoch recht gepflegte Erscheinung.

Zwei Wochen sind seit dem ersten Kuss mit Paul vergangen. Petra ist aufgeregt.

> »Ob das wohl auch richtig war? Schließlich ist er doch ein verheirateter Mann. Eigentlich kannst du so etwas gar nicht machen – du bist doch kein Flittchen!«, sinniert Petra über den Kuss mit einem vergebenen Mann.

»Aber er ist nicht einfach nur ein gutaussehender Mann, der am Rande des Abgrundes gestanden ist – er ist Paul«, rechtfertigt Petra ihre Gefühle, die, je näher sie zur Klink kommt, umso stärker in ihr hochkommen.

Mit knapp zwanzig Minuten Verspätung parkt sie ihren roten Alfa Romeo Giulietta sportlich gekonnt auf dem Parkplatz der Klinik ein. Längst hat Paul sie vom Fenster aus gesehen und lächelt über ihre Fahrweise, die ihm einfach taugt. Sein Herz rast, wie das eines Schulbuben beim ersten Pausendate.

»Ob der Kuss nicht einfach zu viel war? Ich wollte das gar nicht, ich bin doch verheiratet. Schließlich habe ich doch Werte! Aber ich konnte es einfach nicht verhindern. Scheiße, ich bin doch ein verheirateter und treuer Mann«, gerät Paul ins Grübeln über den Sinn oder Wahnsinn dieses Kusses.

Er erinnert sich an Jussoffs Worte:

»Herz und Verstand müssen eine Einheit bilden.«

Aber von Einheit ist jetzt keine Spur.

Herz sagt: »ja, unbedingt!«, Verstand sagt: »Nein, bloß nicht, zu gefährlich!« Paul kratzt sich an der Wange und überlegt.

Ein Klopfen an der Zimmertüre unterbricht seine Gedankenspiele. Petra ist angekommen und betritt Pauls temporären Zweitwohnsitz. Geradewegs und zielstrebig nimmt sie Kurs auf ihn.

»Mein Gott, sie ist einfach himmlisch und sinnlich«, denkt er, während die „Gefahr“, wie sein Verstand sie eben nannte, direkt auf ihn zusteuert.

»Hallo, mein Lieber, wie geht es dir?«, haucht sie ihm leise ins Ohr.

Ein beiderseitiger Kuss auf die Wangen folgt. Trotz kühler, dem Regenwetter angepasster Begrüßung, liegt ein Zauber in der Luft. Beide spüren die Magie. Freude, aber auch Scham und Vorsicht füllen den Raum.

»Es ist schön, dass du da bist. Ich freue mich echt, dich wiederzusehen.« Pauls Stimme zittert ein wenig.

Er wirft einen tiefen, dennoch unsicheren Blick in wunderbar türkisfarbene Augen.

Sein Herz schaltet auf Speed-Modus und beginnt zu rasen. Petra nickt still und zufrieden. Sie wirkt erleichtert.

»Der Regen hat nachgelassen – komm, lass uns an die frische Luft gehen, na ja fahren«, fordert Paul seine Besucherin zum Parkrundgang auf.

Die Tiroler Berge zeigen sich wieder von ihrer schöneren Seite. Mit der Sonne steigen auch die Temperaturen. Den Temperaturen folgend erwärmt sich auch die zuvor noch angespannte Stimmung zwischen den beiden. War die Unterhaltung eben noch von Zurückhaltung und spürbarer Unsicherheit geprägt, so kommen nun die Vertrautheit und die Anziehung mit großen Schritten zurück.

Paul erzählt Petra von der schmerzhaften wöchentlichen Behandlung und von den täglichen nicht minder schmerzhaften Trainingseinheiten, die ihm alles, vor allem aber volle Schmerzüberwindung und Selbstdisziplin, abverlangen. Voller Stolz schildert er, wie er kürzlich sogar ein paar ganz kleine Schritte auf Krücken gehen konnte – gestützt von Jussoff und dem Henker, aber immerhin: Fortbewegung ohne Räder, nur auf Krücken!

»Weißt du, Petra, das war so ein unglaubliches Gefühl, es war einfach nur großartig. So muss es sich anfühlen, wenn man fliegen kann!«, sprüht es überglücklich aus Paul heraus.

Er kämpft damit, seine Tränen zu verbergen, so wichtig waren diese kleinen Schritte für ihn. Natürlich hat Petra seine Tränen längst bemerkt. Sie stellt sich vor den Rollstuhl und schenkt Paul einen langen, liebevollen und verständnisvollen Blick. Dann beugt sie sich zu ihm hinunter. Mit einer lässigen Handbewegung streift sie sich durch ihre kecke, kurze Mähne. Sie will jetzt auf keinen Fall einen Fehler machen.

»Egal, es muss sein!«, schießt es durch ihre Synapsen und lässt sie unter Kontrollverlust beherzt die Initiative ergreifen.

Zärtlich und behutsam wischt sie Pauls Tränen ab. Ihre roten Lippen gehen zielstrebig auf Kurs und sie werden ihr Ziel nicht verfehlen. Der zweite Kuss, der nicht sein darf, bringt alle Hormone zum Kochen. Blitze fahren durch die Körper. Die Endorphine fahren Vollgas. Nach einer gefühlten Ewigkeit des Genusses und der Vorfreude auf das, was noch kommen mag, setzt Paul zögernd zu sprechen an und legt dabei sanft seinen Zeigefinder auf Petras Lippen.

»Ich glaube, ich habe mich eben wieder voll und ganz gespürt. Oder ich habe einfach nur die Liebe gespürt«, gesteht er lächelnd.

Petra streichelt ihm langsam und zustimmend mit einem liebevollen Blick übers Gesicht und mit der rechten Hand durch sein leicht gewelltes und durch die Ereignisse der jüngsten Zeit sichtlich grauer gewordenes Haar. Zu der Harmonie, die beide spüren, mischt sich jetzt auch mehr und mehr Vertrautheit. Die Zeit scheint stillzustehen. Wichtig sind nur mehr zwei: Petra und Paul. Paul fühlt sich superwohl mit Petra und kostet ihre Nähe mit allen Sinnen aus. Aber er will etwas loswerden:

»Jussoff hat mir heute ganz schön die Augen geöffnet. Ich glaube, der Typ kann Gedanken lesen oder so. Er hat meine Sinnkrise total erfasst und mir wahnsinnig tolle Worte, ja irgendwie sogar Hoffnung geschenkt.«

Petra merkt: Paul will ihr unbedingt von diesem Gespräch erzählen und sie weiß, es würde ihm guttun. Außerdem möchte sie ja alles über ihren Ex-Patienten erfahren. Neugierig fordert sie ihn auf, ihr doch alles ganz in aller Ruhe zu erzählen, denn schließlich haben sie heute alle Zeit der Welt. Paul freut sich sehr darüber, dass sich Petra für sein Seelenleben interessiert.

Bald haben sie den perfekten Platz im Park gefunden, an dem es sich einfach gut und gemütlich reden lässt. Einen Platz, an dem die Worte wie Samen auf frischen Ackerboden fallen, um ihre ganze Wirkung zu entfalten. Ein Hauch von Romantik umweht das Paar, das unter der mächtigen Linde mitten im Park Platz genommen hat: Paul im Rollstuhl, Petra auf der Bank neben ihm. Paul redet und redet und redet. Petra lauscht therapeutisch geschickt und erfährt so allerlei Interessantes über ihren vermeintlichen Traumprinzen. Langsam beginnt die Sonne hinter den Bergen zu versinken. Bevor sie endgültig in die Nacht verschwindet, gibt sie noch ein ganz besonderes Schauspiel – das berühmte Alpenglühen – zum Besten. Atemberaubend schön erleuchtet glutrotes Sonnenlicht die schroffen Felsformationen der umliegenden Berghänge. Kein Regiemeister der Welt könnte es besser. Ein paar Vögel begeben sich lautstark zum Nachtquartier in die alten mächtigen Baumkronen im Park und begleiten Pauls Monolog mit ihrem allmählich immer leiser werdenden Gezwitscher. Wie aus einer frisch angeschlagenen Ölquelle quillt es immer noch aus Paul heraus – ein gewaltiger Druck schleudert alle Details seines Lebens an die Oberfläche. Er kann nicht anders, er muss Petra einfach alles erzählen. Er muss seine Seele wieder mit dem Balsam der geduldigen Zuhörerin ölen. Einem roten Teppich gleich, breitet er sein ganzes Leben vor ihr aus. Schonungslos werden alle Höhen und

Tiefen offengelegt. „Paulileaks“ lässt es nicht zu, dass er mit irgendetwas hinter dem Berg hält. An allen alten Narben wird nochmal kräftig bis zur Schmerzgrenze gezerrt. Alte Wunden werden brutal aufgerissen. Tief und immer tiefer gräbt Paul in der seelischen Schmerzschatzkiste, so als wollte sein inneres Kind einen ganz besonderen Schatz finden. Nur Paul und der Himmel wissen, welch wertvolle Schätze sich tatsächlich darin verbergen.

In weiblicher Neugier findet es Petra unendlich interessant, in Pauls Seelenkiste zu wühlen.

Sie genießt und schweigt, denn sie hat schon so viel Dummes von so vielen Idioten gehört. Umso spannender findet sie jede Silbe, die Pauls Mund verlässt. Mehr und mehr beginnt sie, den interessanten Mann hinter den Erzählungen zu entdecken. Unbewusst oder nicht – mit jedem Wort gibt Paul ein Stück mehr von sich preis. Mit jedem Wort schreitet der Seelenstriptease unaufhaltsam voran, bis er bald völlig nackt vor Petra steht.

> »Ich habe versucht, unter dem Schutzdach des Erfolges und auf dem Fundament einer fiktiven Sicherheit mein Leben zu leben und bin damit letztlich völlig gescheitert.
>
> Und heute, jetzt und hier im Rollstuhl – aber Gott sei Dank am Leben – frage ich mich: War ich eigentlich jemals begeistert von meinem Leben? Hat mich mein beschränktes Leben jemals wirklich mit Geist erfüllt? Nein, hat es nicht! Mein Leben hat mir einfach keine Zeit für Begeisterung gelassen. Aber glaube mir, das wird sich ab jetzt ändern! Das Leben ist zu kostbar, um es nicht begeistert zu leben. Du musst dich einfach von jeder Sekunde des Lebens inspirieren lassen, verstehst du?«, fragt Paul enthusiastisch und sieht Petra mit Feuer in den Augen an.
>
> Petra lächelt. »Atmen nicht vergessen!«

Paul lächelt zurück und holt noch weiter aus:

»Eines habe ich gelernt: Die Umwege des Lebens sind enorm wichtig, denn viele Umwege erhöhen die Ortskenntnis. Und ich habe wirklich jede Menge Ortskenntnis bekommen!«

Petra hängt noch immer an seinen Lippen. Pauls Ausführungen haben Erinnerungen in ihr wachwerden lassen: Erinnerungen an ihren Vater.

Er und Paul sind sich ähnlicher, als sie dachte. Petras Vater war ein Kämpfer, der seinem Leben mühsam ein kleines Stück Glück abgerungen hat.

Ein strenger, gerechter und auch fürsorglicher Papa ist er gewesen, erinnert sie sich an ihre Kindheit zurück. Aber er war auch einer, der seine Liebe nicht wirklich zeigen konnte, ja die Liebe geschickt hinter seiner Arbeit versteckt hat. Aber sie war da. Die Liebe war da, ist sich Petra zu hundert Prozent sicher. Er war eben ein typischer Vertreter seiner Generation – der „Generation Aufbau".

»Liebe zu zeigen haben sie damals einfach nicht gelernt, das hätte als schwach gegolten. Das war ein absolutes No-Go«, verteidigt Petra ihren Vater innerlich.

Es ist ihr nicht anzumerken, dass sie mit ihren Gedanken ganz woanders gelandet ist.

Liebvolle, zärtliche und hoffnungsspendende Worte ihrer Eltern, besonders von ihrem Vater, hat sie oft vermisst. Oft wären diese Worte bitter nötig gewesen, aber sie kamen einfach nicht. Sie wollte einfach nicht kommen, die Anerkennung der Tochter gegenüber. Die Anerkennung war geschickt und versteckte sich gut im Schrebergartenidyll der kleinen Arbeitersiedlung. Auch in all den Jahren, als Petra schon längst erwachsen war und der Vater allen Grund hatte, stolz auf seine Tochter zu sein, ließ die Anerkennung auf sich warten, wie der Schneefall im August.

Immerhin: Petra hat es von der einfachen Krankenschwesternschülerin aus der Provinz zur Leiterin einer Abteilung im Landesklinikum gebracht und war dabei noch nicht mal dreißig Jahre alt – und das ganz ohne Parteibuch und die oft üblichen zwischenmenschlichen Schiebereien. Sie hatte beruflich etwas aus sich gemacht – ganz zu schweigen von ihren ehrenamtlichen Tätigkeiten, wie jener als Rettungssanitäterin, die ihr sogar etliche Auszeichnungen eingebracht haben. Ja, sie ist zweifelsohne ihren Weg gegangen – auch ohne die Anerkennung ihres Vaters, oder vielleicht gerade deshalb. Petra ist einen anderen Weg als Paul gegangen: geradewegs aufs Ziel zu, ohne viele Umwege.

Die Sonne hat sich in der Zwischenzeit aus Tirol verabschiedet und mit ihr die angenehmen Temperaturen. Es ist kühl geworden im Park. Das Pärchen beschließt, den nachmittäglichen Kurzausflug zu beenden und wieder zurück auf Pauls Zimmer zu kehren.

Paul hat eine kulinarische Idee und Petra ist begeistert: „Der Bergfürst", das neue Lokal im Ort, hat eine ausgezeichnete Küche – ja, es hat sogar eine Haube: lokale, traditionelle Gerichte, modern und mediterran interpretiert, also Kochkunst, die viel verspricht. Paul bittet Petra, vorauszugehen. Dann ruft er beim „Bergfürsten" an und bestellt beim freundlichen Besitzer eine interessante Menü-Kombination sowie eine Flasche vom köstlichen Barolo la Tartufaia, Jahrgang 2010. Petra liebt guten Rotwein, weiß Paul inzwischen. Aber es wäre nicht Paul, hätte er nicht noch eine weitere Idee. Er will Petra überraschen. Er will sich von seiner besten Seite zeigen und ganz den Gentleman raushängen lassen. Es soll ein besonderer Abend werden, mit einer besonderen Frau, und wer weiß – vielleicht mit einer besonderen Gelegenheit.

Petra traut ihren Augen nicht, als sie Pauls Zimmer betritt: Ein fein gedeckter Tisch, ein langes, weißes Tischtuch, mit einem kleinen Wiesenblumenstrauß und drei brennenden Kerzen in der Mitte erwarten sie – eine perfekte Szenerie, die es mit jedem Nobelrestaurant aufnehmen kann. Petra ist sichtlich überrascht und gerührt. Anerkennend küsst sie Paul auf die Stirn.

»Jussoff, du alter Fuchs!«, murmelt Paul leise und ist selbst überrascht, wie perfekt und schnell sein Freund dieses tolle Ambiente gezaubert hat.

Der „Bergfürst" catert pünktlich und hält, was sein Ruf verspricht. Ein vielversprechendes Candlelight-Dinner in einem ansonsten schmucklosen Klinikzimmer nimmt seinen Lauf. Paul ist vollends zufrieden mit seinem Überraschungsmenü:

Scampi an Speckknödeln, danach Wolfsbarsch mit Tiroler Bergschaf, im Duett an Südtiroler Erdäpfelsterz, sowie Weintraubeneisknödel als Dessert, sind auch eine wirklich gekonnte und freilich nicht alltägliche Komposition. Die Auswahl verfehlt ihre Wirkung nicht.

»Einen exzellenten Geschmack hast du, mein Bester!«, zollt Petra ihrem Gourmetfreund Anerkennung und prostet ihm unter dem feinen Klang von exquisiten langstieligen Gläsern zu.

Petra zeigt sich beeindruckt von Pauls Kenntnissen der kulinarischen Genüsse des Lebens und der Küchen dieser Welt. Dass er ein cleverer Kerl ist, hat sie schon mitbekommen, aber dass er auch Stil hat, das gefällt ihr umso mehr.

»Kein Blender, kein Schickimicki-Macho der üblichen Sorte, einfach ein netter und cleverer Kerl zum Verlieben«, streut sie ihrem Gastgeber gedanklich rote Rosen und nimmt einen weiteren genussvollen Schluck vom herrlichen Rotwein.

Der Edelrote zeigt den beiden Gourmets, welche Kraft und Fantasie in den Trauben des Jahrgangs 2010 steckte. Die beiden lachen jetzt mehr, als sie reden. Und sie genießen in vollen Zügen: das Essen und die unverfängliche, ehrlich heitere Stimmung. Heiter und ausgelassen haben sie es. Die Mischung aus neuen, unverbrauchten Momenten und Vertrautheit öffnet der Sehnsucht weit die Türe. Petra und Paul genießen das Spiel mit der Gier nach Zärtlichkeit, das beide ganz gut beherrschen. Noch wissen sie selbst nicht so genau, wie es um sie steht.

Doch das spielt jetzt überhaupt keine Rolle. Nur dass es so ist, wie es ist – das zählt im Augenblick. Die Kraft der Sehnsucht von erwachenden Gefühlen, gepaart mit der Kraft des italienischen Rotweins, ebnet dem Verlangen den Weg. Die Blicke werden länger und schwerer und von Sekunde zu Sekunde erwartungsvoller.

Sie werden ehrlicher und begehrlicher. Das flackernde Kerzenlicht lässt Petras Körper in besonderer Weise erstrahlen. Paul gibt sich alle Mühe, sein Handeln und seinen Unterleib unter Kontrolle zu halten. Doch so sehr er sich auch bemüht, unaufhaltsam gerät der Mann mit Werten in einen Strudel aus begehrlichem Wollen und Verlangen. Langsam, aber sicher, beginnen Pauls Werte zu schwanken.

Er muss zweimal hinsehen und traut seinen Augen nicht. Der Atem stockt bei dem, was er im diffusen Licht erspäht: Petra öffnet langsam einen Knopf nach dem anderen an ihrer Bluse. Ganz langsam gibt sie einen erwartungsvollen Einblick frei. Pauls Wertefundament steht kurz vor dem völligen Zusammenbruch. Er kann, ja er will sich jetzt nicht mehr zurückhalten. Beim Poker der Gefühle heißt es schlussendlich doch immer „Herz sticht Hirn“. Paul hadert noch, doch der testosterongewürzte Liebescocktail beginnt bereits zu wirken – Widerstand zwecklos. Mit einem Griff streift er sein schwarzes Poloshirt ab. Petra kennt den

Anblick bereits vom Krankenhaus, aber diesmal wirkt Pauls Body frischer, knackiger und einfach nur zum Anbeißen. Ihre Hand verlangt nach seinem Körper, sie will Männlichkeit spüren, sie will Testosteron anpacken. Ja, sie will es! Pauls Gefühle fahren Achterbahn. Sein Body-Mindset wird hin- und hergerissen zwischen Wollen, Dürfen und moralischen Verboten. Doch wo das Herz gewinnt, verliert jedes Verbot schnell seine Macht und die Moral mutiert kurzerhand zum Zaungast. Paul ergibt sich. Langsam lässt er sich über Petras zarte Haut gleiten.

Der Umarmung, die eher einer Verschlingung gleicht, folgt ein unheimlich guter, leicht nach Barolo schmeckender, niemals endender Kuss.

Als der Klingelton „Highway to Hell" aus Pauls Handy tönt, erschrecken beide und ein Kuss für die Ewigkeit wird in einer Zehntelsekunde beendet. Sehnsucht, bitte warten! Paul greift nach dem Handy, das neben einem halbleeren Glas Rotwein am Tisch liegend, auf die Gesprächsannahme wartet. Als sein Blick am Display hängenbleibt, färbt sich sein Gesicht schlagartig knallrot.

„Linda is calling" liest er und erstarrt.

Paul drückt das Gespräch ab. Er kann jetzt nicht mit Linda reden und überlegt, ob ihr Anruf eben Intuition war. Auch Petra ist der Anruf von Pauls Frau nicht geheuer. Hastig knöpft sie die Bluse zu. Rasch die Haare mit den Händen gekämmt, steht sie hektisch auf, nimmt ihre Handtasche und drückt Paul einen kurzen, aber innigen Kuss auf seine immer noch feuchten Lippen.

> »Was tun wir hier? Was machen wir? Das dürfen wir einfach nicht! Ich muss gehen, Paul«, meint Petra, wieder ganz Herrin ihrer Sinne, abschiedssicher und traurig.

Paul sitzt stumm da, wie ein begossener Pudel. Er weiß auch nicht, was sie hier tun und ob sie das dürfen. Im

Augenblick weiß er nur, dass er eben noch so hoch geflogen und nun richtig hart gelandet ist. Wieder einmal ist er zum Bruchpiloten geworden. Als Petra die Zimmertüre hinter sich schließt, fühlt er sich dreckig, klein und schäbig. Am liebsten würde er unter dem Teppich verschwinden. Ein Mann mit Werten hat sich einfach einer anderen Frau an den Hals geworfen.

»Du bist ein riesiges Arschloch!«, tadelt er sich selbst.

Es ist spät und Paul ist müde geworden von diesem ereignisreichen, turbulenten und ziemlich anstrengenden Tag. Nach der beschwerlichen Abendtoilette legt er sich erschöpft ins Bett. Aber an Schlaf ist überhaupt nicht zu denken – zu vieles ist noch ungeordnet in seinem Kopf. Also gilt es zunächst einmal, Inventur der Gedanken und Gefühle zu machen. Während die Wirkung der italienischen Trauben langsam aber sicher verblasst, reflektiert er diesen Wahnsinns-Freitag noch einmal.

> »Das war schon ein irrer Tag: Das Gespräch mit Jussoff, meine Gedanken über mich selbst, meinen Respekt, darüber, meine Liebe zu mir selbst zu finden, die Erkenntnis, dass ich alles nur in mir selbst suchen und finden kann – auch und vor allem die Selbstliebe. Ach ja, die Liebe, die kann man sowieso nicht finden, die findet dich«, denkt er, während noch einmal Petras sinnlicher Anblick im Kerzenschein vor seinem geistigen Auge vorüberzieht.

Paul ist noch völlig geflasht von diesem High-Emotion-Day, einfach überwältig von alldem, was passiert ist.

> »Das Leben ist die Liebe wert. Ja, dieses eine Leben hier und jetzt ist die Selbstliebe wert. Mit all seinen Umwegen und Mauern, die es zu überwinden gilt, ist es schlussendlich jede Liebe wert!«, fasst Paul Mut und einen festen Entschluss:

»Ich werde wieder gehen! Ich werde diesen verdammten Rollstuhl verlassen! Ich liebe mich und werde das Unmögliche schaffen!« Paul spricht Klartext über seine Zukunft. »Ich kann nicht ändern, was gewesen ist, aber ich kann aufbauen, was sein wird!«, ist er sicher.

Geschafft dreht er das Licht ab.

Lass Schwäche zu
und du wirst Stärke gewinnen.
Liebe dich einfach so,
wie du bist!

Kapitel 5

Der Wunsch, reich zu sein

Unaufhaltsam trieft der Schweiß von Pauls Stirn. Das harte Back-to-life-Training ist mental und körperlich alles andere als ein Spaziergang. Aber Paul will es so, denn jeder Schweißtropfen reinigt seinen Körper vom süßsauren Gift des Selbstmitleids. Viel zu lange hat er sich nun schon damit selbst vergiftet, findet Paul, während er seine tägliche Portion Training mit geballter Kraft und eisernem Willen abspult. Es ist an der Zeit. Irgendwie muss er es schaffen, die Ketten seiner Behinderung zu sprengen. Irgendwie muss er dieses Handicap wieder loswerden – koste es, was es wolle!

Der Verzweiflung sollen endlich Taten folgen. Noch nie in seinem Leben ist Paul so fest entschlossen und verbissen gewesen – aber auch unsicher. Er hat das Ziel klar vor Augen. Doch es gleicht mehr einem Wunder als einem realistisch erreichbaren Ziel. Sein Blick lässt keinen Zweifel: Wenn es drauf ankommt, kann Paul knallhart sein, vor allem zu sich selbst.

> »Wo ein Wille ist, ist auch irgendwo ein Weg und ich werde ihn finden!«, lautet die ausgegebene Parole.

Dass sich bei Paul gerade etwas verändert, merken auch die Ärzte. Die Götter in Weiß sind beeindruckt von seinen Fortschritten. Dank der ständigen kleinen Verbesserungen seines Zustands muten sie Paul auch laufend ein wenig mehr Trainingseinheiten zu. Alle wissen es, aber keiner spricht es offen aus: Der Weg der Genesung wird noch ein sehr, sehr langer und steiniger werden.

> »Los, Paul, eine Runde packst du noch«, motiviert ihn die betreuende Trainerin.

Eine nette Therapeutin ist sie, und außerdem sportlich und sympathisch – voll und ganz Pauls Motivationstyp. Aber für die nette Sandra hat er keinen Blick und schon gar keinen Gedanken übrig. Er hat nur sein großes Ziel vor Augen. Alles, was ihn davon ablenken könnte, wird ab sofort gnadenlos aus seinem Hirn verbannt. Voller Fokus, volle Kraft voraus – so hat er es immer schon gemacht. Der Schweiß trieft, die Muskeln brennen im Feuer des Eifers, jede Faser schreit. Jede Zelle muss sich ab sofort dem einen Ziel unterordnen. Bei jedem Hieb der Fünfzehn-Kilo-Hanteln wird Paul schwarz vor Augen, jeder Hieb verursacht ein kurzes Blackout. Vor lauter Anstrengung ist ihm zum Kotzen, aber er muss weitermachen. Er muss es einfach wissen. Er muss an seine Grenzen gehen und sie überwinden. Das Handtuch um seinen Hals ist klitschnass und wird eben zum dritten Mal gegen ein trockenes ausgetauscht. Das alles ist Paul völlig egal, denn seine Grenzen liegen nicht in der Norm. Es sind eben nicht die Grenzen eines normalen Menschen. Die hat er längst überwunden. Seine Grenzen sind einzig und allein dazu da, um überwunden zu werden. Er ist im wahrsten Sinne des Wortes begeistert von seiner Kämpfereinstellung und megahappy darüber, dass er endlich seinen alten Biss wiedergefunden hat.

> »Willkommen zurück, alter Haberer!«, begrüßt Paul in Gedanken seinen harten Biss wie einen alten Freund, der schon seit ewig langer Zeit nichts mehr von sich hören hat lassen.

Über viele Jahre hinweg waren sie wirklich supergute Freunde gewesen: Paul und sein Biss und dessen große Schwester, die pure Lebensfreude. Doch Pauls Lebensfreude ist beim Crash im Schotterteich ertrunken. Gott sei Dank ist wenigstens sein alter Kumpel wieder da, denn mit ihm zusammen könnte Paul glatt alle Bäume des Parks ausreißen, zumindest aber den Rollstuhl in die Ecke stellen und einfach drauf loslaufen – auf das ganz große Ziel zu.

Der Hormontrainingscocktail aus Adrenalin und Testosteron zeigt Wirkung: Paul ist im Trainingsrausch.

> »Komm, Sandra, leg noch eins drauf«, fordert er die Trainerin auf, die Anzahl der Gewichte noch weiter zu erhöhen.

Die erfahrene Therapeutin ist skeptisch, ob Pauls Trainingspensum auch wirklich zu seinem Besten ist. Aber Paul weiß, wie er Wünsche Frauen gegenüber zu formulieren hat. Schließlich gibt Sandra nach und tut, was der Powerpatient verlangt. Es wäre besser gewesen, sie hätte sich auf ihren fachlichen Instinkt verlassen.

Paul stemmt das letzte Gewicht. Plötzlich schießt ein stechender, brennender Schmerz in seine Brust. Doch ein Tiger gibt nicht auf. Es geht weiter, Schmerz hin oder her. Dieses eine Mal noch muss er die schweren Hanteln in die Höhe kriegen, muss er den Schmerz unterdrücken, ihn einfach ausblenden. Aber Paul hat die Rechnung ohne den Schmerz gemacht. Der lässt sich nicht so einfach austricksen. Heftig meldet er sich zu Wort und zwingt ihn mit einem lauten Schrei in die Knie. Game over! Mit voller Wucht knallen die Hanteln zu Boden und schlagen in den dunkelbraunen Parkettboden der Trainingshalle ein. Der Aufprall hinterlässt eine Signatur des Schmerzes am Boden. Wie viele vor ihm, hat sich nun auch Paul in der „Hall of Pain“ verewigt.

> »Aus, Schluss jetzt! Ich hole sofort den Chef – er muss die weiteren Entscheidungen treffen«, beendet die Therapeutin auf der Stelle das Training und konsultiert aufgeregt den diensthabenden Oberarzt.

Ihre Gedanken sind voller Selbstvorwürfe und voll schlimmer Befürchtungen. Es kommt, wie es kommen musste. Paul wollte, wie schon so oft in seinem Leben, einfach zu viel des Guten. Zu hoch gepokert, der Einsatz war zu hoch.

Er hat sich übernommen und sich einen schmerzhaften Muskelfaserriss zugezogen. Ein überraschender und herber Rückschlag. Paul ist in die Knie gezwungen. Er ist am Boden zerstört. Das hat ihm gerade noch gefehlt! Das hat er nun davon: eine Zwangstrainingspause von mindestens vier Wochen.

Im Zimmer angekommen spült der angeschlagene Kämpfer seinen Zorn mit einem ordentlichen Schluck Rotwein hinunter. Paul realisiert schnell: Die Zwangspause wird ihn mindestens ein bis zwei Monate länger in den Tiroler Bergen gefangen halten.

> »Egal, scheißegal, ich werde wieder gehen! So oder so, egal, wie lange es auch dauern wird. Ich verfluche dich, du scheiß Rollstuhl! Und ich werde dich besiegen, ich mach dich fertig, hörst du!«, schreit er sich den Frust mit über hundert Dezibel aus dem Leib.
>
> »Wo ein Wille ist, ist auch ein Weg. Nicht irgendein Weg, sondern *mein* Weg!«, setzt er noch eins drauf und legt unwiderruflich fest, wo es ab jetzt trotz aller Rückschläge langzugehen hat: nur in eine Richtung – aufwärts!

Nachdem sich Pauls Gemüt wieder halbwegs beruhigt hat und zurück in eine Art Normalzustand gekommen ist, soweit man das bei ihm, seit er hier in der Reha gelandet ist, so nennen kann, beschließt er, das Beste aus seiner Zwangspause zu machen. Er sitzt vor der weit geöffneten Balkontüre, lässt den Blick über den Park hinüber zu den Felswänden schweifen und nippt nachdenklich am trockenen Merlot. Paul will die Trainingsunfähigkeit nutzen, um den Blick wieder mehr nach innen zu richten. Seelisches Training ist wichtig, auch das hat er inzwischen gelernt, in seinem neuen Leben nach dem Crash. Zwar hat er auch früher schon hin und wieder innegehalten und meditiert, doch bei seinem stressigen Job war einfach nicht genug Zeit dafür. Wie bei vielen wichtigen Dingen ist es auch diesmal Jussoff gewesen, der Paul den Rat gab, zu meditieren. Erst kürzlich meinte er bei einem gemeinsamen Parkausflug zu ihm:

»Versuch doch einmal, wirklich tief in dich hineinzuhören, in aller Stille. Denn in der Stille kannst du die Gedanken hören. Die Gedanken schreien nicht, sie sprechen mit leiser Stimme zu dir. Gib ihnen eine Chance, gehört zu werden. Versuche aber noch mehr: Versuche, Kontakt aufzunehmen, nimm Kontakt auf mit der Schöpfung – und wenn du willst, auch mit deinem Schöpfer! Der ist immer erreichbar. Ruf doch einfach mal wieder an«, zeigte Jussoff seinem Freund einen Weg zur inneren Einkehr.

»Wenn ich schon nicht körperlich trainieren kann, dann zumindest geistig. Schließlich kann es nicht schaden, wenn ich mich selbst ein bisschen besser kennenlerne«, beschließt Paul zu meditieren.

Er nützt die Zwangspause, um dem Rat seines Freundes zu folgen und bereitet sich für eine Meditation vor. Doch bevor die Reise nach innen losgeht, will er noch schnell die Post lesen, die schon seit Tagen ungeöffnet auf dem Nachttisch liegt. Seitdem Linda die schlechten Nachrichten überbracht hat, geht Paul auf Nummer sicher und lässt sich alles hierher nach Tirol nachsenden.

»Wenn schon schlechte Nachrichten, dann lese ich sie wenigstens zuerst«, war sein Beweggrund.

Beherzt schnappt er sich die Briefe und sortiert sie für einen ersten Überblick.

»Okay, was haben wir denn alles? Genesungswünsche, ein eingeschriebener Brief von der Bank und einer von der Firma.« Paul überlegt kurz, ob er das überhaupt jetzt lesen soll.

Alle möglichen Leute schicken mehr oder minder nette Besserungswünsche. Über einen Gruß freut er sich aber wirklich. Er liest kurz über die Karte der Reinigungsdame des Büros.

»Woher die alte Svoboda wohl meine Adresse hat? Egal. Das ist wirklich lieb von ihr«, bedankt er sich gedanklich bei seinem Putzengel.

Pauls geschäftlich bedingte Neugier ist zu groß und er beschließt, die Briefe doch sofort zu lesen – sie sollen nicht noch weitere Tage vor sich hinwelken. Den ersten Platz auf seiner Leseliste gewinnt die Bank.

Paul reißt die Augen auf und staunt nicht schlecht, als er die ersten Zeilen liest.

»Da Sie mit der Zahlung der Raten für Ihr Eigenheim seit zwei Monaten im Rückstand sind und für eine persönliche Vorsprache in unserem Institut nicht verfügbar waren, sahen wir uns gezwungen, weitere Maßnahmen gemäß Artikel 6, Absatz 6, Punkt 6, des Kreditvertrages zur Begleichung unserer Forderung in die Wege zu leiten.«

»Was soll denn das jetzt heißen?«, gerät er beim Lesen des Bankenbriefes von Zeile zu Zeile mehr in Rage.

»Diese Kreditgünstlinge setzen mich unter Druck! Und noch dazu der Direktor Haidinger, der alles so aufsetzen wollte, dass auch im Falle, wenn einmal was passiert, alles sicher weiterlaufen kann.«

Paul erinnert sich an einige Gespräche, die der Finanzierung der Villa vorangegangen waren, und an das blöde Grinsen des Herrn Direktor, der sich bei den Kreditgesprächen immer mehr auf Lindas Dekolleté als auf Pauls Finanzfakten konzentriert hatte.

»Diese Bankster, die selbst Milliarden in den Sand gesetzt haben und die von mir noch jeden Euro bekommen haben, drohen mir?«,

schaukeln sich Pauls Emotionen und die Wut über die Gier und Unmoral mancher Banker in lichte Höhen.

Immer wenn er sich aufregt, beginnt sein Herz zu rasen und leicht zu brennen. Paul holt tief Luft. Er greift zum Glas Wasser, nimmt einen Schluck – und weiter geht's.

Das kalte Wasser tut gut. Mit Highspeed-Herzschlag liest er weiter im Letter of Desaster.

»Verdammt noch einmal, die drohen mir nicht, die ziehen es einfach durch!«, realisiert Paul schlagartig, dass Banker im Zeitalter von Basel 3 und wackelnder Bankerboni nicht lange fackeln.

„Exekution" steht fett, in Großbuchstaben und zentriert am Ende des Schreibens. Paul schmeißt den Brief voller Zorn auf den Boden. Die Bank will sich holen, was zu holen ist.

Im Schnellverfahren macht er Inventur über sein Vermögen, über das, was die Kreditverwalter einkassieren könnten. Entsetzt stellt Paul fest, dass der Rückkaufswert der Lebensversicherungen weit unter jenem Wert liegt, den er jahrelang brav einbezahlt hat.

»Ein legaler Beschiss, danke sehr, Herr Direktor«, wünscht er dem Bankleiter nur einen Bruchteil seiner bisher erlittenen Schmerzen als Strafe. »Mehr würde das Weichei, das sich nur hinter dicken Akten und der Rechtsabteilung verstecken kann, ohnehin nicht packen«, denkt Paul und kocht vor Wut über die Jahre einer engen Bankverbindung und seiner finanziellen Schieflage.

Die Unfallversicherung kann bis zur völligen Klärung des Unfallhergangs leider keine Zahlung leisten.

»Nochmals vielen Dank, Herr Direktor – war ein guter Tipp, diese Versicherung, nur leider zahlen sie nicht, die Versicherungsheinis.« Paul wird langsam aber sicher immer schlechter.

Es hilft alles nichts: Das angeblich sichere Finanzkonstrukt war nur für einen gut, nein: für zwei – für die Bank und für Haidingers Bonus. Aber seine Aktien werden ihn retten, davon ist Paul überzeugt. Er greift nach dem Laptop und wirft einen geübten Blick auf den Online-Account, um die Performance von Aktien und Fonds zu checken.

Das bislang letzte Mal hat er den Stand der Dinge vor seinem Unfall überprüft – damals war alles im grünen Bereich.

»Was, minus 20 Prozent? Das darf doch alles nicht wahr sein!« Mit einer zornigen Handbewegung klappt er das kalifornische Edelteil zu.

Mehr will Paul jetzt gar nicht mehr wissen. Eines jedoch ist sicher: Von Reichtum keine Spur, von Sicherheit keine Rede. Zornig liest er den Brief der Bank zu Ende.

»Daher sahen wir uns gezwungen, die vereinbarte Pfändung der Geschäftsführerbezüge in die Wege zu leiten.« Pauls Gesichtsfarbe wechselt schlagartig vom fahlen Weiß eines deprimierten Reha-Patienten ins Rot eines zornigen, wilden Kriegers.

Nun ist es gut so, dass er weit weg von Wien, hier in Tirol, an den Rollstuhl gefesselt ist. Haidinger wäre jetzt andernfalls nur allzu leicht Opfer einer seiner gefürchteten Zornattacken geworden. Und in diesem Moment würde er dem Banker glatt an die Gurgel springen. Paul greift nach dem Telefon.

»Die können sich doch nicht einfach meine Kohle holen, einfach alles einziehen, ohne mich zu fragen?«, legt Paul los.

»Doch, das können sie sehr wohl!«, antwortet sein langjähriger Anwalt kurz und bündig.

»Wenn du ab nächstem Monat nicht zahlst, werden sie dir die Hütte unterm Hintern weg versteigern. Wach endlich auf, Paul! Irgendein Günstling findet sich ganz schnell. Haidinger hat dein Haus – und übrigens auch deine Frau – eh schon immer recht gut gefallen. Verstehst du, was ich meine?«

Dieter, der nicht nur Pauls Anwalt, sondern auch ein Freund ist, öffnet seinem fassungslosen Klienten die Augen und klärt ihn restlos über den Ernst der Lage auf.

Paul hat kapiert: Sein Leben, sein Haus – ja seine ganze Existenz ist in höchster Gefahr, bedroht vom System, bedroht von den Geiern, die sich auf seinen wirtschaftlichen Kadaver stürzen wollen. Er kann sie schon am Himmel kreisen sehen, die Anwälte, die Banker, die Haidingers, all die gierigen Geier in den teuren Maßanzügen, die ihnen wegen ihrer fetten Bäuche trotzdem nicht passen. Es ist fünf Minuten vor zwölf.

Paul sitzt in der Falle.

Der gar nicht so schlaue Fuchs ist dem System in die Falle gegangen. Wie Tausende andere auch, ist Paul in die Wohlstandsharmoniefalle getappt: Alles ist super, alles ist gut – Haus, Auto, Kinder, Frau, Karriere, alles perfekt geplant. Und natürlich ist auch alles perfekt abgesichert. Alles auf Pump? Egal, denn Kreditinstitute und Versicherungen sind immer für dich da.

»Mit welch wunderbarer Scheinwelt einen das System doch in die Falle lockt. Willkommen in der Falle, du Trottel! Aber gut, nachher ist man immer klüger«, rechtfertigt sich Paul, obwohl er weiß, er hätte es wissen müssen – oder zumindest ahnen können.

Doch fürs Lamentieren bleibt jetzt keine Zeit, denn es ist höchste Zeit, zu handeln, allerhöchste Zeit! Beherzt nimmt Paul den zweiten Brief – den der Firma – zur Hand.

»Schlimmer kann's eh nicht mehr werden«, denkt er sarkastisch und reißt das Kuvert auf.

Konzentriert beginnt er zu lesen:

»Aufgrund der Aussagen des ehemaligen Abteilungsleiters Stefan sehen wir den Tatbestand der Sorgfaltsverletzung erfüllt und werden zur Sicherung eventueller Forderungen bis auf Weiteres die Auszahlung aller Bezugsansprüche einstellen, womit wir mit sofortiger Wirkung auch das vereinbarte Verpfändungsverbot aktivieren. Unser Anwalt Dr. Rauhenberger ist mit der Prüfung und Durchsetzung möglicher Forderungen beauftragt«, steht in dem Brief, der auch von Roger, Pauls einstigem Freund und Mentor, mitunterzeichnet wurde.

»Wir bedauern zutiefst, dass das Vertrauen der Agentur auf das Äußerste missbraucht wurde«, schließt der verlogenste Brief, den Paul je gelesen hat.

Das pickt gewaltig und stinkt noch gewaltiger!

Diese Neuigkeiten nehmen Paul die Luft zum Atmen. Augenblicklich schreit alles in ihm nach Hilfe. Sein Verstand wirft der Seele forsch zu:

»Ruhe, ich muss nachdenken!«

Stefan hat ihn aufs Gemeinste und Hinterhältigste denunziert, fasst Paul für sich frustriert zusammen.

»Der Kerl lügt einfach, um sich meinen Sessel zu schnappen. Er will mich vollkommen ruinieren – dieses Schwein!«, stößt es heraus, noch während er überlegt, ob er seinen Augen tatsächlich trauen kann, oder ob das alles vielleicht wieder ein böser Traum ist, wie er ihn seit dem Crash gefühlte hundertmal hatte.

Paul schlägt sich selbst ins Gesicht – eine Ohrfeige soll ihn endlich aus dem brieflichen Albtraum holen. Doch der Schlag verfehlt seine Wirkung. Es ist wahr: Die Briefe liegen am Boden, vor dem Rollstuhl. Rechtskräftig vom System gewollt und zugestellt, bereit für die Apokalypse. Paul ist mehr als nervös, aufgebracht und völlig durch den Wind. Er ist erledigt und kann einfach nicht glauben, was er gerade lesen musste. Eine Mischung aus alles verschlingender Wut und tiefer Ratlosigkeit macht sich in ihm breit. Schwarze, grausliche Gedankengewitterwolken ziehen sich zusammen.

Nicht im Geringsten kann er einschätzen, wo die Reise, wo sein Leben hingehen wird.

Alles, was er weiß, ist: Worauf er vor ein paar Monaten noch gebaut hat, existiert nicht mehr. All sein Besitz, all sein vermeintlicher Reichtum ist fragil geworden – oder ist ohnehin schon weg. Aber es wäre nicht Paul, wenn er jetzt alles hinschmeißen würde.

»Aufgeben werde ich höchstens einen Brief!«, war schon immer seine Devise.

Noch immer voll des Zornes beschließt er, weiterzukämpfen und eröffnet eine neue Front in der Schlacht um sein Leben.

»Ich werde kämpfen und ich werde gewinnen!«, gibt er sich wieder siegessicher und schlägt sich dabei, einem Kämpfer gleich, auf die Brust.

»Ich werde euch bekämpfen, euch gierige Banker, euch gierige Sesselsäger, euch gierige Geier. Ich werde gegen dieses System aus Gier und arroganten Arschlöchern kämpfen und ich werde den Kampf meines Leben gewinnen, darauf könnt ihr einen lassen!«, schreit er, um wild entschlossen als Rollstuhlfahrer in die Schlacht zu fahren und aufrecht gehend zurückzukommen – so der Plan.

Es ist spät geworden, und hätte Pauls wirtschaftliches Leben heute nicht solch eine dramatische Wendung genommen, würde er nun einen idyllischen Sonnenuntergang bei einem guten Glas Rotwein genießen. So jedoch ist er einfach nur froh darüber, dass der Tag die Schicht an die Nacht übergibt und endlich zu Ende geht. Trotz der unerwarteten und wirklich bedrohlichen Nachrichten fühlt er sich seltsamerweise auch irgendwie gut – auch wenn er das Gefühl noch nicht richtig einordnen kann.

> »Wer am Boden liegt, kann wenigstens nicht mehr hinfallen«, denkt er süffisant, aber treffsicher.

Mit müden Augen beobachtet Paul das Gerangel der beiden Wachhunde um das beste Futter.

Da fällt es ihm plötzlich wie Schuppen von den Augen: Es ist der eben wieder erwachte Kampfgeist, der wieder Kraft gibt und innerlich zufrieden macht. Ja, das fühlt sich gut an! Paul will wieder kämpfen, weil er wieder voll und ganz zu sich steht, weil er bereit ist, für sich einzustehen, weil er vor diesen Finanzmaden sicher nicht den Schwanz einziehen wird! Paul steht zu sich und er steht zu seinen Fehlern. Wie ein ahnungsloser Marder ist er in die Harmoniefalle getappt! Wärmend und wohltuend breitet sich die Selbsterkenntnis wie ein herrlich fruchtiger Glühwein im Winter in ihm aus. Stolz erfasst den Businesskrieger, der erhobenen Hauptes in den Kampf seines Lebens ziehen will.

> »Anerkennung und ehrlicher Stolz ohne Überheblichkeit und die Liebe zum Leben – das ist wahrer Reichtum! Das sind sie, die Währungen, mit denen du auch am letzten deiner Tage zahlen kannst«, sinniert Paul, noch immer vom Lesestoff des Tages aufgebracht.

Er zieht die Bettdecke bis zum Hals. Ein anstrengender Tag neigt sich endlich seinem Ende zu.

»Ein schwieriger Tag braucht einen leichten Abgang«, beschließt er kurzerhand, Petra anzurufen.

Er kann es kaum erwarten, ihre Stimme zu hören. Geduldig wartet er einen Freizeichenton nach dem anderen ab. Es dauert ewig. Er will endlich diese herzliche, ihm den Abend versüßende Stimme hören.

»Hallo, wer spricht da?«, tönt es am anderen Ende der Leitung.

Eine ruppige männliche Stimme wie von einem Bauern überrascht Paul.

»Hier, hier ist, ach egal – kann ich Petra sprechen?«, erwidert Paul dem vermeintlichen Landwirt.

»Nein, die duscht«, kommt eine knappe Antwort, die einfährt wie ein Blitz.

Reflexartig, völlig überrascht und nicht wissend, was er sonst tun soll, legt Paul einfach auf.

»Was war das jetzt?«

Er kann nicht glauben, was er eben gehört hat. Natürlich weiß er, dass er keinen Anspruch auf Petra hat, aber ein fremder Mann am Telefon und Petra in der Dusche? Das ist doch ein wenig heavy. Das Kopfkino beginnt einen neuen Film zu spielen. Paul hat Karten für die erste Reihe, aber beschließt, diesmal nicht hinzugehen. Stattdessen gönnt er sich ein paar ordentliche Gläser Traubentrost, dem guten Schlafe zum Wohle und in Gedenken an Petra und ihren neuen Lover.

Mit der Schwere des Rotweins werden auch Pauls Gedanken schwerer und sinken langsam, aber sicher hinab, in die Tiefen seiner Seele. Wie ein Taucher, der orientierungslos im Dunkeln tappt und nur im kleinen Lichtkegel der Taucherlampe sieht, muss auch Paul sich an diesem ihm unbekannten, ja sonderbaren Ort zuerst orientieren: an seinem Seelengrund. Er schaltet die Lampe des Unterbewusstseins, die Intuition, ein. Alles Mögliche kommt im Lichtkegel der Urbewusstseinslampe daher. Auch so Manches, das er schon völlig vergessen hatte, taucht auf einmal auf. Hier am Grund der Seele herrscht reges Treiben: Gedanken kommen und gehen, ziehen vorbei am Licht der Intuition, erlangen mehr oder weniger Wichtigkeit oder versinken auf Nimmerwiedersehen in der Bedeutungslosigkeit.

Doch auf einmal taucht etwas wirklich Großes aus dem Dunkel auf: Ein mächtiges Ding schwimmt auf Paul zu. Noch kann er es nicht genau erkennen, aber es ist richtig big. Es scheint wirklich interessant zu sein. Im Licht der Seelenbewusstseinslampe kann er es immer klarer erkennen: Es ist ein bunter, in tausend Farben schillernder, großer, fetter Fisch. Er trägt eine goldene Krone und scheint bester Laune zu sein. Ihm folgt ein Schwarm kleinerer Fische nach.

Sie scheinen dem großen Anführer bedingungslos zu folgen. Es ist der Reichtum! Paul ist überrascht, ihn hier unten zu treffen. Der Fisch gefällt ihm. Ja, der gefällt ihm sogar richtig gut! Den will er sich genauer ansehen – nein, den will er haben, den will er sich schnappen! Als er sich dem Reichtum langsam und vorsichtig nähert und ihm schon ziemlich nahe kommt, bemerkt dieser Paul und dreht blitzschnell wie ein Marlin ab. Er verschwindet wieder im Dunkel. Sofort jagt ihm Paul hinterher, doch der Reichtum ist schneller. Zweimal noch bekommt er den schillernden Großen ganz nahe zu sehen. Er kann sie förmlich schon spüren, die wohltuende Energie des Reichtums. Endlich ist der Brocken wieder zum Greifen nahe. Ganz langsam und vorsichtig streckt Paul seine Hände nach dem scheuen Tier aus – langsam und mit viel Gefühl tastet er sich heran. Nur mehr ein Millimeter und er hat ihn! Pauls Herz beginnt zu rasen, seine Hände beginnen zu zittern.

Plötzlich, bumm, zack, aus. Der Reichtum zuckt zusammen, blitzschnell haut er wieder ab und verschwindet im Schwarz. Paul jagt erneut hinterher. Er bekommt ihn zwar nochmals zu sehen, aber es ist zum Kotzen: Er kriegt ihn einfach nicht zu fassen.

Ein lauter Donner holt Paul abrupt aus seinem Traum. Er zwingt ihn zum sofortigen Auftauchen aus dem Seelentauchgang. Ein heftiges Gewitter bringt ihn schlagartig wieder zurück in das schweißdurchtränkte Krankenbett.

»Bist du deppert, was für ein irrer Traum!« Paul ist noch völlig im Traumflash.

Der Blick auf die leere Flasche Rotwein erklärt den unheimlichen Tiefgang dieses Traumtauchgangs. Normalerweise kann sich Paul nicht wirklich gut an Träume erinnern, aber dieser große Fisch, der Reichtum, hat sich in sein Hirn gefressen, der Kerl ist immer noch vollkommen präsent – so präsent, dass Paul ihm am liebsten sofort nochmals hinterherjagen möchte. Er überlegt.

»Was ist Reichtum eigentlich? Bist oder warst du jemals reich, Paul?«, beginnt er eine frühmorgendliche Gesprächsrunde mit sich selbst, während die Sonne hinter den spitzen Berggipfeln und den Gewitterwolken in den Tag steigt.

Die Zeiger der Zimmeruhr stehen auf 4:30 Uhr. Der Tag besiegt langsam, aber sicher, die Nacht. Morgendämmerung in den Bergen – ein ergreifender und einfach nur schöner Anblick!

»Ist der Reichtum vielleicht eine Momentaufnahme?«, denkt Paul angesichts des wunderschönen Naturschauspiels demütig und beschließt, den

Reichtum in seinem Leben einmal genauer unter die Lupe zu nehmen.

Wie schon so oft nach dem Unfall stellt er sich wieder einmal der Selbstdiskussion:

»Wo liegt eigentlich der Reichtum im Leben? Wo liegen meine Schätze wirklich? Okay, ich habe ein tolles Haus. Nein, die Bank hat ein tolles Haus und ich bin ihr Verwalter mit Wohnrecht«, korrigiert Paul mit entwaffnender Ehrlichkeit. »Ich verdiene super, okay, ich habe super verdient, Wertpapiere, Aktien, Lebensversicherungen und so weiter.« Er lächelt mitleidsvoll, als er seine vermeintlichen Reichtümer inventiert. »Urlaub in Lech und auf Mauritius, Anzüge von Boss, Auto von Porsche – fehlte nur noch die Frau vom Chirurgen.« Wieder ertappt er sich in der Wohlstandsfalle.

Er hatte viel in seinem Leben, das angenehm war und um das ihn andere beneidet hatten – vieles, das er eigentlich auch gar nicht missen möchte. Aber war es Reichtum? War es der wahre Reichtum? Während er noch ein wenig im Leasingluxus schwelgt, wird ihm allmählich bewusst,

dass er für diese Scheinwelt einen ziemlich hohen Preis bezahlt hat. Zeitlebens hat er extrem viel gezahlt, denn er zahlte mit Zeit – mit Lebenszeit, die nie, nie wieder zurückkommt, die einfach draufgegangen ist.

»Wahrer Reichtum ist wohl auch Zeit«, erkennt Pauls geschärfter Seelensinn. »Eigentlich war ich arm wie eine Kirchenmaus, denn ich hatte so gut wie nie Zeit. Was würde wohl Jussoff über den Reichtum sagen?«, denkt Paul ein paar Gedanken weiter, an seinen vermutlich reichen Pfleger-Freund.

Frühmorgens ist die beste Zeit, um zu meditieren, weiß Paul. Die herrliche Morgenstimmung, der wunderschöne Sonnenaufgang, die Frische der Luft nach einem reinigenden Gewitter – alles zusammen bildet den perfekten Rahmen für eine gute Meditation, meint Paul und macht sich gleich ans meditative Morgenwerk. Es dauert nicht lange und er steht in gedanklicher Verbindung mit seinem Tagesthema, dem Reichtum. Sein Meister fährt mit voller Wucht und klaren Worten auf:

»Was kannst du mitnehmen aus dieser Welt? Nur was in Ewigkeit bleibt, hat Wert und Bestand und verdient es, Reichtum genannt zu werden. Hast du je einen Toten mit einer Villa oder mit Taschen voller Geld oder mit Aktien ins Jenseits gehen sehen? Nein? Ich auch nicht. Aber ich habe jede Menge Toter mit Armut im Herzen gesehen und ich sage dir, dieser Anblick ist wirklich armselig. Also wenn schon reich, dann richtig reich! Es ist wichtig, reich zu werden in diesem Zeitfenster, das man das Leben nennt, reich zu werden an Erfahrung und an Liebe. Aber auch reich an glücklichen und einmaligen Stunden voller Freude sollst du werden. Es geht nicht um den materiellen Reichtum. Der kommt und geht, wie er will. Es geht nicht um den Reichtum, den dir ein windiger Banker zuerst verspricht und den er dir dann wieder abspenstig machen kann. Und es geht auch nicht um den Reichtum, der mir nichts, dir nichts im Schotterteich versinken kann. Nein, es geht um den inneren Reichtum, den du in der ehrlichen Freude, in der wahren Liebe, bei wahren Freunden und letztlich in deinen Erfahrungen findest! Das sind die wahren Schätze, die kein Mensch dir je nehmen kann. Mein lieber Freund, letztlich definiert jeder von uns seinen Reichtum selbst. Du selbst bist der Maßstab deines Reichtums. Die Definition findet durch alte Bekannte – durch deine Wünsche – statt.«

»Eh klar, meine Wünsche!«, antwortet Paul wie selbstverständlich seinem Gegenüber.

Er erschrickt, denn es ist niemand außer ihm im Zimmer. Für einen Moment aber war ihm so, als würde Jussoff direkt neben ihm sitzen und zu ihm sprechen. Der meditative Gedanken-Chat hat es wieder einmal in sich.

Paul überlegt, wo der Reichtum in seinem Leben bisher wirklich war. Den oberflächlichen, den materiellen Reichtum findet er rasch. Dessen Vergänglichkeit ist ebenso schnell ausgemacht.

»Aber wo ist mein wahrer Reichtum?«, grübelt Paul.

Liebe hat er schon viel bekommen und, so glaubt er, auch gegeben. An Erfahrungen mangelt es auch nicht. Paul kann den Reichtum fühlen – es scheint, als sei er ein richtig reicher Mann. Dankbarkeit erfüllt ihn. Und reich an richtig tiefer Liebe ist er ohnehin, meint Paul selbstsicher. Linda hat zwar wieder ihre schottischen Schattenseiten, aber Paul weiß: Sie liebt ihn.

»Und Petra?«, fragt er sich, ohne eine Antwort zu finden. Jedoch fährt ihm plötzlich ein sonderbarer Gedanke – »Der Geist ist willig, aber das Fleisch ist schwach« – ein.

Linda meinte zwar, eine Auszeit zu brauchen und Paul kann es, auch wenn es ihn schmerzt, sogar verstehen.

Aber die Sehnsucht nach seiner Frau, nach ihrem Lächeln, nach ihrem unwiderstehlichen Duft, ist einfach zu groß geworden. Zumindest will er wissen, ob es ihr einigermaßen gut geht.

»Reich an Sehnsucht ist auch reich«, denkt Paul und greift beherzt zum Handy, während er noch kurz überlegt, ob es auch wirklich eine gute Idee ist, Linda anzurufen.

»Ja, ist es!« Paul wählt die Nummer.

»Hallo Paul, alles okay?«, meldet sich Linda sofort.

»Hi Schatz, ich habe dich vermisst! Ich musste dich einfach anrufen«, gesteht Paul seiner nach Ruhe suchenden Frau.

»Mach doch einfach Auszeit von der Auszeit und komm hierher. Die Kinder sind bei deinen Eltern in guten Händen, komm einfach morgen zu mir«, fährt er in Hoffnung auf ein baldiges Wiedersehen fort.

»Das, das geht nicht, echt nicht«, antwortet Linda und ist dabei bemüht, sich nichts vom abermaligen Besuch ihres schottischen Freundes anmerken zu lassen.

»Warum nicht? Nimm den nächsten Zug und komm einfach her«, fleht Paul nun schon fast um Lindas Besuch. Natürlich hat er bemerkt, dass Linda nicht alleine ist. Er verabscheut es zutiefst, wenn sie trinkt, aber er liebt sie nun einmal.

»Weil ich morgen eine Einladung ins Theater habe und ich dort hin muss – vom Haidinger. So, jetzt weißt du es!«, bringt es Linda rasch hinter sich.

Paul traut seinen Ohren nicht.

»Vom Bank-Haidinger? Ich glaub es nicht, nein, das ist ein Scherz, haha, oder?«, hinterfragt er Lindas überraschende Antwort.

»Nein, ist es nicht. Tschüss.«

Aufgelegt. Paul ist platt.

»War das jetzt eine Sinnestäuschung oder eine neue Runde von „Verstehen Sie Spaß“? Was war das jetzt?

Sind die Weiber alle vollkommen übergeschnappt?« Paul versteht die Lage rund um „seine“ Frauen überhaupt nicht mehr.

Es ist Freitag und Petra kommt wieder einmal auf Besuch nach Tirol. Anders als sonst will bei Paul diesmal jedoch nicht so recht Stimmung und Freude aufkommen.

»Wer war der Bauerntyp am Telefon wohl?«, tappt Paul noch immer im Ungewissen.

Er hat sich mit dem Taxi nach Innsbruck bringen lassen – dort will er Petra vom Bahnhof abholen und dann ein wenig mit ihr durch die Altstadt rollen. Beim Wiedersehen am Bahnsteig kann sich Petra über die kühle Begrüßung nur wundern. Sonst war Paul immer megahappy, aber heute ist alles anders. Er ist kühler, fast kalt, denkt nach – er geht auf Distanz. Petra überlegt, warum er sich so verhält, sie tappt im Dunkeln. Sie überlegt, wie sie die Situation in den Griff bekommen könnte, aber es will ihr keine Lösung einfallen und so beschränkt sie sich auf die knappe Frage:

»Hast du Hunger, Paul?«

»Ja«, antwortet der noch knapper.

Sie beschließen, ins „Indian“ ein neues, angesagtes Lokal in der Altstadt zu gehen. Das liegt gleich um die Ecke und am Weg zu Petras Hotel. So angesagt das Lokal auch ist – es ist verdammt eng für einen Mann mit Rollstuhl. Paul quält sich durch den viel zu engen Eingang und durch die Menschenmenge – die ihm bestenfalls eines mitleidigen Blickes würdigend, das Leben nicht gerade einfacher macht.

»Wieder um eine Erfahrung reicher«, denkt er.

Er mustert die Karte und entdeckt Petras Lieblingsitaliener.

»Zwei Gläser Barolo«, fordert er den Kellner auf und schiebt vorweg fünf Euro Extramaut über den Tisch.

»Zum Wohle, Paul. Ich bin glücklich, wieder bei dir zu sein. Übrigens: Schönen Gruß von meinem Bruder«, eröffnet Petra das Gespräch und hebt das Glas.

»Bruder, welcher Bruder?«, hinterfragt Paul nichts verstehend.

»Ihr habt neulich miteinander telefoniert, aber wurdet unterbrochen.«

»Ah ja, dein Bruder.« Paul ist kurz davor auszuflippen.

»Der Bruder! Mein Gott, du bist vielleicht ein Idiot!«, denkt er erleichtert und nippt glücklich am Rotwein, der augenblicklich sein volles Aroma entfaltet, während sich Pauls Stimmung um 180 Grad dreht.

Das Ambiente des „Indian" erinnert ein wenig an den Verkaufsraum eines Trödlers: alte Röhrenradios, Plattenspieler und allerlei skurrile, alte Gebrauchsgegenstände machen sich gut bei den schicken Gästen. Die Mischung aus Trödel und indianischer Einrichtung ist gekonnt inszeniert und mal was wirklich Neues. Auch die Küche hält, was sie verspricht und so ist es nicht weiter verwunderlich, dass dieses Lokal so gehypt wird. Die Stunden vergehen, aber da sich Petra und Paul so viel zu erzählen haben, merken sie nicht, wie schnell die Zeit verfliegt. Nicht einmal, dass die Musik schon längt verstummt ist, haben sie in ihrem anregenden Gespräch mitbekommen. Als sie jedoch vom Kellner höflich, aber bestimmt, zur Begleichung der Rechnung aufgefordert werden, realisieren die beiden Plaudertaschen, wie spät es mittlerweile geworden ist. Nach amüsanten und anregenden Stunden und einigen Gläsern des italienischen Exportschlagers sowie einem wirklich raffinierten, veganen Menü, brechen sie schließlich kurz vor Mitternacht auf.

Als sie das Lokal verlassen und erst einige Meter unterwegs sind, taucht plötzlich, wie aus dem Nichts, ein Zeitungsverkäufer in der fast schon menschenleeren Fußgängerzone auf – einer jener armen Existenzen, die den

„20iger", wie die Innsbrucker Obdachlosenzeitung heißt, verkaufen, um damit wenigstens einen Rest von Selbstachtung aufrechtzuerhalten. Für solche Menschen hat Paul immer etwas in der Tasche.

»Die tun etwas, damit sie nicht kippen!«, lautet seine respektvolle Ansage.

Der Verkäufer bietet Paul in gebrochenem Deutsch höflich die aktuelle Ausgabe an. Die Stimme kommt ihm irgendwie bekannt vor.

»Vielleicht liegt's am Wein«, denkt er.

Jedoch als sich der Verkäufer zu Paul hinunterbeugt, um ihm die Zeitung zu geben, erschrickt er fürchterlich.

»Um Himmels Willen, das ist doch der Guru aus meinen Träumen!« Paul traut seinen Augen nicht.

Der Verkäufer blickt ihn milde lächelnd an. Paul blickt ängstlich und fragend zu Petra. Sie versteht nicht, merkt aber, wie aufgebracht er auf einmal ist. Petra versucht Paul zu beruhigen und streicht ihm zärtlich über den Kopf. Das zeigt Wirkung, langsam kommt er wieder runter, nimmt die Zeitung und liest die Titelstory „Reichtum heute – wie auch Sie reich werden können".

Der Mufti lächelt und verschwindet so schnell, wie er gekommen war, wieder in den Gassen der Altstadt. Paul ist vollkommen verwirrt und überlegt krampfhaft, ob die Headline und seine heutige Meditation Zufall sein können und warum sich der Zeitungsverkäufer und der Guru aus seinen Träumen so ähnlich sehen. Er weiß nicht, ob es am Wein, an Petra oder an weiß Gott was sonst liegt. Jedenfalls ist er völlig aus der Spur. Jetzt geht's rund in seinem aufgewühlten Kopf. Alles dreht sich, alles bewegt sich. Er fährt neben Petra her und begleitet sie zum Hotel. Er spricht kaum ein Wort. Zu viel Input rattert unentwegt durch sein Hirn.

Vor dem Hotel angekommen, fragt Petra ihren Bodyguard auf vier Rädern:

»Kommst du noch mit rein?«

»Eigentlich muss ich morgen früh raus«, antwortet Paul verlegen.

»Alter, was für ein Blödsinn, du hast morgen überhaupt nichts vor«, tadelt er sich gedanklich selbst.

»Na ja, ein Schlückchen in Ehren kann niemand verwehren«, gibt Paul sich komisch und korrigiert postwendend.

Im Fahrstuhl lernt Paul das Leben wieder einmal aus der Perspektive eines behinderten Menschen kennen: Die Aufstiegshilfe ist so eng, dass er beinahe nicht mit seinem Gefährt hineinpasst. Erniedrigend, ganz zu schweigen von den mitleidigen Blicken der Rezeptionistin in Richtung Petra, die diesen Mann nach oben mitnimmt.

»Dieses Hotel hat wie so viele andere auch „barrierefrei" höchstens im Prospekt stehen«, faucht Paul zornig.

Wieder eine Erfahrung mehr, auf die er jedoch gerne verzichtet hätte. Er parkt direkt hinter Petra, als sie gerade den Zimmerschlüssel aus den unergründlichen Tiefen ihrer Handtasche kramt. Das kann dauern, weiß Paul und bleibt cool. Derweil genießt er den aufreizenden Ausblick auf Petras Hintern, der gut verpackt in hautengen Jeans nur darauf wartet, endlich rausgelassen zu werden.

Paul überlegt nicht lange und nutzt die Gunst des Augenblicks: Zärtlich streichelt er über Petras Po. Das gefällt ihr. So zärtlich und dennoch kräftig hat sie schon lange kein Mann mehr berührt. Petra räkelt sich genussvoll unter Pauls Streicheleinheiten. Pauls Blut wählt den bei Männern üblichen Weg und verabschiedet sich vom Hirn in Richtung Leibesmitte.

Im Zimmer angekommen, schaltet Petra das Licht nicht ein. Nur die Lichter der Altstadt erhellen den Raum – gerade genug, um zu sehen, was wichtig zu sehen ist. Petra verschwindet auf direktem Weg im Bad.

»Lauf nicht weg, ich bin gleich wieder zurück.«

»Haha, Scherzkeks«, erwidert Paul und nützt die Gelegenheit, um sich in Petras Abwesenheit mit einem beherzten Schwung aus dem Rollstuhl auf das große französische Bett zu hieven.

Mit Hilfe seines Smartphones und Celine Dion zaubert er romantische Musik herbei. Pauls Herz beginnt wie wild zu schlagen. Da ist er wieder, der kleine Bub, der vor seinem ersten Mal alle Sinne verliert.

Langsam öffnet Petra die Badezimmertüre und steht im Schein des Hintergrundlichts in der geöffneten Türe. Nackt und frei, so wie Gott sie schuf, steht sie da, nur dort und da in schwarze Spitze gehüllt. Dieser Anblick kommt Paul wie eine Einladung ins Paradies vor. Seine Augen sind überwältigt von so viel Sinnlichkeit und Anmut – geblendet von ihrer weiblichen Erscheinung. In einsamen Stunden hat er sich Petra schon öfter nackt vorgestellt. Jeden ihrer rundlich, reizenden Köperteile hat er in Gedanken schon berührt. Aber nun steht sie vollkommen nackt vor ihm – auffordernd und zu allem bereit. Sie weiß um die Wirkung ihres Körpers. Petra ist kein Modell, aber eine Frau, die sich ganz und gar ihrer sinnlichen Weiblichkeit bewusst ist. Obwohl es schon eine Weile her ist, hat sie noch nicht verlernt, sich gekonnt erotisch in Szene zu setzen. Es ist wie Radfahren – das verlernt Frau nicht. Langsam auffordernd bewegt sie sich wie eine Raubkatze auf ihre Beute zu. Gekonnt setzt sie in ihren roten High Heels einen Schritt vor den anderen. Der fruchtig erotische Duft von Dior erreicht derweilen Pauls Nase. Petras Hüften schwingen im Takt von Celine Dion hinüber zu ihrem Ziel. Bei diesem Anblick gerät Pauls Blut in Wallung und seine Gedanken völlig außer Kontrolle.

Aber jetzt will er ohnehin nicht denken, will keinen Gedanken nach richtig oder falsch ordnen, sondern nur diesen Augenblick genießen. Als Petra vor dem Bett steht, kann Paul seinen Händen die ersehnte Berührung nicht länger vorenthalten. Behutsam greifen seine Hände nach Petras Beinen. Zärtlich streicheln sie sich langsam und vorsichtig, Zentimeter um Zentimeter, in Richtung Petras vaginalem Zentrum der Lust. Sie spreizt ihren Schritt und Pauls Hände berühren einen wohligen, nur durch einen Hauch von Stoff bedeckten Venushügel. Petras Lust brodelt wie eine heiße Thermalquelle. Von Sekunde zu Sekunde wird die Quelle heißer und feuchter. Kirschrote Lippen locken Paul endgültig ins Paradies.

Der Sommerregen plätschert ein Ständchen der Lust auf die Blechdächer der Innsbrucker Altstadt. Das leichte, beinahe sanfte Trommeln der Tropfen begleitet die Erwartungen. Tropfen für Tropfen, Berührung für Berührung steigert sich begehrliche Lust ins Unermessliche. Mit einer führenden Handbewegung legt Petra Paul gekonnt auf den Rücken und streift ihm die Klamotten vom Leib. Stück um Stück holt sie ihren Prinzen aus dem erotischen Winterschlaf zurück in die Welt der Liebe. Pauls Erektion steht nun unübersehbar im Raum. Ehrliche achtzehn Zentimeter oder mehr, lassen Petras Vorfreude gleich explodieren.

Ihre beiden Herzen schwingen im Gleichklang und die Liebe schaltet die Zeit auf Ewigkeit. Zwei Körper gehen auf lustvollen Frontalkurs. Auch für Petra gibt es nun kein Richtig oder Falsch mehr, sondern nur mehr ein Ziel: Paul.

Der Regen plätschert im zärtlichen Nachspiel vor sich hin. Petra und Paul liegen eng umschlungen und wollen einander nicht mehr loslassen. Diese Nacht will keiner mehr loslassen. Kein schlechtes Gewissen trübt den Moment, nur Glück durchströmt alle Zellen bis zum Anschlag. Von Kopf bis Fuß nur Glück.

Paul ist einfach nur glücklich und fühlt sich unendlich reich in dieser Nacht.

»Weißt du eigentlich, dass du eben mit einem der reichsten Männer der Welt geschlafen hast?«, fragt er lächelnd.

Werde reich!
An Erfahrung,
an Erkenntnis,
an Freude
und an Liebe.

Kapitel 6

Der Wunsch, die wahre Liebe zu finden

»Danke, stimmt so!«, gibt Paul dem Taxifahrer, der ihn von Innsbruck wieder zurück in die Klinik gebracht hat, ein respektables Trinkgeld von zehn Euro.

Taxifahren ist ein echter Knochenjob – das weiß Paul nur zu gut. Während des Studiums war er selbst Taxilenker und hat sich in hunderten endlosen Nächten, mit tausenden endlosen Kilometern durch Wien, den Lebensunterhalt verdient. Damals war der Jungstudent immer happy über ein paar Schillinge Trinkgeld, mit denen er sich eine extra „Burenhaut", wie die Wiener Taxler liebevoll ihr Standesgericht, die Burenwurst, nennen, am Würstelstand beim Stephansplatz kaufen konnte. Die Würstelbraterei war ein echter Hotspot, vor allem in den frühen Morgenstunden. Obendrein findet Paul die Taxilenker in Innsbruck viel freundlicher, als seine grantigen Wiener Ex-Kollegen.

Raus aus dem Taxi, rein in den Rollstuhl. Auch wenn es mühsam und anstrengend ist, hat Paul in der Zwischenzeit schon ordentlich Routine im Umgang mit der rollenden Prothese bekommen. Und er beweist Geschick. Manchmal wird er sogar leicht übermütig. Dann fährt er lässig nur auf den Hinterrädern durch den Park. Doch das macht heute noch keinen Sinn. Um halb sechs Uhr in der Früh ist der Klinikpark noch menschenleer – kein Publikum weit und breit.

Einzig eine wunderschöne Morgenstimmung ist schon anzutreffen. Paul hat diese Stimmungen, die Willkommensgrüße der Natur, lieben und schätzen gelernt. Eine göttliche Stimmung begleitet den jungen Tag herauf: Nebelfetzen an den Felsflanken, die im Licht der Morgensonne wie frisch gewaschene Vorhänge an den Bergen hängen. Die Sonne, die dem Tau auf der Parkwiese unmissverständlich klarmacht, endlich zu verschwinden, kämpft sich durch. Amseln, die im immer lauter werdenden Zwitschergewirr an das morgendliche Treiben in der U-Bahn erinnern, finden sich zum Abflug zusammen. Ein paar Kühe praktizieren auf der gegenüberliegenden Wiese im Gleichklang morgendliches Rinderyoga und geben sich völlig dem Hier und Jetzt, dem Grasen, hin. Das alles ist Paul inzwischen vertraut geworden, mittlerweile hat er das alles auch irgendwie liebgewonnen: sein kleines Stück Tirol. Früher in seinem Job hätte er für solche Banalitäten keinen Blick und keine Zeit übrig gehabt. Schließlich war er Tag und Nacht beschäftigt gewesen – beschäftigt damit, für seine Kunden Welten aus Illusion und Verführung zu bauen. Was hätte er da schon an diesen einfachen Dingen entdecken sollen? Aber das Leben hat ihn seither gelehrt, dass in den einfachen und kleinen Dingen oft ganz Großes steckt, dass es in den Kleinigkeiten wahnsinnig viel zu entdecken gibt.

Paul ist wieder zum Entdecker geworden. Wie damals in seinen Kindertagen entdeckt er auch heute wieder jede Menge neue, interessante Dinge. Tag für Tag ist er nun auf Entdeckungsreise unterwegs. Er inhaliert diese jungfräulich unschuldig, reinste Zeit des Tages, in vollen Zügen – im Moment verwurzelt und reich in Gedanken an die vergangene Nacht, an Petra, diese unglaubliche Frau.

> »Was so eine wunderbare Frau wohl an einem Typen wie mir, an einem, der im Rollstuhl sitzt, findet? Ich bin mir nicht ganz sicher, aber ich glaube, sie hat sich in mich verliebt – ja klar, was soll es sonst sein? Aber warum gerade in mich?«, versucht Paul die

Höhenflüge der vergangenen Nacht auf rationale Landebahnen zu lenken.

Paul dachte immer, er wisse, was Liebe ist, er wisse, wie das mit der Liebe gehe und wie er mit der Liebe umzugehen habe, was man in Liebe investieren müsse und was am Ende als Return of Loveinvest dabei rauszuschauen habe. Wie man die Liebe managen müsse, das wusste er natürlich auch.

»Schließlich habe ich das auch all die Jahre hinweg exzellent mit Linda hinbekommen«, gibt sich Paul leicht überheblich und stark selbstsicher.

»Linda ist eine Frau mit vielen Rätseln«, erinnert er sich irritiert an das letzte Telefonat mit seiner Frau. »Oder vielleicht schon Exfrau?«, fährt ein böser Gedanke hinterher.

Linda war gestern. Heute schlägt sein Herz für eine Frau, deren Rätsel er noch nicht kennt. Aber er ist wild entschlossen, diese Frau kennenzulernen und ihr Rätsel zu lösen. Paul war sich immer ziemlich sicher. In all den Jahren der Alltags- und Eheroutine dachte er immer, glücklich in seinem vertrauten, netten Leben mit seiner Linda zu sein. In all den gemeinsamen Jahren routinierter Vertrautheit mutierte jedoch die Liebe schleichend und unbemerkt zum Instantglück. Sicher, einiges hätte besser, spannender, ja geiler sein können.

»Aber Linda ist sicher glücklich und zufrieden, so wie es bisher gelaufen ist. Warum auch nicht? Schließlich fehlte es ihr ja an nichts, an rein gar nichts und an Liebe sowieso nicht«, ist Paul absolut sicher.

Eine Ehe hat viele Vorteile: Jeder weiß, woran er beim anderen ist – oder glaubt es zumindest zu wissen. Man weiß, was einen erwartet und was man letzten Endes für seinen Einsatz bekommt – ein praktisches, operatives Lebensmodell für zwei Menschen, ein schönes Rechenmodell, eine temporäre, wirtschaftliche Dauerverbindung, hin und wieder auch mit Emotion und gelegentlich sogar mit Sex. Wow!

> »Was will man da noch erwarten, was soll da noch Großartiges kommen? Wo bleibt der Raum für kleine oder zumindest gemeinsame Abenteuer? Wo zum Teufel bleibt denn da der Kick?«, hat sich Paul irgendwann immer öfter gefragt und dabei sein fest im Hafen der Ehe vor Anker liegendes Schiff betrachtet.

Klar, ein Mittvierziger ist auch keine schnittige Hochseeyacht mehr, aber immer noch ein spritziges Motorboot, mit dem Frau jede Menge Spaß haben konnte, wenn sie denn wollte.

> »Will Linda das überhaupt noch? Warum wollte sie eigentlich von Jahr zu Jahr immer weniger von mir? Wo sie doch alles hatte, vor allem mich?«, grübelt Paul über den Routineverschleiß seiner Ehe nach.

Nichts war mehr so, wie es früher einmal war. Paul fiel es zunehmend schwerer, Lindas Liebe wahrzunehmen. Rauschen im Kanal. Ihre Liebe war einfach nicht mehr störungsfrei zu empfangen. Die Antennen waren in die Jahre gekommen und verrostet. Oder aber die Signale von Lindas Liebessender sind einfach zu schwach geworden, die Batterie des Senders ist durch all die Jahre Dauersendungsbetrieb einfach leer geworden.

> »So oder so. I need love, real love!«, verteidigt sich der Lebenskrisenmeister selbst.

Er will keine oberflächliche Liebe und schon gar keinen oberflächlichen Sex, keinen Zeitvertreib für die Zeit, die er ohnehin nicht hat. Auch will er keine Zweitwohnfrau. Nein, Paul will das Ganze, das volle Programm, will endlich wieder das pralle Leben begreifen und spüren.

> »So wie gestern will ich es, genau so und nicht anders! Nichts Schales will ich, es soll prickeln ohne Ende. Ja,

genau das müssen sie sein, die berühmten Schmetterlinge im Bauch!«, überkommt es ihn, als er merkt, welches Bauchgefühl sich einstellt, wenn er an die süßen Früchte der vergangenen Nacht denkt.

»Petra ist eine außergewöhnliche Frau. Bezaubernd, ziemlich klug und liebevoll zärtlich. Und das Beste ist: Sie schläft mit mir«, gerät Paul ins Schwärmen.

In jeder Zelle seines immer noch ordentlich malträtierten Körpers kann er es fühlen: Wenn er an Petra denkt, tanzt die Liebe Tango mit ihm. Die Gedanken werden opiumschwer und federleicht zugleich. Überall beginnt es verdächtig zu kribbeln. Es fühlt sich einfach verdammt gut an, den Puls wieder auf Hundert zu spüren, jeden Herzschlag wieder als Impuls der Liebe wahrzunehmen. Paul fühlt sich endlich wieder gut, pudelwohl und richtig lebendig – ja, und auch jung! Wenn die Gedanken an Petra so durch seine Synapsen wandern, ist nichts als pure Hochstimmung angesagt. Petra gibt der armen Seele das, wonach sie so lange gesucht hat, wonach sie sich so lange hat sehnen müssen. Sie bringt das Glück zurück. Sie gibt die Anerkennung, die der gefallene Held so dringend braucht. Sie schläft auch mit dem behinderten Mann, mit dem ganzen Mann – mit dem Ehemann. Aufkommende Gedanken an seine Frau wischt Paul sofort wieder weg. Für Reue ist kein Platz, nur für das Hier und Jetzt, für Petra.

»Wozu denn Reue? Soll Linda doch auch mit dem Haidinger vögeln«, malt er sich schwarz aus, was wohl gerade am anderen Ende seiner Ehe in Wien vor sich geht.

Dass er so etwas wie mit Petra einmal erleben würde, das hätte er vor Kurzem nicht einmal zu träumen gewagt. Aber jetzt ist es einfach so passiert und es ist verdammt geil.

Pauls neues Bewusstsein zeigt deutlich auf. Es richtet den Zeigefinger auf einen ganz, ganz großen Wunsch: auf den Wunsch nach der wahren Liebe. Paul lässt sie nun einfach zu – die große Sehnsucht.

In Gedanken versunken und mit einem Schwarm von Schmetterlingen im Bauch schwebt Paul durch den ruhigen, noch menschenleeren Park der Klinik zum Haupteingang.

»Na wen haben wir denn da?«, freut er sich, als er in den Sträuchern neben dem mächtigen marmorverkleideten Eingangsportal eine leise Katzenstimme hört.

Paul liebt Katzen über alles. Er liebt diese schlauen und selbstbestimmten Wesen, weil sie immer ihren eigenen Kopf durchsetzen und so würdevoll sind. Das bewundert er auch an seinem eigenen cleveren Vierbeiner Carlo. Obwohl Paul seinen Katzenfreund wirklich unheimlich gerne mag, hat er ihn seit dem Unfall noch nicht einmal vermisst.

»Was der Katzenmann wohl gerade so treibt?«, überkommen ihn einige lustige Erinnerungen an den felligen Kollegen, wie er seinen Kater gerne nennt.

Linda regt sich immer auf, wenn Paul den Herrn Kollegen verstohlen mit Schinken füttert, was die beiden Herren als nettes Spielchen betreiben, aber Linda immer noch nicht durchschaut hat. Immer wieder fällt sie dem Duo darauf rein. Paul fährt so nahe es geht an die vermutete Katzenfundstelle heran.

»Mieze, Mieze, na komm, Mieze!«, versucht er das vermeintliche Streichelopfer aus dem Gebüsch zu locken.

Die Katze jedoch zieht es vor, im sicheren Versteck zu bleiben und lässt sich auch durch noch so leidenschaftliche Lockrufe nicht animieren, den Unterschlupf zu verlassen.

Als Paul merkt, dass das Tier seinen Rufen nicht Folge leisten wird, lässt er es sein und will zurück auf sein Zimmer fahren. Er positioniert die Rollprothese in Richtung Eingang und fährt los. Wie aus dem Nichts springt plötzlich ein zerzauster, schwarzer Zimmerpanther direkt vor seinen Rollstuhl. Er traut seinen Augen nicht. Er muss zweimal hinsehen und reibt sich die Augen. Der weiße Fleck am Hals und der unwiderstehlich treue Blick eliminieren jeden Zweifel:

»Mein Gott, Carlo, Carlo, hey Carlo! Wie gibt's denn das?«, stößt er hervor und kann nicht glauben, wen er da gerade vor sich hat.

Da ist er wieder, der Puls von über hundert Sachen. Paul ist völlig aus dem Häuschen und aufgeregt. Der Streuner hingegen ist fix und fertig, springt auf Pauls Schoß, tritt mit den Vorderpfoten den auserkorenen Ruheplatz ein, dreht sich zweimal im Kreis und fällt völlig erschöpft zusammen. Laut schnurrend begibt er sich zur Ruhe. Als Paul liebevoll über den herrenlosen Vierbeiner streicht, bemerkt er einen zweiten weißen Fleck am Bauch der Katze.

»Zu früh gefreut. Das wäre ja auch irre gewesen, wenn es wirklich Carlo wäre«, denkt der Katzenfreund wieder realistisch und freut sich dennoch über den Katzenseitensprung.

Paul sinniert über seinen Carlo und streichelt dabei stellvertretend den Tiroler Mäusekiller. Er streichelt und streichelt und streichelt. Entspannung pur für müde Katzenknochen – und für Paul. Der vermutliche Streuner genießt Katzenwellness der allerfeinsten Sorte.

»Wie heißt du eigentlich? Egal, ich nenne dich „Carlo zwei"«, vergibt Paul einen nicht gerade kreativen Namen an den zugelaufenen Kater.

»So, Carlo zwei, jetzt müssen wir aber zuerst einmal eine große Portion Schinken für dich organisieren«, verrät er seinem felligen Begleiter und schmuggelt ihn über den Nebeneingang der Klinik ins Zimmer.

Der Kater ist ein völlig unkomplizierter Typ und lebt sich rasch in der Klinik ein. Obwohl Tiere hier eigentlich verboten sind, genießt Carlo zwei eine Sonderstellung und darf schließlich nach langem Hin und Her – und hochoffiziell von der Klinikleitung bestätigt – bleiben. Ausnahmsweise, versteht sich. Rasch wird der Kater zum Star – wenn er könnte, müsste er Autogramme geben.

Immer und immer wieder muss Paul die Geschichte über den Katzenfund erzählen. Alle wollen Carlo zwei kennenlernen. Das Beste für den Katzenabenteurer ist allerdings: Jeder hat ein Leckerli dabei. Nun wird klar: Es war ein kluger Schachzug der Klinikleitung, den Kater als aufmunternde Therapiebegleitung einzusetzen. Der Vierbeiner kommt bei den Patienten so gut an, dass man inzwischen sogar über ein eigenes Tierbegleitungsprogramm nachdenkt. Als Paul die Carlo-zwei-Story gerade einem alten Leidensgenossen im Klinikcafé erzählt und der Protagonist schlafend auf seinem Schoß liegt, legen sich plötzlich zwei Hände über seine Augen.

»Rate mal, wer da ist?«, fragt eine tief verstellte Stimme den rollstuhlfahrenden Geschichtenerzähler.

Der muss nicht lange raten, denn der Duft hat die Stimme längst verraten: Es ist Linda – welch eine Überraschung! Sie ist, wie es sich Paul gewünscht hatte, überraschend mit der Bahn angereist. Sie hatte viel Zeit, um sich gut auf ein von ihr geplantes, klärendes Gespräch mit ihrem Mann vorzubereiten.

»Hey, diese Katze sieht ja aus wie unser Carlo!«, erschrickt Linda.

Angesichts der unerwarteten Ankunft seiner Frau gibt sich Paul ein wenig verlegen und wortkarg. Die Überraschung ist Linda mehr als gelungen.

»Das ist auch ein Carlo«, antwortet Paul knapp.

Linda versteht nur Bahnhof. Es ist kein einfacher Anblick für sie – ihren Mann so zu sehen: im Rollstuhl und eine auf seinem Schoß schlafende Katze streichelnd. Pauls Antwort erfüllt Linda mit tiefer Sorge über seinen Allgemeinzustand. Mit seinem körperlichen Gebrechen hat sie sich in der Zwischenzeit abgefunden, ja abfinden müssen. Aber was, wenn er nun auch geistig Schaden genommen hat? Verunsicherung macht sich breit.

Die Vorstellung, dass ihr Mann für den Rest seines Lebens im Rollstuhl sitzen wird, ist schon schlimm genug, aber dass er auch ein geistiger Pflegefall sein könnte, das sprengt ihre Vorstellungskraft völlig. Tränen fluten die rehbraunen Augen. Schwer laufen ein paar von ihnen aus dem Ruder und verunstalten Lindas perfekten Lidstrich. Sie zittert bei der Vorstellung, dass ihr Mann ein Rundum-Pflegefall geworden sein und seine einzige geistige Höchstleistung beim täglichen Puzzlespiel liegen könnte. Der einstige clevere Manager ein Armutschkerl? Ein Albtraum! Während Linda dunkle Zukunftsängste plagen, streichelt sie mitleidsvoll die Hand ihres Mannes. Als sie auch dem vierbeinigen Begleiter eine Streicheleinheit abgibt, schenkt ihr Paul reinen Wein ein und klärt sie über die Identität von Carlo zwei auf. Ein riesiger Stein fällt ihr vom Herzen. Einen Augenblick lang dachte sie wirklich, Paul sei völlig hinüber. Als sie ihm das erzählt, müssen beide herzhaft lachen.

Nach dem anfänglichen Überraschungsschock freut sich Paul jetzt sehr über den Besuch seiner Frau. Dennoch: Die Begegnung der beiden Eheleute ist anders als sonst. Noch vor Kurzem hatte Paul keine Reue über seinen Liebesausflug mit Petra gespürt. Nun aber, wo er in vertraute, rehbraune Augen blickt, ist alles anders. Der Seitenspringer ist völlig hin- und hergerissen zwischen schlechtem Gewissen und der Vorstellung, dass ihn seine Frau mit dem

Ex-Banker seines Vertrauens bescheißen könnte. Der Kopf fährt Karussell und Paul sucht verzweifelt nach dem Nothalteknopf.

> »Bleibst du heute Nacht hier?«, fragt er vorsichtig.
>
> »Hatte ich schon vorgehabt«, kommt eine klare Antwort mit vertrauter Stimme.
>
> »Hunger?«, will er wissen.
>
> »Nein, Riesenhunger!«, folgt die Antwort prompt.

Paul weiß, was zu tun ist. Der gute alte „Bergfürst“ soll die hungrigen Mäuler mit gekonnter Raffinesse stopfen.

> »Da weiß man schließlich, was man hat. Nur Linda braucht nicht zu wissen, mit wem ich hier schon was hatte«, gibt sich Paul gedanklich wieder ganz Herr der Lage.

Auch wenn er mehr und mehr die wahre Liebe zu erkunden sucht – ihr auf den Grund gehen will –, so fällt er dennoch oft zurück in sein altes Machogehabe.

Der Wirt freut sich über den Reservierungsanruf und den damit verbundenen Ausblick auf eine gute Tageslosung. Trotz neuer Registrierkassenpflicht wird es sich auszahlen – Paul und Barolo sei Dank. Der müde Katzenstar wird noch rasch mit einer Portion Schinken versorgt, während sich Paul und Linda für ihren kleinen Ausflug zum „Bergfürsten“ schick machen. Dabei beobachtet Linda verstohlen ihren Mann bei dessen mühevollen Ankleideversuchen und zollt ihm gedanklich liebevollen Respekt.

> »Paul ist schon ein toller Mann, ein Kämpfer, ein echter Steher«, durchströmt es sie augenblicklich.

Ein schöner, ruhiger Platz im neo-rustikalen Art-déco-Ambiente des noblen Alpenitalieners scheint eine gute Ausgangslage für einen hoffentlich netten Abend zu sein.

Linda findet den Ort erwartungsvoll passend, um ein klärendes Gespräch unter Eheleuten zu führen.

Mauricio, der eigentlich Hans heißt, begrüßt die Gäste mit gespielt lässigem Charme.

> »Prego, Signore Paul, wie immer?«, fragt der Kellner und zwinkert Paul ob seiner neuen Begleitung wie einem alten Stritzifreund zu.

Dem ist die Begrüßung ein wenig zu freundlich und wegen Linda auch reichlich unangenehm.

> »Danke Mauricio, bring uns bitte zwei Gläser Prosecco und lass uns in Ruhe quatschen«, stellt Paul den Kellner in der Hoffnung ruhig, dass dieser sich nicht über seine heutige Begleitung äußern wird.

Mauricio hat verstanden, zwinkert abermals männlich verständnisvoll und verschwindet in Richtung Bar. Rasch ist er wieder zurück und serviert zwei Gläser spritzigen Proseccos und die Karte des Gourmettempels, die einem schon auf der ersten Seite das Wasser im Mund zusammenlaufen lässt.

In gekonnter Weise übernimmt Paul die Wahl des Menüs.

Als Vorspeise wählt er diesmal Carpaccio vom Weideschaf, gefolgt von ofenfrischem Schweinebraten im Dialog mit Tiroler Wildente an Trüffelpüree mit Gemüse der Saison als Hauptgang. Eishimbeerknödel als krönender Abschluss versprechen einen genussvollen Abend. Was der „Bergfürst" verspricht, das hält er auch. Dezent chillige Loungemusik gibt einen perfekten musikalischen Rahmen zu kulinarischen Höhenflügen, das Licht der vier Tischkerzen flackert stimmungsvoll über dem gedeckten Gourmettisch samt Silberbesteck und langstieliger Rotweingläser. Romantischer Kerzenschein umspielt zärtlich Lindas Gesicht. Der Prosecco hat exakt die richtige Temperatur und schmeckt wieder besonders vielversprechend. Erwartungsvoll prickelt der edle Traubensaft vor sich hin.

»Sie ist immer noch eine sehr schöne Frau«, merkt Paul mit leichtem Wehmut.

Im flackernden Kerzenschein sieht er seine Frau in einem völlig anderen Licht. Dass sie hier bei ihm ist und sie gemeinsam ein wirklich tolles Menü auf Hauben-Niveau genießen, findet Paul einfach nur schön. Auch Linda wirkt beim Genuss der Tiroler Wildente äußerst zufrieden. Der Abend gefällt Paul, denn er scheint zu gelingen. Er erinnert sich an die vielen schönen Abende, die sie als Paar schon verbracht haben und an die vielen gemeinsamen Stunden, die einmal voller Lebensfreude waren. Während er beim ofenfrischen Jungschweinsbraten in Gedanken versinkt, wird ihm heiß ums Herz. Wieder ist er hin- und hergerissen zwischen schuldigen und freudigen Gedanken.

»Was ist bloß mit uns passiert? Warum haben wir zugelassen, dass so etwas passieren konnte? Warum habe ich das zugelassen?«, fragt sich Paul in einem leisen Anflug von Selbstkritik und einem lauten Anflug von Reue.

Er denkt an sein Abenteuer mit Petra und blickt dabei liebevoll in die Augen seiner Frau.

»Abenteuer, nein, das war kein Abenteuer, das war weit mehr als das, das war eine Sternstunde!«, meldet sein Herz und verstärkt dabei noch weiter den Liebes-Zickzack-Kurs – so lange, bis ihm völlig schwindelig wird.

Als sich das Karussell der Sinnesverwirrung allmählich langsamer dreht und endlich wieder ganz zum Stillstand kommt, ist Paul wieder halbwegs Herr seiner Sinne.

»Eigentlich bist du ein echtes Schwein – um keinen Deut besser als die Idioten, die du immer verachtet hast!«, stellt er sich selbst ein miserables Zeugnis aus.

»In Sachen Treue fällt die Beurteilung eindeutig negativ aus«, muss Paul sich eingestehen und beginnt, sich zum ersten Mal in seinem Leben vor sich selbst zu ekeln.

Mit aufgesetztem Dackelblick hört er Linda zu, aber mit den Gedanken ist er weiter auf Reise. Die Reise beginnt beim moralischen Versagen und endet beim irrsten Sex seines Lebens. Pauls Gefühle fahren eine neue Runde Achterbahn mit dem gehandicapten Ehe-Lebenskrisler.

»Daran muss ich mich jetzt wohl gewöhnen«, so die befürchtete Selbstbeobachtung.

»Ah, ja, was hast du eben gesagt, Schatz?«, schenkt Paul nach gedanklichem Abtriften seiner Frau wieder die volle Aufmerksamkeit.

»Ich sagte: Mein Entschluss zum Entzug war längst fällig. Ich weiß, ich habe viele Fehler gemacht, sehr viele Fehler sogar, aber wer von uns ist schon ohne Fehler? Das Wichtigste ist doch, dass wir immer noch einander haben, dass wir zusammen sind und einander immer noch treu sind«, sagt Linda – nicht ahnend, dass ihre Worte eben eine Armada an giftigen Pfeilen von grundlegenden moralischen Zweifeln mitten in Pauls Herz abgefeuert haben.

Genauer hätte sie nicht zielen und tiefer hätte sie nicht treffen können. Sie ist nach Tirol gekommen, um ein klärendes Gespräch mit ihrem Mann zu führen. Nun ist sie froh darüber, endlich Zeit gefunden zu haben, um in aller Ruhe mit ihrem Paul reden zu können. In aller Offenheit setzt sie zur Offenbarung an:

»Es war nicht immer leicht für mich und du warst ja so gut wie nie da. Ich hatte einen Job, der schon alleine genug stresst, der vielen meiner Kolleginnen auch ohne Kinder zu steil war. Sonst wäre ich nicht so schnell zur Verkaufsleiterin befördert worden. Das war alles nicht wirklich einfach, verstehst du?«

Paul nickt verständnisvoll.

»Ich liebe unsere Kinder von ganzem Herzen, sie sind mein ganzer Stolz, sie sind mein Ein und Alles, sie sind unsere Zukunft. Daran muss ich besonders immer dann denken, wenn ich unseren Pauli ansehe und über seine Ähnlichkeit mit dir nur staunen kann. Aber er kann auch super anstrengend sein. Du weißt ja selbst, wie ungern er lernt, wie man ständig hinterher sein muss. Er ist eben ganz anders als unsere Alina.«

Paul nickt erneut verständnisvoll. Linda tut es sichtlich gut, nach ewig langer Zeit wieder einmal in Ruhe mit ihrem Mann reden zu können.

»Eine berufstätige Mutter zu sein, ist kein leichtes Programm. Das kann Paulis Lehrerin natürlich nicht verstehen. Sie regt sich einfach auf, wenn unser Bub wieder keine Hausaufgaben gemacht hat. Sie hat ja auch keine Ahnung, sie hat ja keine Kinder. Und unsere Eltern gehören ja auch nicht gerade zu einer besonders pflegeleichten Gattung. Sicher, sie haben es immer nur gut mit uns gemeint, sie wollten uns natürlich nur helfen, aber sie können damit auch ganz schön nerven. Ich will dich nicht kränken, mein lieber Paul, aber vor allem deine besserwisserische Mutter kann einen schon zur Weißglut bringen mit ihrer kleinbürgerlichen „Alles muss passen, was sollen sonst die Nachbarn denken?"-Moral. Diese verdammte Spießbürgermoral!« Linda öffnet das Ventil und lässt dem über all die Jahre aufgestauten Frust endlich freien Lauf.

Paul soll in allen Einzelheiten erfahren, wie es in ihr aussieht und dass auch sie Sorgen und Nöte hatte in all den

Jahren. Er soll wissen, dass auch sie gelitten hat – so sehr, dass sie letztlich sogar auf sich selbst vergessen hat.

Er soll wissen, dass sie oft niemanden hatte, der ihr zugehört hätte. Einzig auf ihren schottischen Freund war immer Verlass. Er war immer da und hat Linda stundenlang geduldig zugehört.

> »Diese idiotischen Spießbürger. In der noblen Vorstadt gibt's ja nur Spießbürger. Mein Gott, wie ich sie hasse, diese Oberflächlichkeit! Jedem geht es immer nur super, keiner hat Probleme. Jede Frau hat den besten Mann und führt natürlich eine perfekte Ehe. Und natürlich ist jedes Kind immer Klassenprimus, mehrsprachig, versteht sich. Einfach eine perfekte Welt für sich. Was für ein Scheiß – einen Knall haben die alle!«, rechnet Linda schonungslos mit der Enge und der Scheinwelt der elitären Wiener Vorstadt ab.

Paul hört erstaunt und konzentriert zu, er kann das alles nachvollziehen, ja sogar wirklich verstehen. Bei Lindas Anfall über ihren Wohnort steigt er jedoch aus. War es doch seine Frau und nicht er, die immer in einem Nobelbezirk leben wollte. Ihm wäre es letztlich egal gewesen. Er hätte genauso gut auch woanders leben können und das könnte er auch heute noch – nach den Ereignissen der jüngsten Zeit umso mehr.

Linda ist nicht zu bremsen und überrascht Paul mit weiteren tiefen Einblicken in ihr Leben:

> »Ich will ganz offen zu dir sein, mein Schatz. Ich habe irgendwie ein ganz schlechtes Gewissen. Ich weiß, das Trinken hat unsere Beziehung sehr belastet. Und es hat uns ziemlichen Stress bereitet. Du hast immer gesagt: Sorgen können schwimmen. Und damit hattest du recht. Die Biester sind sogar verdammt gute Schwimmer!«

Paul zwinkert Linda bestätigend zu, während sie einen Schluck Rotwein nimmt und das leere Glas demonstrativ zur Seite stellt.

»Das, mein Liebster, war mein letzter Schluck! Denn ich beginne am Montag eine Entziehungskur.

Und diese Kur mache ich aus reiner Liebe. Weißt du, ich habe eine neue tolle Freundin.

Sie hat mir die Augen so richtig geöffnet. Durch sie habe ich mich wieder selbst lieben gelernt und zu meiner Selbstachtung gefunden. Und ich liebe das Leben wieder, unser Leben – ich liebe dich, Paul! Darum werde ich diese Kur machen, aus Liebe. Schluss mit dem Alkohol! Das bin ich uns allen schuldig. Wer will schon eine Mutter, die säuft?«, offenbart Linda in aller Offenheit ihre Fehler und Zukunftsvision zugleich.

Sie wischt sich die Tränen aus den Augen und umarmt Paul innig. Mit einem tiefen Seufzer klammert sie sich an ihren Mann.

»Jetzt kann alles nur noch gut werden, einfach nur mehr wunderbar werden«, haucht sie ihm zärtlich ins Ohr.

Paul ist verunsichert, baff und völlig überwältigt von Lindas Worten, überrascht und tief beeindruckt davon, dass Linda das Ruder ihres Lebens nochmals rumreißen will. Das ist seine alte Linda, seine starke Linda, seine Frau. Sie schafft das! Solch eine Offenheit hat er bei Linda, wenn überhaupt, schon seit Ewigkeiten nicht mehr erlebt. Pauls Herz und Verstand melden sich gleichzeitig zu Wort. Im Einklang bestätigen sie:

»Linda hat vollkommen recht. Linda ist super, we love Linda!«

»Ich, ich weiß nicht, was ich jetzt sagen soll, Darling«, stottert Paul perplex und wortverlegen herum.

»Nichts, sag einfach gar nichts! Ich liebe dich«, flüstert sie leise und setzt gekonnt zu einem ihrer besten Küsse ever an.

Die Mischung aus leichtem Rotweingeschmack und Lindas Zungentechnik verfehlt ihre Wirkung nicht. Der Kuss hat es in sich. Pauls Gefühle für seine Frau kommen in volle Fahrt, ja sie geraten geradezu völlig außer Rand und Band.

Die Zeit ist wie im Flug vergangen und das Zeitgefühl des Paares ist längst eingeschlafen. Es ist spät geworden. Maurico putzt mit zwei Kollegen geduldig die Gläser auf Hochglanz und bereitet die Tische für den morgigen Tag im sonst schon gästeleeren Lokal vor. Der Patron, der „Bergfürst" himself, lädt zum Abschluss des Abends auf den obligatorischen Grappa ein. Linda lehnt ganz ihrer antialkoholischen Doktrin folgend dankend ab. Paul nimmt gerne zwei. Schließlich wäre es schade um den guten Tropfen und nach diesem Abend kann er sowieso gut und gerne zwei Seelenwärmer vertragen. Nach Lindas Seelenstriptease und der fulminanten kulinarischen Leistung des „Bergfürsten" brauchen beide frische Luft. Eine ordentliche Portion Tiroler Sommernachtssauerstoff tut sicher gut.

Hand in Hand, wie in alten Zeiten, einem frisch verliebten Pärchen gleich, begeben sie sich der langen, leicht abschüssigen Hauptstraße entlang zurück zur Klinik. Paul ist froh darüber, dass es leicht bergab geht und er den Rolli anstrengungslos einfach nur laufen lassen braucht.

»Gott sein Dank gibt es für uns Rollipiloten noch keine Promillegrenze«, schmunzelt er.

Er weiß: Fürs Steuer wären es heute wohl ein paar Gläser italienischer Leidenschaft zu viel gewesen. Linda lächelt verständnisvoll, denn sie weiß um des Alkohols Wirkung nur zu gut Bescheid. Beide genießen die wunderbare

Sommernacht – eine Nacht wie aus dem Kitschroman, so eine, wie man sie nur alle paar Jahre erlebt: nicht zu kalt und nicht zu warm, angenehm lauwarm. Der Vollmond leuchtet auf das inmitten silbern schimmernder Gipfel idyllisch gelegene Bergdorf herab – kitschig, aber wunderschön. Millionen von Sternen werfen die Frage nach der Unendlichkeit des Universums und nach möglichen Mitbewohnern auf. Ein paar Grillen zirpen den Sommernachtsblues.

Ansonsten herrscht absolute Stille. Kitschiger, ja schöner könnte der Abend nicht ausklingen.

Das ungleiche Paar aus der großen Blonden und dem kleinen rollenden Schwarzen ist entspannt unterwegs in Richtung Heimatbasislager. Unter heiterem Gelächter nähert sich das Gespann dem vor der Klinik liegenden Parkareal. Paul ist gerade voll in seinem Element und genießt seine Rolle als witzeerzählender Entertainer. Obwohl Linda die Witze schon zum x-ten Male hört, muss sie doch immer wieder darüber lachen. Sie genießt die ausgelassene Stimmung ihres Mannes, und vor allem, dass er endlich wieder etwas an Heiterkeit gefunden hat. Zumindest ein klein wenig Heiterkeitsnormalität konnte er sich wieder zurückerobern.

Gerade als Paul seinen Lieblingswitz zum Besten gibt, hören sie eine jammernde Stimme aus den mächtigen Hecken neben der Parkeinfahrt kommen.

> »Hilfe, Hilfe, biiitte helfen Sie mir«, dringt eine leise, fast nicht wahrnehmbare Stimme aus dem Dickicht.

Linda und Paul bleiben sofort stehen und suchen nach dem Besitzer der Stimme. Dank des Vollmondes dauert es nicht lange und sie erkennen einen am Boden kauernden Mann. In zerrissenen Jeans und blutverschmiertem Hemd, die Hände schützend vors Gesicht haltend, liegt ein wimmernder, regungsloser Körper da – schutzlos, wehrlos, darauf hoffend, dass seine schwache Stimme ein erbarmungsfähiges vorbeikommendes Herz erreicht und ihm hilft. Linda beugt sich zu dem verletzten Mann hinab und versucht ihn vorsichtig umzudrehen und aufzusetzen. Unter Stöhnen und offensichtlich starken Schmerzen und mit Lindas Hilfe gelingt es dem ordentlich Zugerichteten schließlich, sich ein klein wenig aufzurichten. Nun kann auch Paul den Mann im Gebüsch erkennen.

»Mein Gott, oh mein Gott, Jussoff, das ist Jussoff!«, kann er sich nicht mehr beruhigen.

Paul ist völlig außer sich, vollkommen geschockt darüber, wer da vor seinen Augen aus dem Gebüsch gezogen wird. Reflexartig will er aufspringen und seinem Freund helfen. Doch das Handicap zwingt ihn augenblicklich wieder in die Zuschauerreihe. Linda hat alle Mühe, den Schwerverletzten aus dem Dickicht herauszubekommen. Als Jussoff endlich aus dem Heckengewirr geborgen ist, wird das ganze Ausmaß des Desasters sichtbar – viel schlimmer hätte es den Araber nicht erwischen können: Das ursprünglich weiße und jetzt blutrot gefärbte Hemd, die Jeans – alles ist zerfetzt und zerrissen und hängt wie Hautfetzten von dem gebrochenen Mann. Aus blutverschwommenen Augen dringt mühevoll ein trauriger und verängstigter Blick zu den Rettern vor. Unter starken Schmerzen kann der verletzte Jussoff schließlich aufrecht sitzend stabilisiert werden. Angstvolle Gedanken und geschwollene Lippen versperren jedem Wort den Weg aus seinem Mund. Dann geht alles ganz schnell:

Alle sind erleichtert – Jussoffs Klinikkollegen, die Paul in der Zwischenzeit alarmiert hat, treffen ein. Ihnen voran eilt ein bekannter Notarzt herbei, der dieser Tage eines seiner berühmten Seminare in der Klinik abhält.

»So, jetzt nicht bewegen, stillhalten, es wird jetzt ein bisserl wehtun, aber du hältst das aus«, spricht der Arzt beruhigend auf den Schwerverletzten ein, während seine routinierten Hände blitzschnell das Richtige tun.

»Das war schon ziemlich knapp!«, merkt der abgebrühte Medizinmann an.

Er gibt zu bedenken, dass es Glück im Unglück war, dass man den Verletzten so nahe an der Klinik gefunden hat. Jussoff wird direkt nach der Erstversorgung einem Totalcheck unterzogen und schließlich gekonnt endversorgt.

Paul und Linda stehen unter Schock. Stunden der qualvollen Ungewissheit folgen. Bange Stunden. Ewig lange Stunden.

Doch dann herrscht Gewissheit: Jussoff wird es packen.

Als er wieder einigermaßen ansprechbar ist, bedrängt ihn Paul sofort mit Fragen. Er will endlich wissen, was passiert ist und fragt den Verunglückten mehrmals, bis endlich eine schmerzerfüllte Antwort Jussoffs Lippen verlässt. Aus einem blutverschwommenen Mund kommt knapp:

»Es waren vier.« Das Sprechen fällt ihm noch merklich schwer. »Plötzlich sind vier Männer auf mich zugekommen und haben mich angestänkert. „Du scheiß Araber, du Moslemschwein“ und solche Sachen. Zuerst wollte ich ausweichen und dann wollte ich noch ein wenig über Toleranz erzählen. Aber dazu ist es nicht mehr gekommen. Ich weiß nicht mehr so genau, was dann passiert ist, es ging alles so schnell. Ich lag am Boden und sie schlugen und traten auf mich ein, wie wilde Tiere. Immer und immer wieder schlugen sie auf mich ein – wie Hyänen, die ihr Opfer in der Gruppe fest im Griff haben und es quälen, bevor eine der Bestien zum tödlichen Biss ansetzt. Ich hatte Todesangst, ja echte Todesangst! Dann war es auf einmal finster. Filmriss, aus und vorbei. Als ich wach wurde, sah ich in ein gütiges Engelsgesicht.«

»Der Engel war meine Frau«, klärt Paul seinen ordentlich zugerichteten Freund auf.

»Hast du die Schweine erkannt?«, fragt er aufgeregt weiter.

»Nein, habe ich nicht, sie waren nur allesamt kahlgeschoren und hatten schwarze Lederjacken an. Es ist auch völlig egal, wer sie waren oder sind. Der Hass hat viele Gesichter, heute diese und morgen andere. Der Hass ändert ständig seine Fratze«, antwortet Jussoff resignierend.

»Du musst nochmals zur Polizei gehen, sie müssen diese Verbrecher schnellstens finden! Sie müssen zur Rechenschaft gezogen werden.

Sie müssen aufs Härteste bestraft werden!«, fordert Paul das Opfer, wütend über den Überfall, zu weiterem Handeln auf.

Doch Jussoff senkt nur traurig und betroffen den Blick und sagt:

»Nein, das würde nichts bringen. Denn sie wussten nicht, was sie taten.«

Eine Woche, nachdem Jussoff das Opfer eines brutalen Überfalls geworden ist, ist der Vorfall längst zum Gesprächsthema Nummer eins in der Klinik geworden. Paul will seinen ehemaligen Pfleger und nunmehrigen Patientenkollegen besuchen. Voller Freude fährt er in dessen Krankenzimmer, doch dort trifft er auf einen sichtlich betrübten und nachdenklichen Jussoff, der nur still und apathisch aus dem Fenster starrt.

»Hey, alter Freund, ich kann schon verstehen, dass dich das alles ziemlich mitgenommen hat, aber lass den Kopf nicht hängen! Du weißt doch immer einen Weg«, versucht er seinen Freund aufzumuntern.

Der antwortet kurz und bündig, ohne Paul dabei eines Blickes zu würdigen:

»Ich habe schwere Verletzungen an den Nieren abbekommen und brauche eine Spenderniere. Meine Verwandten sind weit weg. Sie sind irgendwo oder sowieso schon längst tot. Und hier kenne ich niemanden, zumindest nicht gut genug für solch ein Unterfangen.«

Paul wird augenblicklich still. Es will ihm keine passende Antwort in den Sinn kommen. All die Motivationsphrasen, die er jetzt normalerweise vom Stapel lassen würde, sind nun völlig unpassend und nutzlos, einfach wertlos. Paul ist wütend und mitgenommen zugleich, angesichts des Leides, das man diesem unschuldigen und liebevollen Menschen auf solch primitive und hinterhältige Weise angetan hat.

»Wenn ich keine Niere bekomme, niemanden als Spender finde, dann geht's bald heim in die ewigen Jagdgründe«, klärt der geschundene und entstellte Jussoff seinen Besucher auf.

Tränen quellen aus blaugeschlagenen, noch immer verängstigten Augen hervor. Wieder weiß der sonst so wortgewandte Paul nicht recht, was er jetzt sagen soll, was er seinem Freund raten oder wie er ihm zumindest ein klein wenig Trost spenden könnte. Er überlegt hin und her, aber der gedankliche Output tendiert gegen null. Pauls mittfühlende Blicke verraten Jussoff, dass sein Freund zwar mit ihm fühlt, aber, ebenso wie er selbst ziemlich ratlos ist. Die Situation ist angespannt. Paul wird das einfach zu viel, das ist einfach eine Nummer zu groß für ihn.

Hastig verabschiedet er sich von seinem Freund, stellt noch rasch die mitgebrachten Blumen auf das Nachtkästchen zwischen all die Medikamente – neben die Tiroler

Tageszeitung mit der Titelstory „Unfall oder Überfall? – ausländischer Pfleger gibt Skinheads die Schuld".

Drei Tage später um Schlag sieben Uhr Früh bekommt Jussoff einen Überraschungsbesuch.

»Guten Morgen, mein Freund, hier ist „Niemand"!«

Im Halbschlaf, noch völlig benommen, blinzelt Jussoff aus dem Kissen hervor.

»Was redest du da?«, fragt er verwirrt den menschgewordenen Wecker.

»Nun, ganz einfach: Du hast gesagt, du kennst niemanden – ich aber bin da, mich kennst du. Ich habe mit den Ärzten schon alles gecheckt: Meine Niere müsste für dich passen, und ich spende sie dir! Na, was sagst du jetzt, Alter? Alles im grünen Bereich!«, überfällt Paul frühmorgens seinen ehemaligen Pfleger.

Augenblicklich ist Jussoff vollkommen wach. Wacher könnte er gar nicht sein. Doch er versteht die Welt nicht mehr.

»Einer meiner Patienten will mir das Leben retten?«

Hoffnungsvolle Gedanken tanzen in seinem Kopf umher, aber er kann nicht so recht glauben, was da eben durch seine Ohren klang. Sicherheitshalber fragt er noch einmal nach:

»Das würdest du für mich tun? Für mich?«

»Yes, I could and I would!«, antwortet Paul kurz und bündig und umarmt dabei seinen sichtlich ergriffenen Freund.

Solch ein aktives Erwachen hat Jussoff noch nie erlebt. Jetzt ist er, der sonst so wortstarke Mann, auf einmal selbst ohne Worte. Jetzt fehlen sie ihm. Jetzt kann er seine Dankbarkeit einfach nicht fassen, oder gar beschreiben.

Freudentränen laufen über sein blutverkrustetes Gesicht und besiegeln eine wahre Freundschaft. Doch Jussoffs Blicke sagen alles, sagen mehr als tausend Worte. Paul versteht. Er versteht plötzlich einen ganz bestimmten Satz seines Freundes nur zu gut: „Geben macht glücklicher als nehmen".

Nach der geballten Portion blanken Hasses hat Jussoff solch eine riesige Portion Nächstenliebe nicht erwartet. Aber offensichtlich gibt es doch so etwas wie eine ausgleichende Gerechtigkeit, sind sich beide einig und beschließen, mit niemandem über ihren Transplantationsdeal zu sprechen, jedoch schnellstens die Details mit den Ärzten zu klären. Die Entscheidung, die Paul getroffen hat, die er – darüber ist er sich absolut sicher – für sein Gewissen treffen musste, war bei Gott nicht einfach gewesen. Aber sie bestärkt ihn im rechten Leben.

»Ist schon faszinierend: Man gibt etwas ab und bekommt so viel dafür«, findet Paul frühmorgendliche Erleuchtung.

Er ist sich zu hundert Prozent sicher, die richtige Entscheidung getroffen zu haben.

Nach den zweifelsohne anstrengenden und aufreibenden Tagen freut sich Paul auf einen einfachen, unspektakulären und netten Fernsehabend mit seiner Frau.

Er ist froh darüber, dass Linda eine Auszeit von der Auszeit genommen hat und diese mit ihm verbringt. Der Abend soll ein Genuss werden und so bestellt Paul das übliche Einsermenü beim „Bergfürsten".

»Du alter Gourmet, das war ein tolles Essen«, bedankt sich Linda für Pauls Auswahl der Fischplatte in der Werbepause des Schnulzenklassikers „Pretty Woman".

Sie wundert sich ein wenig darüber, dass Paul dem so geliebten Barolo heute so gut wie keine Aufmerksamkeit geschenkt hat. Linda liebt Multitaskentspannung: essen, fernsehen, kuscheln – am liebsten würde sie alles auf einmal tun und in vollen Zügen genießen.

»Einfach wunderbar, eine größere Freude konntest du mir gar nicht machen«, dankt Linda ihrem Mann für den chilligen Abend.

»Ganz so wie früher, als wir noch unendlich viel gekuschelt haben – als es unter der Bettdecke noch ordentlich gebrodelt hat«, erinnert sich Linda an die Anfänge ihrer Beziehung zurück.

Eng umschlungen, wie frisch verliebte Teenager, liegen sie im Bett und lassen sich von RTL berieseln. Linda liegt genussvoll, wie eine ruhende Löwin, auf Pauls Brust, während ihr Held unaufhörlich ihre blonde Mähne streichelt. Solche Ruhestellungen liebt sie besonders. In vollen Zügen genießt sie den zweiten Film des Abends, einen für Paul schrecklich kitschigen, jedoch für Linda einfach himmlisch romantischen Rosamunde-Pilcher-Film. Herz, was willst du mehr?

Von englischer TV-Romantik schwerstens stimuliert, will Pauls Herz doch ein wenig mehr. Er lässt die Hand langsam von der Löwenmähne auf Lindas Schultern gleiten.

Sanft massiert er sie und kann das Schnurren einer entspannten Raubkatze vernehmen. Linda schnurrt nicht – Carlo zwei, der diesem gemütlichen Fernsehabend und den Resten der Fischplatte auch so einiges abgewinnen kann, schnurrt zufrieden vor sich hin. Pauls Hände gleiten indes langsam, ganz langsam, aber zielstrebig, über Lindas Schultern weiter unter ihr leichtes weißes, spitzenverziertes Seidennachthemd – ein Teil, das für alles andere gemacht zu sein scheint, nur nicht fürs Schlafen. Pauls erfahrene Hände wissen, was sie tun und was noch zu tun ist.

Die Meister des Fingerspiels nähern sich sanft kreisend und zielstrebig dem ersten Etappenziel. Sie massieren sich langsam, in knetenden Bewegungen, zu Lindas Brüsten. Von oben nach unten sanft drückend und die Knospen fein, mit ganz leichtem, zwickendem Fingerspiel zum Aufstehen ermutigend – so mag es Linda, so mögen es ihre Wahrzeichen der Weiblichkeit schon seit vielen lustvollen Begegnungen. Und so mag es auch Paul. Er mag und genießt es gönnerhaft, wenn sie nichts sagt, wenn sie keine Miene verzieht und so tut, als würde sie das alles überhaupt nichts angehen, sie aber in Wirklichkeit brennt und schon so feucht ist, dass er es förmlich in den Fingern spüren kann. Paul weiß, wie er seine Prinzessin behandeln muss, um sie über kurz oder lang, je nachdem wie sie es gerade mag, aus der Reserve zu locken. Er weiß: Der Gipfel der Eroberung liegt noch ein paar Massagerunden weit entfernt. Abwärts geht es langsam und behutsam über Lindas Bauch, der von Pauls Zunge einen kleinen Vorgeschmack von dem bekommt, was Pauls finalem Ziel erst noch lustvoll bevorsteht. Linda kommt in Wallung und kann ihre Lust nur noch schwer verbergen. Ihr Bauch, ihr ganzer Körper, alles krümmt sich nach oben. Ihre glatte Vagina drückt nach oben, mitten in Pauls Gesicht. Das Spiel des Verbergens misslingt zum Wohle dessen, was noch kommen wird. In all den Jahren wussten beide immer genau, was den anderen antörnt.

Und Paul weiß, wie er es bei seiner Frau richtig auf den Punkt bringt – auf den G-Punkt.

Der Sex ist reifer, fester, ja trotz all der Jahre auch irgendwie geiler geworden. Es gibt keinen Stress mehr im Bett.

Kein „ich bin der Superstecher"-Gehabe und auch keine vorgespielten Orgasmen trüben die reinste aller menschlichen Beziehungsformen. Wenn Pauls Zunge unter Beweis stellt, dass sie nicht nur sprachlich talentiert ist, dann spüren es beide. Der Sex im besten Alter hat einfach mehr

Energy, er hat einfach mehr Power in allen Fasern, in allen Zellen. Pauls Zunge fordert den empfindlichen kleinen rosa Konterpart zum Zusammenspiel von unbestimmter Dauer auf.

Das hätte sich Paul nie gedacht, dass der Sex mit Linda je wieder so wunderbar, so liebevoll, so erfüllt sein würde, dass ihm das in seinem Alter mit seiner Frau noch einmal passieren würde. Er spürt, richtiger Sex ist die Hochkultur der Liebe. Ja, Sexualität ist der Liebe schönste Sprache.

»Aber so ist es und so ist es gut!«, denkt er lustvoll an eine wahnsinnig aufregende Nacht zurück.

»Was er wohl gerade macht? Ob er irgendetwas ahnt?«, fragt sich Petra und denkt dabei an Paul, während sie bei einer Tasse Kaffee aus dem Schwesternzimmer in den trostlos grauen und wieder einmal verregneten St. Pöltner Morgenhimmel blickt.

Paul fehlt ihr – er ist der Kerl, an dem sie irgendwie hängengeblieben ist. Das hätte Petra nie gedacht, dass ihr so etwas in ihrem Alter noch passieren kann.

»Aber so ist es und so ist es gut!«, denkt sie sehnsuchtsvoll.

Die von den Ärzten anberaumte Besprechung startet mit einer guten Stunde Verspätung. So ist er eben, der medizinische Alltag in der nicht existierenden Zweiklassenmedizin: ständiger Zeitdruck, Personalknappheit und unvorhersehbare Notfälle in Wechselwirkung. Da kann auch eine an sich wichtige Transplantationsbesprechung schnell zur zweiten Priorität werden.

»Meine Herren, ich danke Ihnen für Ihr Kommen und ich muss sagen, ich bin äußerst beeindruckt von den beiden Geschichten und ganz besonders von Ihren Krankengeschichten. Ganz zu schweigen von Ihrer Opferbereitschaft, Paul. So weit, so gut. Kurz und bündig: Es wird keine Transplantation geben!«, erklärt der Klinikprimar Prof. Oberhuber dem vermeintlichen Organspender und dem Empfänger knackig.

Paul und Jussoff sehen sich fragend an und fassen sich augenblicklich wie ein altes Ehepaar an den Händen.

»Auf Grund der Untersuchungsergebnisse und der Erfolge mit den neuen Medikamenten scheint es fast ausgeschlossen, dass eine Spenderniere benötigt wird«, fährt die Koryphäe fort.

Paul fällt, soweit es vom Rollstuhl aus möglich ist, Jussoff um den Hals und kann ein ehrliches und lautes

»Yippie!!!« nicht länger verbergen.

Das Organduo ist mehr als erleichtert. Auch der starke und normalerweise so zurückhaltende Jussoff kann unter diesen Umständen die Freude und Freudentränen nicht länger verbergen. Er schließt sich mit einem noch lauteren

»Yippie, yeah!!!« an.

Die nüchterne Atmosphäre des Arztzimmers ist augenblicklich einer ausgelassenen Freudenstimmung gewichen. Alle freuen sich riesig über Dr. Oberhubers Diagnose. Die sprichwörtlich herunterfallenden Steine waren noch in Innsbruck zu hören.

»Solch gute Nachrichten müssen unbedingt gefeiert werden!«, besteht Paul auf ein Anstoßen.

Die beiden Überlebenskünstler machen sich schnurstracks auf den Weg ins Klinikcafé.

»Champagner, eiskalt und blitzschnell!«, setzt Paul eilig eine dem Anlass entsprechende Bestellung ab.

Jussoff ist mental noch ziemlich berührt von den Vorkommnissen der vergangenen Tage und Wochen und meint zu seinem Fast-Spender:

»Weißt du Paul, das hätte ich nicht erwartet – weil man so etwas nicht erwarten kann. Deine so weitreichende spontane Opferbereitschaft einem fremden Menschen gegenüber, kann man nur mit Liebe, nur mit wahrer Nächstenliebe, beschreiben. Du hast mir ein unheimlich großes, ja das wertvollste Geschenk überhaupt, bereitet. Und dafür sage ich dir von ganzem Herzen ein gesegnetes Danke! Aber ein noch viel größeres Geschenk hast du dir selbst bereitet, denn du hast dir selbst einen Schatz der Unvergänglichkeit geschenkt, einen Schatz, der auf ewig auf der Habenseite deiner Lebensbilanz stehen wird. Du hast ohne zu zögern und ohne Berechnung selbstlos geliebt. Du bist der wahren Liebe begegnet und ihr gefolgt. Du hast Liebe an der Liebe bewiesen! Denn es steht geschrieben, mein Freund: „Was ihr für den geringsten eurer Brüder tut, das tut ihr für mich". Denn wo die Liebe ist, da ist auch Gott«, kann Jussoff seine Dankbarkeit am Ende des Tages doch noch in Worte fassen, die ungefiltert und klar in Pauls Seele ankommen.

»Lass gut sein, Alter, du hast mir einfach leidgetan«, spielt Paul die Situation herunter, obwohl er nur zu gut weiß, dass es keine Kleinigkeit war.

»Ja, die Liebe, die selbstlose Liebe, ist schon ein richtig geiles Ding«, findet er und fühlt sich dabei irgendwie unsterblich.

Glücklich über den Verlauf des Tages und über die Erkenntnisse und Wirkung von wahrer Liebe, macht sich Paul wieder auf den Weg zu seiner Frau – nicht ohne vorher noch einmal seinen fast-organverwandten und ganz-seelenverwandten Freund ordentlich fest zu drücken.

Paul findet es ziemlich aufregend, nun auch Linda von seinem Geheimnis mit Jussoff zu erzählen.

Als sie die Story aus erster Hand erfährt, bekommt sie den Mund vor lauter Staunen nicht mehr zu. Linda ist überwältigt von ihrem Mann. Soviel Nächstenliebe und Zivilcourage – oder wie immer man es auch nennen möchte – hätte sie ihm beim besten Willen nicht zugetraut. Respekt und Bewunderung für ihren Liebsten kommen auf. Dass er ein strammer Kerl mit unorthodoxen Entscheidungen ist, wusste Linda natürlich, aber dass er so weit gehen würde, das überrascht sie doch völlig. Sie ist wirklich auf das Tiefste beeindruckt von ihrem Mann, ist unsagbar stolz auf ihren Helden.

Nachdem ihr Paul die atemberaubende Geschichte erzählt hat, möchte auch Linda unbedingt etwas loswerden. Wie ein kleines Mädchen zappelt sie aufgeregt auf dem Sessel hin und her und setzt zur Informationswelle an:

> »Weißt du, Paul, nach all den Ehejahren kenne ich dich besser, als du glaubst. Ich weiß einfach, wie du tickst. Ich kenne deine Stärken und kenne deine Schwächen. Ich kenne auch deine Sehnsüchte und ja, ich kenne auch deine Geheimnisse«, sagt sie, während Paul erschöpft vom Tag und leicht gelangweilt zuhört.

Auch Paul kennt seine Frau nach all den Jahren besser, als sie glaubt. Er weiß solche Monologe zu überstehen.

> »Neulich habe ich dir doch von meiner neuen Freundin erzählt. Sie ist eine unglaublich tolle Person. Die Beste hat auch schon so einiges durchgemacht. Sie hat mir einige sehr hilfreiche Tipps für – oder besser

gesagt gegen – mein Alkoholproblem gegeben. Sie hat mir zugehört und erst dann sich ein Urteil gebildet. Und ich glaube, das hat sie einfach aus Nächstenliebe getan. Anfangs waren wir uns fremd, aber in der Zwischenzeit sind wir zwei echte Freundinnen geworden. Übrigens: Sie ist eine hochintelligente und noch dazu sehr hübsche Frau, eine Frau mit dem Herzen am rechten Fleck!«, gerät Linda ein wenig ins Schwärmen, als sie Paul von ihrer neuen Freundin erzählt.

»Ach ja, wirklich?«, antwortet Paul, der seiner Frau nicht wirklich zugehört hat und gerade nach einem Glas Wasser greift.

»Ihr Name ist Petra und sie arbeitet im Klinikum St. Pölten«, bringt es Linda schlagartig auf den Punkt und damit Pauls Aufmerksamkeitspegel im Bruchteil einer Sekunde auf hundertachtzig.

Schock! Paul verschluckt sich am Wasser und spuckt den Schluck sofort wieder aus.

»Petra? Die Petra?«, fragt er sichtlich verstört, nervös und vom Moment der Wahrheit eiskalt erwischt.

»Ja Paul, die Petra, die du notgeiles Arschloch erst kürzlich in Innsbruck gebumst hast, die Petra, die du ins gleiche Restaurant wie mich ausgeführt hast, die Petra, die offenbar in einer Zeit für dich da war, in der ich zu weit weg und zu betrunken war!«, fährt Linda mit zornig bebender Stimme und unter Tränen fort.

Paul ist in Schockstarre verfallen. Kein Wort bringt er noch hervor. Selbst wenn er wollte – er ist zu keiner Antwort oder irgendeiner dummen Verteidigung fähig. Diesen Albtraum, einen solchen Super-GAU hatte er nicht erwartet, nicht jetzt.

»Einfach wegbeamen, einfach jetzt nicht mehr hier sein. Das ist ohnehin wieder nur ein Albtraum.

Aufwachen, Paul!«, gibt er sich das Kommando zur Erlösung.

Aber er ist wach – und wie: vollkommen wach! Paul steht am Pranger seiner unkontrollierten Leidenschaft, vor dem Scherbenhaufen seiner Ehe.

»Übrigens: Sie liebt dich wirklich, so etwas spürt eine Frau«, schießt Linda noch einen Pfeil, der brennen soll wie Feuer, direkt in Pauls verwundetes Herz ab.

»Nun ist aber Schluss, hör auf damit!«, schreit er Linda, wie immer, wenn er sich in die Enge getrieben fühlt, an.

»Ja, ich habe Scheiße gebaut, richtig große Scheiße sogar! Und es tut mir auch unendlich leid. Aber auch mir ging es damals wirklich schlecht. Und ja, sie war da und du nicht«, versucht sich Paul zu verteidigen.

Doch rasch merkt er um die Sinnlosigkeit seiner verzweifelten Aktion.

»Okay, ich hab Mist gebaut, dann halt die Scheidung, is a scho wuascht!«, raunzt er Linda an und sieht dabei schon den unvermeidbaren Worst Case des Ehedramas auf sich zukommen.

Doch Linda hat nicht vor, es dem Ehebrecher leicht zu machen.

»Mist gebaut: ja. Scheidung: nein. Wuascht: schon gar nicht. Neuanfang: ja!«, erklärt sie Paul in solch einer Art und Weise, bei der Widerstand so sinnlos ist, wie der Versuch, einen Hurrikan aufzuhalten.

»Übrigens mein Guter, ich soll dir schöne Grüße von Direktor Haidinger ausrichten«, kommt noch ein unerwarteter Nachschlag von Linda.

Erleichterung macht sich breit, als sich Paul auf Lindas bevorstehende Beichte freut. Sofort in diesem Moment hat er ihr vergeben.

»Ich konnte mit der Bank ein Stillhalteabkommen über zwölf Monate vereinbaren. Das bedeutet: keine Pfändung, keine Gehaltsexekution und auch keine Versteigerung. Darum war ich mit Haidinger im Restaurant „Theater" – übrigens ein tolles Lokal. Dorthin könntest du mich auch mal ausführen. Das alles hat ganz ohne Fick funktioniert, obwohl es die Sache sicher erheblich erleichtert hätte. Und so hässlich ist er ja auch wieder nicht«, präsentiert Linda das Verhandlungsergebnis nicht ganz ohne Stolz ihrem Mann, der nun rein gar nichts mehr zu sagen hat.

Jedes Wort wäre nun ohnehin eines zu viel.

Einen Satz muss Linda noch loswerden:

»Es ist alles vergeben. Was war, das war – was ist, das bleibt. Die wahre Liebe bleibt ewig!«, flüstert sie sanft in Pauls vor Aufregung rotglühendes Ohr.

Nach der wahren Liebe hat sich Paul immer gesehnt. Ihr war er in all der Sehnsucht immer auf der Spur gewesen. Denn die wahre Liebe kennenzulernen, das war sein ganz großer Wunsch. Dabei ist die wahre Liebe schon lange sein ständiger Begleiter gewesen, war in all den Jahren immer an seiner Seite.

Sie war immer da, aber sie war nie aufdringlich.

Sie war so selbstverständlich, dass er sie schlicht und einfach nicht mehr gesehen hatte, doch die wahre Liebe war immer da.

Die wahre Liebe kannst du nicht finden.
Sie findet dich!

Kapitel 7

Der Wunsch nach Vergebung

»Linda muss es einen Giftpfeil durch die Seele gebohrt haben, als sie das von Petra und mir erfahren hat – noch dazu direkt von ihrer Rivalin höchstpersönlich. Unvorstellbar, wie das Leben so spielt. Ehrlich gesagt weiß ich nicht, wie ich bei solch einer Nachricht reagiert hätte«, tappt Paul noch völlig im Dunkeln darüber, wie er mit Lindas überraschendem Verhalten umgehen soll.

Da kommt das tägliche Training, sein täglicher Kampf zurück ins Leben, als willkommene Ablenkung gerade recht. Jeden Tag absolviert Paul ein strenges und beinhartes Zusatztraining. Nichts, aber auch gar nichts, soll unversucht bleiben, um seine Genesung voranzutreiben. Brennende Muskeln und bis aufs Äußerste schmerzende Glieder, geschundene Knochen, die kurz vor dem Zerbersten sind und ein behinderter Körper, der laut schreit,

»ich kann einfach nicht mehr!«, sind das tägliche Ergebnis der Tortur.

Doch ein Geist mit unbändigem Willen schreit noch lauter:

»Egal, du musst einfach weiter machen, mach weiter!«

All das nimmt Paul Tag für Tag für mindestens eine Stunde länger, als die Götter in Weiß es für ihn geplant haben, in Kauf. Tag für Tag quält er sich in kleinen Schritten zurück ins Leben. Tag für Tag ist er unterwegs zu seinem Endziel. Das Training und Pauls unbändiger Wille, wieder auf die Beine zu kommen, zeigen allmählich Wirkung. Aus anfänglich kleinen Fortschritten sind sichtbare Ergebnisse geworden – Ergebnisse, die selbst die Herren über Leben und Tod in ihrer medizinischen Allwissenheit so nicht erwartet hatten.

Immer wenn Paul hin und wieder seinen gehassten Rollstuhl verlässt und der Kämpfer vorsichtig ganz kleine und noch sehr unsichere Schritte auf Krücken geht, muss er an die Wunder, die vor über zweitausend Jahren geschehen sein sollen, denken. Die Ärzte können es selbst nicht recht glauben: Dass dieser Mann wieder auf seinen eigenen Beinen steht, ist schon nahe dran an einem Wunder. Es ist noch nicht lange her, als man Paul mit geringen Heilungschancen hierher nach Tirol gebracht hat, in die einzige Rehaklinik weit und breit, in der man solch schwere, an der Grenze zur Hoffnungslosigkeit liegende, Fälle überhaupt ins Chancenregister aufnimmt. Damals waren sich die Ärzte einig: Die Chancen, dass er den Rollstuhl je wieder verlassen würde, lagen bei weniger als zehn Prozent. Es war keine einfache Entscheidung und schon gar kein einfacher Weg, das „Wunder“ hinzubekommen. Aber es war eben wieder einmal typisch Paul, alles zu versuchen und wenn es sein musste, eben auch einen unorthodoxen Weg der Therapie zu finden.

Der geschundene Patient hatte viel Zeit gehabt und er wusste sie zu nutzen: Er hat viel gelesen und sich in nächtelanger Recherche schlau gemacht – über seine Verletzungen, seine Chancen und über mögliche Wege, das Schicksal doch noch schachmatt zu setzen. Mit alternativen Behandlungen fand er mögliche Wege zurück ins Leben. Als er schließlich die Ärzte mit seinen ungewöhnlichen Behandlungswünschen konfrontierte, waren sie nicht nur sehr erstaunt darüber, nein die Herren Doktoren waren schlichtweg erbost. Aber Paul ist eben Paul. Er wusste, dass er alle Zeit der Welt hatte, die er brauchte. Er war sich absolut sicher:

»Eines Tages werde ich es den honorigen Herren schon verkaufen. Eines Tages werden sie meinen Wunsch erfüllen – das wäre doch gelacht.«

Er ist ein Topseller und hat schon mit ganz anderen Leuten viel schwierigere Deals hinbekommen.

Sein Verkaufsinstinkt sollte recht behalten. Nach ein paar lästigen Wochen permanenten Nachfragens und einigen Sondergesprächen mit dem Herrn Primar wurde das Ärztekollegium schließlich weich. Paul bekam grünes Licht. Eine gemeinsame Entscheidung des Kollegiums musste es sein, denn solch eine Behandlung wollte keiner der gescheiten Herren alleine verantworten. Paul wollte mit Cannabinoiden, dem guten alten Hanf, behandelt werden. Ohne Zweifel – das war der beste Pitch, den er je abgeliefert hatte. Ohne die THC-Behandlung wäre er vermutlich noch immer im Rollstuhl und an die psychische Überwindung seines Unfalls wäre nicht einmal ansatzweise zu denken gewesen. Davon ist das Ärztekollegium, das natürlich immer schon um die hervorragende Wirkung von Cannabinoiden wusste, heute überzeugt.

Unaufhörlich tropft der Schweiß von Pauls Stirn. Ein völlig durchgeschwitztes T-Shirt legt Zeugnis von den Anstrengungen seines Trägers ab. Die Oberschenkel brennen, als wären sie eben frisch am Grill gelandet. Noch fünfzehn Minuten Quälerei, dann hat er es wieder einmal geschafft – zumindest für heute. Die Schmerzen des Trainings empfindet Paul diesmal erträglicher als sonst, denn er ist abgelenkt durch Gedanken, die sein Hirn bearbeiten. Fragen über Fragen begleiten das Training, wie eine Meute hungriger Wölfe ihre Beute vor dem Riss.

»Was um Himmels Willen muss Linda gedacht haben, als sie von meinem Seitensprung erfahren hat? Wie hat sie das überhaupt erfahren können? Das ist ja irre, wie zum Teufel hat sie Petra kennengelernt? Warum hat ihr Petra von unserem Geheimnis erzählt?«

Unzählige Fragen der Kategorie „Warum eigentlich?" pflügen durch Pauls Hirn. Langsam begreift er, dass Mann das Mysterium Frau niemals ganz verstehen wird.

Es ist völlig klar: Er ist selbst schuld an der Lage der Dinge. Er weiß ganz genau, dass er sich den Mist selbst eingebrockt hat. Nun muss er eben auch irgendwie einen Weg zum Ausbrocken finden.

»Die beiden muss es ziemlich getroffen, ja fürchterlich schockiert haben. Aber warum hat Linda mir gegenüber so verzeihend reagiert? Warum hat sie mir keine Szene gemacht? Warum hat sie mir nicht einmal ein paar ordentliche Ohrfeigen gegeben? Verdient hätte ich es ja«, kann Paul die sanfte Reaktion seiner Frau noch immer nicht begreifen, geschweige denn verstehen.

Ein vom Denken angestrengtes Hirn beginnt heiß zu laufen. Wie aus dem Nichts tauchen immer mehr Fragen in der Begleitung von Selbstvorwürfen auf und fordern Pauls uneingeschränkte Aufmerksamkeit. Qualvolles Training gespickt mit qualvollen Gedanken – das ist selbst für einen taffen Burschen wie ihn, eine Portion der Qual zu viel.

Paul stoppt das Training, legt vorsichtig die verschwitzten Hanteln auf den Boden, um nicht noch ein Cut in der „Hall of Pain" zu hinterlassen und setzt sich aufrecht auf die Hantelbank. Mit dem durchnässten Handtuch tupft sich der Reha-Ironman den Schweiß vom Oberkörper.

Die Gedanken brauchen Frische und Paul nimmt einen kräftigen Schluck Mineralwasser aus der Trinkflasche mit der Aufschrift „Ich will es – ich kann es – ich schaffe es", die er bezeichnenderweise von seiner Frau geschenkt bekommen hat. Erfrischt laufen die Gedanken wieder zur Höchstform auf und starten zum Denkmarathon. Immer enger kreisen sie um Lindas Vergebung. Paul kommt um das Wort „Vergebung“, von dem ihm auch sein Freund Jussoff schon erzählt hat, einfach nicht mehr herum. Tief in ihm drinnen fühlt er: Linda hat ihm „einfach“ vergeben.

»Dabei habe ich ihr das Herz in Stücke gerissen!«, schämt sich Paul.

»Was also hat es mit der Vergebung auf sich? Da steckt doch auch das Wort „geben“ drinnen, oder?«, versucht er dem Mysterium eines kleinen Wortes mit großer Wirkung auf die Spur zu kommen.

Die Sätze seines Begleiters Jussoff, die dieser erst unlängst für ihn parat gehabt hat, kommen Paul wieder ins Bewusstsein.

»Vergebung ist das Fundament für die Zukunft jeder Beziehung. Damit ist nicht nur die Beziehung zwischen den Menschen gemeint. Denn alles, wirklich alles ist in der einen oder anderen Weise in Beziehung. Man könnte auch sagen: Es ist in Schwingung miteinander verbunden. In jeder Beziehung gibt es Störungen. Und wenn du denkst, das sollte in einer göttlichen Welt, in einer Welt der Ordnung und Harmonie nicht so sein, dann irrst du gewaltig!«, hat Jussoff Paul noch kurz vor seinem Überfall erklärt.

»Danke den Störungen, denn sie lassen uns immer wieder uns selbst, unser System, unseren kleinen Mikrokosmos überprüfen. Bei Störungen müssen wir nach den Ursachen suchen, dann sind wir gezwungen, zu überprüfen und zu analysieren, aber bitte mit Herz, und schließlich zu reparieren, aber bitte mit Verstand! So entsteht geistiges und geistliches Wachstum. So entsteht Reife. Danke also den Störungen, denn sie sind wichtig für dein Vorankommen zu einem höheren Bewusstsein. Und dieses Vorankommen ist der wahre, eigentliche Sinn des Lebens!

Vergebung bedeutet vereinfacht gesagt, immer wieder den Reset-Knopf zu drücken, eine Beziehung zu was oder zu wem auch immer, zu reseten – einfach wieder von null weg, ohne Störung und ohne Vorurteile von vorne zu beginnen. Das ist eine wunderbare Sache. Das ist Vergebung. Aber um den Reset-Knopf drücken zu können, brauchst du eine wichtige Sache: Du brauchst die wahre Liebe.

Je mehr du liebst, desto einfacher fällt die Vergebung. Denn Vergebung ist Liebe in reinster Form!

Auch für Egoisten gibt es eine gute Nachricht!«, erklärte Jussoff einen leicht zynischen Gedankenansatz:

»Vergebung schenkst du dabei nicht den anderen, ja natürlich schon auch, aber in erster Linie machst du dir selbst das größte Geschenk. Denn wenn du aus ganzem Herzen vergibst – und das bedeutet: ehrlich, aufrichtig und ohne Vorurteile –, dann steht nichts mehr zwischen dir und deinen Beziehungen, absolut nichts und niemand verstellt dir mehr den Weg. Dann wird alles möglich! Verstehst du, Paul?«, hat ihn sein Freund damals gefragt.

Paul dachte, es verstanden zu haben. Heute aber weiß er, dass er rein gar nichts verstanden hatte. Erst jetzt, durch Lindas beherztes und liebvolles Drücken auf den Reset-Knopf ihrer Ehe, versteht Paul zumindest ansatzweise die Bedeutung des Wortes Vergebung. Wenn er über seine Frau nachdenkt, dann entdeckt er immer neue Seiten an seiner ihm doch so vertraut geglaubten Linda. Ihre Vergebung hätte er so nicht einmal zu träumen gewagt.

»Wer weiß, was ich sonst noch alles nicht von ihr kenne?«, grübelt Paul, der eben eine wunderbare Gelegenheit gefunden hat, Linda neu zu entdecken.

Das Wetter zeigt sich endlich wieder einmal von seiner touristenfreundlichen Seite. In diesem Sommer kann man schöne, warme Sommertage an den Fingern einer Hand abzählen. Deshalb will Paul die Gunst der Stunde nutzen und überrascht seine Frau kurzerhand mit einem Ausflug auf einen der Innsbrucker Hausberge, den Hafelekar. Der Taxifahrer, der Paul schon öfter chauffiert hat, steht auch diesmal wieder gerne zur Verfügung. Ortskundig wie er ist, bringt er die beiden Ausflügler über wunderbare, kurvige Landstraßen zu einem der schönsten Aussichtspunkte des Heiligen Landes Tirol. Die Sonne lächelt freundlich in das weiße Mercedes-Taxi und die beiden Fahrgäste grinsen nicht weniger freundlich in die wunderbare Berglandschaft. Die Idee eines sommerlichen Spontanausfluges hatten auch noch andere. Den Taxilenker mit seinem behinderten Fahrgast tangiert der übervolle Parkplatz jedoch nicht weiter. Ohne Umwege liefert er Paul und Linda direkt vor der Eingangstüre der Ausflugshütte ab.

Hier oben ist man in einer gänzlich anderen Welt. „Alle Sorgen scheinen darunter verborgen“, sang schon einst Rainhard Mey, der damit jedoch eher die über den Besuchern kreisenden Sportpiloten gemeint hat. Bei ausgezeichnetem, wolkenlosem Wetter, wie an diesem Nachmittag, ist die Fernsicht einfach grandios und schier grenzenlos. Auf zweitausend Metern über dem Meer nimmt man fast schon eine andere stoffliche Form an – schwerelos und federleicht wird man hier oben. Wenn man die Bergdohlen bei ihrer Flugakrobatik lange genug beobachtet, können einem unter Umständen selbst Flügel wachsen. Hier oben könnte alles möglich werden.

Linda und Paul haben Glück und ergattern trotz des riesigen Andrangs ein freies Plätzchen auf der urigen Holzterrasse des beliebten Lokals. Sie machen es sich gemütlich. Den Rücken an der warmen Fichtenholzfassade angelehnt und den Blick über die Tiroler Berge schweifend, genießen sie Kaffee und herrlichen, hausgemachten Apfelstrudel – wie es sich gehört, mit ein wenig Zimt abgerundet. Dazu genehmigt sich Paul ein kleines Zirbenschnäpschen – Traditionen wollen schließlich gepflegt werden. Obwohl die Terrasse rammelvoll ist und alle kreuz und quer durcheinanderreden, nehmen Linda und Paul kaum Notiz von den anderen Gästen.

Das Paar ist am Gipfel angekommen. Ein paar Bergdohlen zeigen den neugierigen Halbschuhtouristen ob der perfekten Thermik eine Flugshow vom Feinsten. Die schlauen, schwarzen Vogelartisten fliegen um den Lohn von ein paar Brotstückchen. Eine Gruppe abenteuerlustiger Paragleiter will ihren tierischen Pilotenkollegen nicht länger nachstehen und nützt den perfekten Flugtag und die Aufmerksamkeit der Zuschauer, um unter Applaus so richtig abzuheben.

Pauls Gedanken sind heute nach ewig langer Zeit endlich wieder einmal frei und unbeschwert. Alles scheint zum Greifen nahe, nur einen kleinen Griff weit vom Horizont entfernt.

»Deine Haltung – ich meine, dass du mir verziehen hast – ist etwas, das mich wirklich sprachlos macht. Es überwältigt mich! Ich fühle mich so klein, so schäbig, Linda, aber auch so unendlich beschenkt und dankbar.« Paul legt seine Gedanken und Gefühle offen auf den Tisch. »Wieso tust du das?«, kann er es immer noch nicht richtig glauben.

»Hast du schon einmal was von der wahren Liebe gehört? Von der Liebe, die verzeiht?«, fragt Linda mit einem Blick, den auch ein in Sachen Liebe manchmal Dummer, wie ihr Mann, kapieren muss.

Paul drückt Lindas Kopf zärtlich an seine Brust und fährt ihr liebevoll durch die Mähne. Sie will ganz ehrlich sein und schenkt Paul weiter reinen Wein ein:

»Als ich von deiner Affäre erfahren habe, war ich außer mir vor Wut. Ich hätte dich glatt umbringen können. Wenn du dagewesen wärst, wärst du jetzt sicher nicht mehr da. Ich habe auch gleich eine halbe Flasche Whisky auf dein Wohl – ehrlich gesagt auf dein Unwohl – getrunken. Aber dann traf ich diesen Mann.«

Paul spitzt die Ohren. Lindas verständliche Revanche für seinen Seitensprung? Sein Herz schaltet in den Highspeedmodus. Da ist er wieder, der Puls von über hundert.

»Ein wunderschöner Mann mit langen schwarzen Haaren und einem Blick, der selbst einen Eisberg binnen Minuten zum Schmelzen bringt«, kommt Linda ins Schwärmen und Paul in den Eifersuchtsmodus.

So ganz hat er das mit der verzeihenden Liebe noch nicht intus.

»Ich habe diesen tollen Mann immer wieder getroffen. Fast täglich haben wir uns getroffen. Wir haben viel, sehr viel, geredet. Er hat mich einfach getröstet – in einer Zeit, in der ich verwundet und unendlich einsam war, in einer Zeit, in der ich mich richtig verstoßen fühlte, war er einfach für mich da«, erzählt Linda und erwartet von Paul, dem Auslöser ihres Beziehungsnotstandes, Verständnis.

»Verstehen ja, aber vergeben?«, denkt Paul und merkt auf einmal, wie hoch die Hürde der Vergebung liegen kann.

»Es waren unheimlich tolle Begegnungen und Gespräche. Meistens haben wir uns nicht lange gesehen, aber gerade deshalb ging das so tief rein!«, erzählt Linda ihrem staunenden Mann.

Nur mit allergrößter Mühe kann Paul seine Emotionen verbergen und unter Kontrolle halten. Am liebsten würde er mit der Faust auf den Tisch schlagen und seine ganze Wut einfach laut über die Gipfel schreien. Wilde Gedanken drehen sich um den von seiner Frau angehimmelten Fremden.

Pauls Blut kocht. Seine Hände beginnen von Sekunde zu Sekunde immer mehr zu zittern.

Aufgeregt zuckt er auf der Lammfellimitation der Holzbank hin und her. Noch kann er seinen zornigen Blick hinter der verspiegelten Sonnenbrille verstecken. Doch wer ihn kennt, weiß: Das Zucken ist die Vorstufe vom Zornvulkanausbruch.

»Ich habe ihm immer eine Kleinigkeit zu essen mitgebracht und er hat mich getröstet, mit seinen Worten und ...«, erzählt Linda weiter mit verklärtem Blick.

»Schluss jetzt, hör endlich auf damit! Ich kann mir das einfach nicht mehr länger anhören! Wir haben beide einen Riesenfehler gemacht und jetzt sei bitte still! Ich will gar nicht wissen, was passiert ist, es interessiert mich einfach nicht, verstehst du? Schließlich verlange ich ja auch nicht von dir, dass du dir alle Details anhörst, wie ich Petra gebumst habe«, unterbricht Paul die Erzählungen, denen er einfach nicht gewachsen ist, auf forsche Art.

Vergebung hin oder her – Linda schaut Paul fragend an.

So kann sie das Gesagte nicht stehen lassen.

»Wir haben einen Fehler gemacht? Meinst du das im Ernst? Nein, mein Lieber, wenn hier einer einen Fehler gemacht hat – mein Gott, „Fehler“, welch trottelhaftes Wort, aber wenn schon, dann warst du es! Du hast auswärts gevögelt, als du einsam und notgeil warst. Ich hingegen habe nur einen Obdachlosen am Karlsplatz besucht, mit ihm gegessen, und dieser unendlich weise Mann wurde mir unerwartet zum Tröster. Diese gestrandete Existenz hat mir die Augen geöffnet. Er, der nichts hatte, hat mir so viel gegeben! Allen teuren Selbstfindungs- und Heilseminaren zum Trotz hat er mir völlig kostenlos Unterricht im Leben gegeben. Er war es, der mich die Vergebung lehrte. Er war es auch, der mir von der wahren Liebe erzählt hat.

Er war es, der mir die Augen geöffnet hat. Dieser „Penner" vom Karlsplatz hat so viel mehr drauf als die Psycho-Professoren der Hochglanzmagazine!«, faucht Linda ihren Mann zornig an.

Wieder einmal weiß Paul nicht, wie ihm geschieht. Wieder einmal ist er voll ins Fettnäpfchen getreten. Mit offenem Mund sitzt er da und nimmt die Sonnenbrille ab – um seiner Frau in die Augen sehen zu können und um ein wenig Zeit für einen klaren Gedanken finden zu können. Denn Paul ist baff – wegen seiner Frau und eines weiteren Wahnsinnskapitels ihrer Story. Das hätte er nicht erwartet. Er ist schon öfter auf der sprichwörtlichen Seife gestanden und darauf ganz schön ausgerutscht. Aber so wie eben ist er noch nie auf dem glatten Parkett der Missverständnisse ausgerutscht und dann mit voller Wucht im berühmten Fettnäpfchen gelandet.

»Ach übrigens, deine erotischen Details mit Petra kenne ich bereits, mein Lieber. Frauengespräche – du verstehst doch?«, setzt Linda noch eines drauf und greift Paul dabei beherzt an die Eier.

Rot im Gesicht vom beherzten Zugriff auf seine besten Stücke versucht Paul, sich durch einen Blick in die Ferne eine kurze Verschnaufpause zu verschaffen. Es kommt ihm so vor, als würden die kreischenden Bergdohlen lauthals über den Trottel unter ihnen lachen.

»Die blöden Viecher lachen mich aus und haben dabei auch noch völlig Recht. Ich bin wirklich ein ordentlicher Vollidiot!«, gesteht er lachend seine von Eifersucht geblendete Liebesdummheit ein.

»Aber wenn wir nun mal schon dabei sind: Wo hast du Petra kennengelernt und wieso hat sie dir alles erzählt?«, will Paul neugierig wissen.

Linda hält die Antwort bedeckt und beschränkt sich auf ein

»Egal – wie das Leben eben manchmal so spielt.«

Das ist zu wenig Information für einen vor Neugier brennenden Paul. Er bohrt so lange nach, bis seine Frau schließlich doch erklärt, wie das Leben in diesem Fall gespielt hat:

»Okay, du gibst ja sowieso keine Ruhe, bevor du es nicht erfährst. Ich wollte meine Troubles mit dem Trinken in den Griff bekommen. Ich wusste: Wenn ich das nicht schaffe, dann geht alles kaputt, dann ist alles hin – meine Ehe, meine Familie, mein Job und vor allem ich selbst. Ich wollte einfach nur so schnell wie möglich trocken werden. Also suchte ich Hilfe und fand sie auch: bei den Anonymen Alkoholikern. Eine wirklich tolle Truppe mit wirklich tollen Menschen. Und eine davon war Petra. Sie arbeitet dort als ehrenamtliche Helferin und wurde mir als Betreuerin zugeteilt – ehrenamtlich, neben ihrem ohnehin schon anstrengenden Job. Ich sagte dir ja: sie hat das Herz am rechten Fleck.«

In diesem Moment begreift Paul: Das Leben schreibt sein eigenes Drehbuch. Doch wer führt Regie?

»Wir haben uns gleich wiedererkannt – aus der Intensivstation in St. Pölten und aus dem Aufzug in der Reha. Das anfängliche starke Misstrauen wich immer mehr der Sympathie. Damals wusste ich natürlich noch nicht, dass ich mich mit meinen intimsten Problemen meiner größten Rivalin anvertraute. Sie wusste es allerdings schon«, legt Linda ein Stück ihres Lebensdrehbuches offen, das ohne weiteres das Zeug zum Hollywoodschinken hätte.

Paul ist indes noch immer auf der Suche nach dem Regiemeister seines Lebens.

»Als Petra alles, wirklich alles, von mir wusste – auch von uns beiden alles wusste –, erst dann hat sie mir reinen Wein eingeschenkt. Sie hat es einfach nicht mehr ausgehalten, sie musste mir einfach von euch erzählen. Ja, ja, schlechtes Gewissen kann ordentlich drücken«, erzählt Linda mit leichter Genugtuung im Unterton.

»Und weiter?« Paul hängt an den Lippen seiner Frau und steht kurz davor, auszuflippen.

»Dann kam, was kommen musste: Ich war natürlich außer mir vor Wut. Geohrfeigt und getreten habe ich sie, so laut eine Hure und billige Schlampe geschimpft, dass alle in der Barthgasse zusammengelaufen sind!«, schildert Linda die damalige Eskalation im Beratungszentrum.

Linda räuspert sich – ihre unsichere Stimme lässt erahnen, wie unangenehm ihr der damalige Wutausbruch auch heute noch ist. Paul schaut Linda mit großen Augen an. Er erkennt seine Frau nicht wieder und fleht sie an, ihm die ganze Geschichte zu erzählen.

»Als ich am Weg nach Hause war, traf ich meinen Freund vom Karlsplatz wieder. Ich war völlig fertig und erzählte ihm, was mir gerade passiert war. Dann hat er mir die Augen geöffnet. Er setzte sich neben mich und hat mir von der Vergebung erzählt. Ich erinnere mich noch ganz genau: Obwohl ich völlig zornig war, saugte ich seine Worte auf, wie ein ausgetrockneter Schwamm. Die Wirkung brauchte schon ein wenig Zeit, aber die Zeit heilt ja bekanntlich alle Wunden. Vorübergehend habe ich eine andere Betreuerin bekommen. Aber sie war bei weitem nicht so kompetent wie deine Freundin. Also bin ich über meinen dunklen Schatten gesprungen und habe die Therapie doch mit Petra fortgesetzt. Das war weder für mich, noch für Petra einfach«, erklärt Linda ihrem erstaunten Zuhörer, wie es weitergegangen ist.

»Doch letztlich war es gut so. Denn in den Sitzungen mit meinem Freund vom Karlsplatz und mit Petra habe ich nach und nach kapiert, was Liebe und Vergebung wirklich bedeuten.

Ich habe erkannt, wie wichtig es ist, sich selbst zu vergeben. Eine echt tolle Erkenntnis, die unglaublich stark macht!«, bringt Linda die Therapieerlebnisse auf den Punkt. »So stark, dass ich dann auch Petra helfen konnte. Du kennst ja das alte Eltern - Vaterthema nur zu gut. Du wirst es nicht glauben, aber auch Petra hatte dasselbe Thema zu lösen«, erklärt sie ihrem verdutzten Mann den Beginn einer wirklich außergewöhnlichen Frauenfreundschaft.

Da war es wieder:

»Das gute alte Vaterthema!«, dachte Paul und beschloss augenblicklich, dieses Lebensthema genauer unter die Lupe zu nehmen.

»Warte mal kurz Linda, gib mir bitte eine Minute«, holt er sich eine kurze Gesprächspause, um rechtzeitig ein paar aufkommende Gedanken greifen zu können.

Vor Pauls geistigem Auge beginnt der Film seiner Kindheit abzulaufen. Kein aufregender Actionfilm à la Hollywood, vielmehr eine unspektakuläre Wiener Seifenoper, ein lauwarmer Film der fortschrittsorientierten Siebziger- und

Achtzigerjahre. Wie so viele Eltern waren auch Pauls Eltern schwer beschäftigt gewesen in dieser ach so wunderbaren Aufbruchszeit. Es war die Zeit des Wirtschaftswachstums. „Immer mehr von allem und immer günstiger", schien der Sinn des Lebens zu sein. Damals konnten die Bäume in den Himmel wachsen, selbst in der Hainburger Au. Ein noch größeres Auto, eine noch schönere Wohnung und natürlich noch weiter weg in den Urlaub fliegen. Größer, schöner und teurer musste es sein, – denn die Nachbarn hatten das alles schon – koste es, was es wolle. Und es kostete viel. Der Preis war alles andere als niedrig. Denn keine Zeit zu haben, ist wahrhaftig keine günstige Angelegenheit.

Pauls Eltern betrieben ein kleines Eisenwarengeschäft. Es forderte ihren ganzen Fleiß und war ihr ganzer Stolz.

Sie waren erfolgreich, so erfolgreich, dass es materiell an nichts mangelte. Aber alles musste sich dem Geschäft unterordnen. Alles hatte seine Ordnung – darüber wachte Pauls Mutter mit Argusaugen. Ordnung, im Geschäft und in der Familie, das war die obersten Maxime der Kaufmannsbraut. Alles musste passen, denn was hätten sonst die Nachbarn gedacht?

Der junge Paul ist oft einfach nur nebenher mitgelaufen und sein Vater war dauerbeschäftigt. Von ihm hätte er sich – auch nur hin und wieder – Anerkennung gewünscht. Für einen jungen Mann ist die Anerkennung vom eigenen Vater ein extrem wichtiges Lebenselixier. Denn der Vatersaft muss fließen. Wenn der Saft nicht fließt, kann der Weg des Lebens ganz schön beschwerlich werden. Dann läuft der Motor des Lebens wie ein Motor mit zu wenig Motoröl – suboptimal und immer am Rande zum Kolbenreiber. Nie aber kann er all die Leistung, die in ihm steckt, aus sich herausholen.

»Schade um die vielen PS«, denkt Paul ein wenig traurig.

»Was will man von einem Vater erwarten, der selbst zu wenig Anerkennung bekommen hat, der sich nach bestem Wissen und Gewissen ums Geschäft kümmerte, der es also einfach nicht besser wusste?«, sinniert Paul über den ewigen Kreislauf der Weitergabe oder Nichtweitergabe der Generationen.

»Wo kein Samen gesät wird, kann auch nichts wachsen. Denn niemand kann geben, was er nicht hat«, zitiert er im Gedanken seinen geistigen Mentor.

Augenblicklich spürt Paul: Auch ohne Anerkennung war doch die Liebe des „alten Herrn", wie er seinen Vater respektvoll und liebevoll nennt, immer da.

»Ein gutes Gefühl«, findet er.

Unweigerlich muss er an ein interessantes Gespräch mit Jussoff denken, dass er noch ziemlich gut im Kopf hat:

»Mit der Anerkennung ist es wie mit einem guten Zaubertrick: Man sieht das, was man sehen möchte. Alles ist aufregend und schön, aber letztlich ist doch alles Illusion. Es geht nicht um das Haben, es geht um das Sein. Ich will damit sagen: Es gibt überhaupt kein Anerkennungsdefizit, verstehst du?«

»Nein, ich verstehe nur Bahnhof«, dachte Paul und bekam auch prompt die geistige Antwort des Bahnhofsvorstehers serviert.

»Ich erkläre es dir gerne. Es ist ganz einfach: Du brauchst keine Anerkennung! Zumindest fast keine. Folglich kannst du auch kein Anerkennungsdefizit haben. Du brauchst keine Anerkennung von außen, von irgendwem – nur die Anerkennung von dir selbst. Den Respekt dir selbst gegenüber, den brauchst du! Alles andere tut dir gut, es schmeichelt deiner Seele, okay. Aber es ist nicht notwendig. Übrigens übersehen wir nur allzu leicht die ehrliche Anerkennung von anderen Menschen. Gerade bei den liebsten

Menschen, denjenigen, die uns am nächsten sind, sind wir oft ziemlich anerkennungsblind!«

Paul überlegt und merkt, dass er zu lange mit sich beschäftigt gewesen ist. Linda ist eingeschlafen und nimmt ein kleines Sonnennickerchen in seinem Arm. Also greift er noch einmal die spannenden Gedanken auf, lässt sie tief in sich hinein und bestellt bei der vorbeisausenden, von den vielen Gästen etwas genervt wirkenden Kellnerin, noch schnell einen doppelten Espresso als Denkhilfe.

»Ein spannender Gedanke, dass man tatsächlich keine Anerkennung von außen braucht«, beginnt Paul, diesen Gedanken allmählich zu verstehen und noch viel mehr zu mögen.

Plötzlich klingelt sein Handy und das sonnige Gedankenspiel wird vom neuen Klingelton „You raise me up" unterbrochen. Auch Lindas kurzes Nickerchen findet damit ein abruptes Ende. Rogers Nummer erscheint am Display.

»Der Tag hat so gut begonnen – soll er wirklich so elend enden?«, ärgert sich Paul über die Störung, hebt aber nach endlos langen „You raise me up"-Schleifen doch ab.

»Was willst du? Ich habe keine Lust, mit dir zu reden!«, fährt er Roger durchs Telefon an.

»Ich bin hier, in der Lobby! Bitte komm her, ich muss mit dir reden«, antwortet Roger freundlich, aber knapp.

Paul erklärt dem Überraschungsbesucher, dass er nicht in der Klinik ist, aber bereit sei, sich mit ihm zu treffen.

Nachmittags ist die schönste Zeit des Tages auf der sommerlichen Bergterrasse. Warme Sonnenstrahlen spielen mit glücklichen Gästen. Paul und Linda finden es ein wenig schade, diesen wunderbaren Ausflug so früh zu beenden. Der Kurztrip war herrlich und eindrucksvoll. Folglich beschließen die beiden bald wiederzukommen, um die Tiroler Gipfelspiele ausführlich fortzusetzen.

»Was soll's? Wenn er schon den langen Weg zu mir macht, dann höre ich dem Verräter halt ein paar Minuten zu. Jetzt muss er sowieso einmal eine Stunde auf mich warten«, überwindet sich Paul und überlegt am Rückweg zur Klinik, was ihm Roger wohl Wichtiges zu sagen hat.

Das Kopfkino beginnt mit der ersten Vorstellung und spielt einen Film nach dem anderen mit Roger in der Hauptrolle ab.

Ein eleganter Herr in Jeans, weißem Hemd, blauem Sakko und blitzeblank geputzten Schuhen – ein Prototyp von einem Werbeschnösel – nimmt Paul bei dessen Eintreffen in der Lobby sofort in Empfang. Erwartungsgemäß fällt die Begrüßung von Roger vertraut und zugleich distanziert, ja unterkühlt aus.

Allein, dass der Herr Aufsichtsratsvorsitzende den weiten Weg von Wien nach Tirol gefahren ist, lässt auf die Wichtigkeit seines Anliegens schließen. Roger fällt es sichtlich nicht leicht, seinem ehemaligen CEO als gezeichnetem, aber trotzdem starkem Mann gegenüberzutreten. Trotz gelernter Kaltschnäuzigkeit tut sich der abgebrühte Konzernlenker schwer, mit der Agenda an Paul heranzutreten. Er stottert und drückt unsicher herum. Seine Worte suchen einen Weg um den heißen Brei. Der sonst so redegewandte Engländer wirkt auf einmal wie ein kleiner Schulbub, der ein schlechtes Zeugnis zu beichten hat.

»Paul, ich will ehrlich zu dir sein«, beginnt Roger das Gespräch im Klinikcafé.

»Ich ... Nein, wir ... Nein, doch besonders ich, habe mich dir gegenüber nicht richtig verhalten. Du hast viel für die Agency getan. Du hast sie letztlich zu dem gemacht, was sie heute ist«, führt er Paul all seine Leistungen vor Augen und schmiert ihm dabei ordentlich dick Honig ums Maul.

Waren Rogers Briefe nicht an Heuchelei zu überbieten, so sind nun Lob und Huldigung nicht zu toppen. So sind sie halt, die Werbeleute, deren Kernkompetenz die Übertreibung ist. Roger gesteht reumütig Fehler ein, Fehler, die er als Aufsichtsratschef hätte verhindern können. Unterwürfig wie ein junger, unartiger Hund nimmt er alles auf sich. Auch gesteht er seinen größten Personalfehler ein: einen Fehler Namens Stefan.

»Er hat uns alle belogen und betrogen. Stefan scheute nicht einmal davor zurück, die Zahlen zu faken und dir den schwarzen Peter in die Schuhe zu schieben. Einfach unglaublich, oder?«, mimt Roger den Betroffenen.

»Ja, stimmt! Das ist wirklich unglaublich: dass es dir nicht aufgefallen ist. Ihr hattet auch nichts Besseres zu tun, als mich sofort kaltzustellen und mich abzuschießen.

Klar, ich verstehe schon: So eine Gelegenheit, um die Abfertigung zu sparen, muss man einfach nutzen!«, antwortet Paul als wirklich Betroffener.

Paul bringt Roger gehörig aus dem Konzept. Doch der will seinen Ex-CEO nicht reizen, sondern ihm etwas verkaufen. Er weiß: In Verhandlungen ist Paul unberechenbar. Jeden Moment kann aus einem ruhigen Gespräch ein Wutgewitter werden. Daher legt er rasch ein Angebot auf den Tisch. Als Paul es sorgfältig studiert, staunt er nicht schlecht.

Stefan wird mit sofortiger Wirkung entlassen.

Paul bekommt eine Zeit- und Personalregelung nach eigenen Wünschen und zusätzlich eine extra Sekretärin in der Klinik.

Paul wird in den Verwaltungsrat der Holding nach London berufen.

Satte zwanzig Prozent Gehaltserhöhung und fünf Prozent Anteile an der Company soll er außerdem erhalten.

Zu guter Letzt bekommt er einen Porsche Panamera als Dienstwagen.

Paul nimmt sich Zeit und liest die Vorschläge ein zweites Mal. Er ist gerührt, aber Verhandlungspokerspieler genug, um es Roger nicht merken zu lassen. Paul schluckt. Dass sich die Herren etwas Besonderes einfallen lassen würden, wenn sie ihn zurückhaben wollten, war ihm klar, aber dieses heavy Paket haut ihn fast aus den Socken.

»Entweder der Bude geht es so schlecht oder ich bin wirklich so gut«, mutmaßt er, wissend, dass die Wahrheit wohl wie so oft in der Mitte zu finden sein wird.

»Ich stehe hier vor dir, weil ich dich in meinem Namen und im Namen der Company um Entschuldigung bitten möchte. Ich, nein, wir möchten dich ehrlich und aufrichtig um Verzeihung bitten. Wir wollen dich wieder zurückhaben!«, ringt Roger um klare Worte, die auch einem Mann seines Kalibers nicht leicht über die Lippen kommen.

Um Verzeihung und Vergebung zu bitten, ist kein Pappenstiel, und in Führungsetagen nicht gerade alltäglich. Die Worte von Pauls einstigem Mitstreiter verfehlen ihre Wirkung nicht. Die Vergebung ist Roger schon sicher, so viel hat Paul mittlerweile gelernt. Ob er aber das Angebot annehmen soll, weiß er beim besten Willen nicht.

»Kommt Zeit, kommt Rat, mein lieber Roger. Ich denke über dieses, zugegeben attraktive Angebot, nach«, beendet er Rogers Überraschungsbesuch und gibt ihm noch ein

»Übrigens: Vergeben habe ich dir schon lange!« mit auf den Weg.

Dass Linda noch ein paar Tage in Tirol bleiben wird, freut Paul. Nach einem aufregenden Tag mit vielen emotionalen Achterbahnfahrten fühlt es sich einfach nur gut an, in vertrauter Nähe zur Ruhe zu kommen, einfach runterzukommen. Da stört es auch nicht weiter, wenn man gemeinsam in einem zu engen Krankenbett liegt. Durch das weit geöffnete Fenster weht sanft der Abkühlung bringende Abendwind von den Bergen herab, hinein in Pauls Krankenzimmer. Taktvoll tänzelt der weiße Vorhang im Wind. Die Vögel des Parks beenden allmählich ihr geschäftiges Treiben und das Gezwitschere weicht langsam, aber sicher einer vertrauten Stille. Ruhe kehrt ein im beschaulichen Tiroler Kurort. Auch die Sonne meint, heute schon genug gearbeitet zu haben und verabschiedet sich geradewegs in die wohlverdiente Nachtruhe. Linda lässt den Tag entspannt in der Wanne zu Ende gehen.

Einstweilen schweift Paul, im Bett liegend, seinen Gedanken hinterher und lässt einen ereignisreichen Tag Revue passieren. Er nimmt den einen und anderen Gedanken auf und lässt ihn so schnell wieder fallen, wie er gekommen ist. Doch ein paar Gedanken sind hartnäckig – gekommen, um zu bleiben. Es sind jene der Kategorie „Fehler meines Lebens“. Schlimme Brocken, ordentliche Kaliber, die sich nicht so mir nichts, dir nichts wieder in die Bedeutungslosigkeit versenken lassen. Nach jedem Versenkungsversuch schießen sie stärker an die Oberfläche und fordern mit aller Vehemenz Aufmerksamkeit ein. Ob er will oder nicht – Paul kommt nicht drum herum, er muss sich einmal mehr diesen Fehlern stellen.

Leise hört er Linda im Badezimmer summen. Offensichtlich entspannt gibt sie „Baby, think twice“ zum Besten.

Die ersten Lebensfehler klopfen an Pauls Türe. Es sind Fehler wirtschaftlicher Art. Wenn man so wie er ein bewegtes Wirtschaftsleben führt, dann bleiben sie nicht aus.

> »Da gab es schon die eine oder andere krasse Fehlentscheidung, die auch schon mal gut und gerne ein paar Tausend Euro schwer war«, gesteht er sich seine Fehler ein, ohne sie herunterzuspielen.

Doch das ist lange her, Schnee von gestern und heute scheint die Sonne.

> »Das ist nicht mehr relevant. Geld kommt und Geld geht. Und Geld kommt auch wieder zurück. Schließlich ist es so: Wer nicht wagt, kann auch nicht gewinnen!«, zitiert Paul sein Lieblingscredo und trifft den Nerv damit genau.

Keiner kann wirtschaften, ohne Fehler zu machen – auch nicht Paul, also kann er sich nach allem, was er über die Vergebung schon intus hat, getrost die wirtschaftliche Selbstabsolution erteilen. Paul hat gelernt – und wie er gelernt hat! Jeden Fehler, den er gemacht hat, machte er voll und ganz. Aber nur einmal. Solange das so bleibt, sind Fehler für ihn das, was sie wirklich sind: Ausbildungsmodule der Universität des Lebens – eine mitunter sehr teure, aber auch sehr effektive Ausbildung. Während die wirtschaftlichen Fehler an Schärfe und Biss verlieren, kommt er mit den menschlich-moralischen Fehlern nicht so glimpflich davon. Materielle Fehler können richtig wehtun und sie können das Leben ordentlich durchrütteln, ja sie können ein Leben sogar komplett zerstören. Aber sie sind und bleiben trotz alledem nur materiell. Doch sie können auch der beste Nährboden für moralische Fehlgriffe sein.

Das wird Paul in dem Moment klar, als sein wohl größter Fehler lautstark an die Bewusstseinstüre klopft. Vorsichtig dreht er sich aus dem Bett, gleitet gekonnt in den Rollstuhl und fährt zum Fenster. Heiße Gedanken verlangen nach

Kühlung. Lange hat er diesen Fehler, den er ursprünglich nicht einmal als Fehler erkannt hat, immer wieder erfolgreich verdrängt. Zu schmerzlich waren die auf Erkenntnis beruhenden Selbstvorwürfe.

»Ich hätte das verhindern müssen, ich hätte das einfach nicht zulassen dürfen. Aber ich habe es nicht getan und mich schuldig gemacht!«, versucht Paul, den schmerzhaften Gefühlen Herr zu werden.

»Ob sie erkennen können, wie das damals wirklich gelaufen ist, warum das so schiefgelaufen ist? Ob sie uns je vergeben werden können?«, belasten Paul dunkelste Gedanken, wenn er daran denkt, die Abtreibungen seiner Frau nicht verhindert zu haben.

Die Zeit war hart und Paul war zu schwach. Er weiß: Jetzt macht es keinen Sinn mehr, über die damaligen Umstände zu sinnieren. Es macht nur mehr Sinn, nach vorne zu sehen. Tränen waschen die Verzweiflung über das Versagen aus seinen Augen und geben allmählich wieder den Blick nach vorne frei.

»Dürfen wir jemals Vergebung erfahren? Ich bitte euch um Vergebung, meine Kinder, ich kann euch nur von ganzem Herzen um Vergebung bitten, mehr kann ich nicht mehr tun. Ich liebe euch und trage euch in meinem Herzen!«, schließt Paul ein pechschwarzes Kapitel, in der Hoffnung, am Tag der Tage Vergebung erfahren zu dürfen, ab.

Es sollte noch lange dauern, bis die hartnäckigen, die Seele immer wieder aufreißenden Gedanken aus seinem Kopf und seinem Herzen gewichen sind. Gegen drei Uhr morgens siegt schließlich die Müdigkeit. Denn auch die hartnäckigsten Gedanken gehen irgendwann einmal schlafen.

Ein sanfter Kuss auf die Stirn und ein freundliches »Guten Morgen, mein Schatz!« von Linda wecken

Paul aus einem kurzen und nicht gerade erholsamen Schlaf.

Fröhlich zwitschern die Vögel im Park und die Sonne strahlt mit morgendlicher Kraft ins Zimmer.

»Tatsächlich schon wieder Morgen?«, sind Pauls erste Gedanken und er greift sich auf die schmerzende Brust.

Linda hat ihren Mann als gut behaartes Kopfkissen die ganze Nacht lang nicht verlassen. Das hinterlässt auch auf der härtesten Männerbrust Spuren. Frühmorgens ist Linda besonders aktiv. „Hyperlingual“, nennt Paul sie immer dann, wenn er ihren morgendlichen Redeschwall nicht zu bremsen vermag. Kein Zweifel: Linda ist ein Morgenmensch und muss Paul jetzt unbedingt von ihrem Traum erzählen.

»Heute Nacht bin ich weit gereist, echt weit gereist. Ich war in Indien. Dieses Land ist ein Traum! Die Strände, die Leute und vor allem der relaxte Lifestyle!«, gerät sie richtig heftig ins Schwärmen über die Traumdestination.

»Ich will mit dir nach Indien reisen, ich will unbedingt mit dir zusammen in dieses Land. Das muss einfach sein, ich spüre es. Komm, lass uns in die Welt hinausfahren!«, schleudert sie ihm eine ordentliche Portion Lebensfreude ins Gesicht.

Kurz überlegt Paul, ob und wie sich das wohl mit seiner Rollprothese arrangieren ließe. Doch lange muss er nicht nachdenken.

»Ja, du hast recht: Lass uns die Welt entdecken!«, ist er schnell von der Idee einer exotischen Reise begeistert.

»Warum auch nicht?« Von Indien hat auch er immer schon geträumt.

Allerdings weiß er genau: Bis zum Departure kann es noch ein Weilchen dauern.

»Einen wunderschönen guten Morgen, die Herrschaften, hier kommt das Morgenmenü«, unterbricht ein freundlicher Besucher die virtuelle Traumreise der beiden.

Es ist Jussoff, der zwar noch immer leicht verletzt, aber dennoch wieder im Dienst ist. Er ist kein „Tachinierer", nein, er liebt den Dienst am Menschen und ist froh darüber, endlich wieder seinen Job machen zu können. Als Linda Jussoff sieht – diesmal ohne entstelltes Gesicht und nicht blutverschmiert –, fährt sie zusammen:

»Haben Sie einen Bruder, einen Zwillingsbruder, der in Wien lebt?«, will die erschrockene Linda augenblicklich wissen.

Sie ist mehr als verblüfft über Jussoffs Ähnlichkeit mit ihrem Freund und Tröster, dem Obdachlosen vom Karlsplatz.

»Ach, ich habe Millionen Brüder, das kann also leicht sein«, lächelt Jussoff und gibt Linda damit eine Antwort, aus der sie nicht wirklich schlau wird.

Auch Paul steht achselzuckend daneben.

»Hast du oder hast du nicht?«, versucht er eine Antwort von seinem Pfleger, der gerade die Morgentabletten vorbereitet, zu bekommen.

Jussoff setzt sein legendäres Lächeln auf und sagt freundlich, als er sich verabschiedend in Richtung Türe begibt:

»Hier, nimm die Tabletten. Eines Tages werdet ihr verstehen. Ich wünsche euch noch einen wunderbaren Tag, Leute!«

Fragend sehen sich Paul und Linda an.

Das Frühstück der Nobelklinik steht dem einer Fünf-Sterne-Residenz in nichts nach: Der voll gedeckte Tisch mit allerlei Leckereien lässt absolut keine Wünsche offen. Alles ist fast so perfekt wie beim Terrassenfrühstück zu Hause in Wien, wäre es nicht in einer Rehaklinik und wäre Paul nicht im Rollstuhl. Auch Carlo zwei ist zur Stelle und wartet geduldig, ob der Tag mit einem guten Happen beginnt.

»Linda, weißt du, ich liebe dich sehr!«, beginnt Paul das Frühstück und gibt ihr einen herzhaften Marmeladekuss auf den Mund. »Darling, ich bin noch immer sprachlos darüber, dass du hier bei mir bist, dass du mir vergeben hast und dass du immer noch meine Frau bist. Du hast mir die Augen geöffnet. Du hast meinen Blick auf das Wesentliche gerichtet. So vieles ist mir erst jetzt klar geworden, mein Schatz«, versucht er passende Worte an seine Frau zu finden.

Aber so sehr er sich auch bemüht, es sind und bleiben nur Krücken aus Buchstaben, die nicht im Stande sind, seine wahre Dankbarkeit zu beschreiben – eine Dankbarkeit, die von ganz weit unten aus Pauls Herzen kommt, eine Dankbarkeit, die rein ist und ohne jede Erwartung.

Linda kennt ihren Mann zu gut und fühlt, was Sache ist. Sie bemerkt die emotionalen Höhenflüge des einstigen Ehebrechers. Wie das warme Öl einer wohltuenden Ayurveda-Massage empfindet sie Pauls Worte, die einfach nur guttun. Linda hat sie bitter nötig. Wie der trockene Savannenboden die spärlichen Regentropfen aufsaugt, so saugt sie Pauls liebevolle Worte auf und gießt damit ihre Liebe aufs Neue. Das alte, neue Paar hält sich an den Händen und schweigt.

Beide spüren es, aber keiner spricht es aus:

Vergebung ist eines der wunderbarsten Geschenke, die man machen kann, vor allem sich selbst. Vergebung wirkt. Vergebung wirkt Wunder!

»Vergebung und Frieden sind unheimlich powerful. Thank you Lord, thank you Linda, thank you all!« Paul realisiert auf einmal, dass er das Geschenk der Vergebung einfach nur annehmen musste.

Langsam bekommt er eine Ahnung davon, wer wohl der wahre Regiemeister des Lebens ist und dass ihm der Meister einen weiteren tiefen Wunsch erfüllt hat: den Wunsch nach Vergebung.

»Das fühlt sich wunderbar und unheimlich befreiend an! Das riecht nach Befreiung.

Das riecht nach Freiheit.

Ja, das riecht nach mehr!« Paul nimmt einen kräftigen Atemzug und lässt die frische Luft tief in seine Lungen gleiten.

»Freiheit, was ist das eigentlich wirklich?«, öffnet Paul ein neues Kapitel, das bestimmt genug Potential für die eine oder andere Nachdenkreise nach innen hat.

Wenn du nicht vergibst,
dann war alles in deinem Leben vergebens!

Kapitel 8

Der Wunsch nach Freiheit

»Der Nächste, bitte!«, fordert die freundliche Krankenschwester einen weiteren wartenden Kandidaten zum Eintritt auf.

Paul ist als Nächster an der Reihe. Mit einem leichten Schubs deutet die Schwester dem auf der Station bestens bekannten und beliebten Patienten an, dass es ernst wird.

»Aha, unser Lieblingspatient ist auch schon da«, legt sie charmant nach.

Das Behandlungsteam besteht aus Vollprofis, wirkt freundlich und versprüht Zuversicht. Hier unten im „Folterkeller", wie der Spezialtrakt intern respektvoll genannt wird, wissen es alle nur zu gut: Motivation ist ein wichtiger Punkt einer erfolgreichen Behandlung. Paul nimmt den freundlichen Empfang mit einem gequälten Lächeln zur Kenntnis. Seine Gedanken kreisen voller Angst um das, was gleich kommen wird. Da ist er wieder, der Puls von über hundert. Pauls Hände werden klitschnass. Er hat Angst. Jetzt, wo er auf den Behandlungstisch gehoben wird, beginnt er vor Angst förmlich zu triefen. Sein ganzer Körper zittert. Sogar die Gedanken zittern wie wild. Wie von Stromschlägen getroffen zittern Pauls Gliedmaßen unkontrolliert hin und her. Er ringt um Beherrschung, aber gegen Nerven, die blankliegen, ist auch er machtlos. Er weiß ganz genau, was ihm jetzt bevorsteht und genau deshalb macht er sich vor Angst fast in die Hose. Bei jeder Behandlung scheint es so, als würde man ihn geradewegs zur Hinrichtung bringen.

Allein bei den Gedanken an die schmerzvolle Behandlung dreht es ihm den Magen um.

»Es ist zum Kotzen, verdammt nochmal, aber es muss sein. Es muss schlicht und einfach sein!«, versucht er sich wieder einmal selbst Mut zuzusprechen.

Noch einmal tief durchatmen, die Zähne zusammenbeißen, Konzentration, dann geht's los.

»Lasset die Spiele beginnen«, gibt ein verängstigter Patient das Kommando zum Start der Tortur.

Ein netter Blick des Herrn Oberarztes, ein kurzes Zwinkern der Schwester und Paul wird auf dem Behandlungsbett fixiert. Jetzt hat ihn die Angst voll und ganz im Würgegriff. Paul hingegen hat nichts mehr im Griff, er ist machtlos. Bewegungsunfähig gemacht, auf den Martertisch geschnallt, beobachtet er die Schwestern, wie sie routiniert letzte Vorbereitungen treffen. Paul hasst es abgrundtief, dieses Gefühl, ausgeliefert zu sein. Er ist ihm wieder völlig ausgeliefert – dem Team, das er fürchtet, dem Team seines Vertrauens. Normalerweise setzt er ein gequältes Lächeln auf und redet zur Ablenkung irgendeinen banalen Blödsinn. Doch heute bleibt Paul stumm. Der Akt der Freiheitsberaubung quält ihn viel mehr als üblich. Die medizinisch notwendige Fixierung löst eine wahre, noch nie dagewesene Flutwelle an beängstigenden Gefühlen und Gedanken aus. Wie ein Virus, gegen das es kein Gegenmittel zu geben scheint, kriecht die Angst immer tiefer und tiefer in jede Faser seines geschundenen Körpers. Jede Zelle wird nun mit dem sich rasend schnell ausbreitenden Angstvirus infiziert. Pauls Körper hyperreagiert. In immer kürzeren Schüben zittern alle Glieder – einem Todeskandidaten auf dem elektrischen Stuhl gleich. Seine Kehle ist ausgetrocknet und staubtrocken wie die Wüste Gobi. Gleich muss sich Paul einmal mehr seinem Schicksal ergeben. Der Oberarzt greift nach der am Tablett vorbereiteten Spritze. Paul schließt die Augen und versucht krampfhaft, an etwas Schönes zu denken. Vergebens. Der erste Einstich verkündet den Auftakt einer weiteren qualvollen

Behandlungsrunde. Zwischen den Attacken, zwischen all den Schmerzen und Qualen, sucht Paul nach einem Strohhalm der Ablenkung, an dem er sich festhalten könnte. Verzweifelt sucht er nach einem zumindest kleinen, schönen Gedanken. Endlich biegt ein rettender Gedanke um die Ecke des Großhirns:

Die angedachte Indienreise gibt sich die Ehre – mit im Gepäck die schönsten weißen Strände der Welt. Ein tiefer Blick ins virtuelle Traumziel zeigt Paul eine Hotelanlage, wie aus dem schönsten Werbefilm. Damit kennt er sich aus. Palmen ragen rund um den großen Pool in den wolkenlos blauen Himmel. Das Dinner im Wonderland bei Kerzenlicht am Strand lässt ihm das Wasser im staubtrockenen Mund zusammenlaufen, denn er sieht einen perfekt gedeckten Tisch mit allerlei schwimmenden Köstlichkeiten, die der Indische Ozean zu bieten hat. Paul malt sich Indien in den schönsten Farben seiner Gedanken aus. Mit allen Sinnen taucht er in das Land seiner Träume ein. Ein sanfter, blumiger Rotweinduft strömt in seine geübte Nase. Zufrieden zwinkert Paul seiner Linda zu und schickt ihr einen dicken Kuss hinterher.

> »So, das war's wieder einmal!«, reißt der Oberarzt den tapferen Patienten abrupt aus seiner gedanklichen Traumreise.

Paul atmet tief durch, die Schwester tupft ihm mitleidsvoll den Schweiß von der Stirn. Gott sei Dank, es ist vollbracht! Pauls Stimmung bessert sich augenblicklich, auch wenn ihn die Schmerzen noch ziemlich brutal an die vergangenen zwanzig Minuten erinnern.

Ohne viel Tamtam wird der erschöpfte Patient geradewegs wieder auf sein Zimmer gebracht, wo ihn die obligatorische Zwangspause erwartet – darüber ist er wie immer ziemlich erleichtert, froh darüber, dass es wieder einmal gutgegangen ist. Paul hat Linda vorsorglich zur weiblichen Ablenkung Nummer eins – zum Shoppen – nach Innsbruck geschickt. Anfangs zierte sie sich, wollte ihrem Mann beistehen.

Aber Paul wollte einfach nicht, dass seine Frau ihn so hilflos und wehrlos, ja leidend, sieht. Die Fesseln hinterlassen Spuren. Rötlich blaue Striemen an Pauls Armen und Beinen zeugen von den Qualen der vorhergegangenen Stunde.

Aber es sind nicht nur die körperlichen Schmerzen, die ihm zu schaffen machen, die ihn in den Strudel der Krise ziehen, es sind heftige seelische Schmerzen, es sind die Qualen des Lebens, die Fesseln eines engen Lebens. Anfangs war Paul noch vom Leben gefesselt, war vollends begeistert von seinem hoffnungsvollen Leben. Doch im Laufe der Jahre wurde er selbst vom Leben gefesselt. Sehr raffinert hatte ihn das Leben gefesselt, und es wäre nicht das Leben, wäre es dabei nicht auch erfolgreich gewesen. Oft genug werden Menschen vom Leben bewusst in die Irre geführt. Paul wurde vom Leben und seinem Regiemeister sogar an den Rollstuhl gefesselt. Die Unfähigkeit, sich bewegen zu können, sich hingeben zu müssen, sich gleichsam ergeben zu müssen, treibt ihn fast in den Wahnsinn. Immer lauter kann er sie hören, die unbändigen Schreie seiner nach wahrer Freiheit dürstenden Gedanken.

> »Es ist schon ein komisches Wesen, diese Freiheit«, sinniert Paul, während er ruhiggestellt und gänzlich unfrei nur darauf warten kann, bis drei Stunden Zwangsruhe wieder vorübergehen.
>
> »Wenn man sie hat, dann fällt sie einem kaum auf. Aber wenn man die Freiheit verliert, erkennt man plötzlich ihren wahren Wert, der mit keinem Reichtum der Welt aufzuwiegen ist. Doch dann ist es schon zu spät.«

Von einigen Fesseln konnte sich Paul in mühsamer Kleinarbeit befreien. Einige Fesseln aber sind so stark, dass trotz aller Anstrengung kein Entfesseln möglich war. Obwohl er alles versucht hat, konnte er sich nicht von ihnen befreien. Der Geist war willig, doch das Fleisch war nur allzu oft schwach. Paul fordert seinen Verstand auf, ihm eine genaue Analyse seiner Lebensfesseln zu erstellen.

Neuerdings jedoch zieht er zur Begutachtung von komplexen Fragen auch immer einen neuen Freund – das Herz – hinzu. Es soll mitentscheiden, was richtig und was falsch ist. Liegend und wartend hat er gerade richtig viel Zeit und beginnt eine fesselnde Gedankenreise in die Kindheit.

> »Ich habe sie einfach übersehen, die vielen unsichtbaren Fesseln, die Verhaltensmuster, die von Generation zu Generation weitergegeben werden. Dabei waren sie in unserer Familie so ausgeprägt, wurden mir so eng angelegt, dass ich sie hätte sehen müssen«, versucht Paul sich aus der Verantwortung zu stehlen.

Doch rasch merkt er: Damit ist er auf der Einbahnstraße des Selbstbetruges unterwegs und lenkt ein. Sein Gewissen, die letztlich einzig wahre Instanz, meldet sich mit einem klaren Statement zu Wort:

> »Du weißt genau: Eines Tages hattest du alles durchschaut. Doch die Fesseln waren schon eingetragen, sie waren dir zur Routine geworden und so blieben sie einfach das, was sie waren: das kleinere Übel, angeheftet an die Bequemlichkeit eines Wohlstandskindes.«

Paul weiß, er hätte damals die kleinbürgerliche Pseudoidylle auch verlassen können. Er hätte einfach seinem Idol Che Guevara nachfolgen können. Zumindest im Gedanken hätte er laut

> »Viva la revolución!« rufen können.

Alles hätte er damals machen können. Getan aber hat er nichts. Im Gegenteil: Er hat dem Ganzen noch eines oben draufgesetzt. Er hat den eigenen Kindern enge Fesseln aus den gleichen blöden Mustern angelegt, wie seine Eltern zuvor ihm. Reumütig wischt er mit den Händen über sein Gesicht, um seine Tränen hinter den Handflächen zu verstecken.

»Das hättest du einfach nicht machen dürfen, Alter, das hättest du besser wissen müssen«, verurteilt er sich selbst dafür.

Ohne Wenn und Aber unterschreiben Herz und Verstand den eindeutigen Schuldspruch. Als Spätteenie hatte er sich doch noch aus den Fesseln der kleinbürgerlichen Kindheit befreien können, aber schnurstracks hat er sich in neuen Fesseln wiedergefunden. Diese Fesseln waren perfekt getarnt als Wohlstand, Status und Oberflächlichkeit. Schnell hat ihm der Way of Life der Bussi-Bussi-Gesellschaft gefallen.

»In der heutigen Zeit ist für die Freiheit der ehrlichen Worte, für die Freiheit der ungezwungenen und unbekümmerten Begegnungen kaum noch Platz. Zu eng scheint das Protokoll, zu wichtig scheint uns das Networking zu sein. Es gilt, jeden Vorteil zu jagen und zu kriegen«, weiß Paul aus eigener Erfahrung nur allzu gut.

Er ist sauer auf sich, versucht Abstand zu gewinnen. Aber bei ehrlicher Betrachtung stellt er fest:

»Ich wurde nicht nur gefesselt, nein, ich war, wie so viele andere Menschen auch, selbst ein begeisterter Fesselmeister im Sadomaso-Spiel des Lebens.«

Stimmt. Paul konnte ziemlich enge Fesselpakete schnüren, konnte die Menschen so fesseln, dass sie einer Fliege im Spinnennetz glichen: chancenlos. Er hatte die Zügel fest in der Hand und wenn es sein musste, zog er auch ordentlich fest daran – so fest, dass kaum noch Luft zum Atmen blieb. Als Chef-Kutscher einer großen Firma wusste er mit den Zügeln umzugehen. Auch den Umgang mit der Peitsche beherrschte er perfekt. Der Erfolg gab ihm recht. Der Erfolg selbst ist schließlich eine der besten und raffiniertesten Fesseln, die das Leben anzubieten hat – eine Fessel, die man sich gerne freiwillig und mit größter Begeisterung anlegt. Doch mit dem Erfolg verliert man auch so einiges: Die freie Zeit, das freie Denken und oftmals auch die freie Entscheidung.

Alles kann schnell ein Opfer des Erfolges werden.

> »Weil bei den meisten Menschen das Selbstwertgefühl unmittelbar an den Erfolg gefesselt ist, funktioniert dieses Sadomaso-Fesselspiel auch so hervorragend«, mutmaßt Paul über ein ungeschriebenes Gesetz der modernen Leistungsgesellschaft.

Er ist wieder voll und ganz in seinem Element. Die schmerzvolle Behandlung hat er gut verdrängt, so, als hätte es diese heute gar nicht gegeben.

Pauls Gedanken kreisen weiter um das geheimnisvolle Wesen namens „Freiheit“ und ihre Kerkermeister.

> »Die wahren Kerkermeister unserer Freiheit sind aber ganz woanders zu finden. Sie sind wahre Meister der Tarnung und Täuschung. Sie sind gut an die Umgebung angepasste Würgeschlangen im Dschungel des Geldes – immer bereit, blitzschnell und unerwartet zuzuschlagen und ihre Beute – meist wehrlose, vor sich hinarbeitende Bodentiere – zu töten. Sie sind die Handlanger, die Vollstrecker des Systems. Die wahren Fesselmeister sind die globalen Finanzeliten. Doch selbst sie sind getrieben von einem freiheitsverachtenden System aus Spekulation und Gier, von Leuten, die meinen, auf Leben oder Tod zu wetten, sei schon

eine Leistung. Der wahre Kerkermeister unser aller Freiheit ist die Finanzsystemknechtschaft«, ergänzt Paul messerscharf.

Aus eigener Erfahrung weiß er genau, wie brutal die Finanzfesseln wirken und welchen Schaden sie anrichten können.

»Es ist verdammt schwierig, sie zu erkennen und fast unmöglich, sie wieder abzulegen! Es sind nicht die kleinen Banken. Die machen auch nur ihren Job. Nein, es sind die Höllenhunde und die großen Haie. Gegen die großen systemrelevanten Töter haben weder das System selbst, noch das Individuum eine Chance.

Sie wittern instinktiv, wenn du in Schwierigkeiten gerätst. Erbarmungslos nehmen sie die Fährte auf, wenn du die Spur des Erfolges verlässt. Blitzartig können sie zubeißen und sich deine sogenannten Sicherheiten schnappen.« Zornig muss Paul dabei an seine Bank und deren ehrbaren Vorzeigedirektor Haidinger denken.

Dass es Linda dennoch gelungen ist, einen Deal mit dem Bankster hinzubekommen, zaubert ihm ein breites Grinsen ins Gesicht. Doch der Moment währt nicht lange. Die Wirklichkeit holt ihn sofort wieder ein:

»In diesem, unserem System sind wir von Geburt an alle verschuldet. Du kommst auf die Welt, bist noch unschuldig und klein, aber hast schon Schulden. Danke, Papa Staat! Wir zahlen mit immer mehr Steuern vom immer schwerer zu verdienenden Geld die immer größer werdenden Staatsschulden. Wir zahlen, ohne aufzubegehren, die immer absurder werdenden Auswüchse eines überregulierten Staates, der gar nicht selten zu einer Art Disneyland für Sozialtrickser verkommt. Es ist schon so: Die Schulden der einen sind die Gewinne der anderen. Das ist ein uraltes System, das in der heutigen Zeit des Hochgeschwindigkeitsfinanzhandels immer weiter perfektioniert wird – ein System, das supergut performt. Nur eines verträgt das System überhaupt nicht, eines hasst dieses System geradezu, weil es systembedrohend werden kann: Es hasst die Freiheit!«, bringt Paul den Sinn und Unsinn der heutigen Finanz- und Staatssysteme auf den Punkt.

»Was aber wäre, wenn es ein Geldsystem geben würde, das die Freiheit unterstützt? Was, wenn es keine Spekulation, die ganze Länder in den Ruin treiben kann, geben würde? Was wäre, wenn es ein System,

das nur nach Angebot und Nachfrage funktioniert, geben würde? Das müsste doch in Zeiten des immer verfügbaren Internets machbar sein«, gehen Pauls wirtschaftsphilosophische Ansätze noch ein paar Schritte weiter.

Erst kürzlich hat er über neue digitale Währungen, über Kryptowährungen, gelesen. Bitcoin & Co faszinieren den Manager.

»Was aber, wenn der Menschheit damit unbemerkt noch mehr digitale Fesseln angelegt werden?«

Paul weiß es nicht und bringt damit das Thema „Rund ums liebe Geld“ gedanklich zum Abschluss.

Denn auch andere Fesseln geistern noch unkontrolliert durch seine Gedanken: Fesseln, von denen er glaubt, dass sie seine Freiheit massiv beeinträchtigen. Die Fesseln der Liebe können eng sein – sie können zu eng werden, wenn man es zulässt. Die Überlegung, ob sich die Freiheit und die Liebe wohl wirklich grün sind, beschäftigt Paul immer wieder, seit Petra aus heiterem Himmel in sein Leben geplatzt ist.

»Die Liebe und die Freiheit sind zwei Wesen, die ihren Ursprung in der Freiwilligkeit und in der Unabhängigkeit haben. Können diese beiden Schwestern überhaupt zusammenpassen?«, fragt er sich noch immer im philosophischen Modus und muss dabei an seine Frau denken. »Linda kann einem schon ziemlich elegant und fest die Fesseln anlegen, ohne dass man es merkt. Gekonnt spielt sie dabei mit den Waffen einer Frau. Wie eine Seelendomina macht sie dich willenlos und kontrolliert alles, was du tust«, sinniert er über seine starke Beziehung zu seiner starken Frau.

Oft hat er Linda deswegen auch verwünscht. Darin will Paul auch einen Grund erkennen, warum er sich überhaupt auf eine Affäre mit Petra eingelassen hat. Eine willkommene Ausrede für sein Fehlverhalten ist damit schnell ausgemacht.

Die Lust auf ein paar freie, unbeschwerte Stunden ohne Fesseln war sein Guide ins Abenteuer.

Doch jetzt, wo Paul an den Rollstuhl gefesselt ist, hat er einen anderen Blick auf die wertvolle Freiheit bekommen. Die Parameter haben sich drastisch verschoben. Es ist ein feinerer und zugleich tiefreichender Blick. Paul hat erkannt, dass auch Linda in ihrem Leben gefesselt war – gefesselt und gefangen in Mustern und Gedanken, wie jeder von uns. Paul weiß: Auch Lindas flüssige Fesseln müssen einen Ursprung haben – einen, den er tunlichst rasch finden sollte. Er hat kapiert, dass auch seine Frau nur eine Gefangene ihrer Vergangenheit war. In diesem neuen Bewusstsein sehen die Fesseln der Ehe gleich ganz anders aus.

»Linda hat versucht, mir Halteseile zu reichen, aber ich habe darin nur Fesseln gesehen«, geht Paul augenblicklich ein Licht auf.

Drei Stunden Ruhezeit sind endlich vorüber und Paul ist mehr als erleichtert darüber, das Folterbett wieder verlassen zu können. Er tut es seinem vierbeinigen Zimmergenossen gleich und streckt sich ein paar Mal ordentlich durch. Blut fließt wieder durch seine Adern und die Lebensgeister finden allmählich zu ihrem Besitzer zurück. Der bevorstehende Termin mit Primarius Oberhuber soll Paul von der Vergangenheitsbewältigung zu guten Zukunftsaussichten begleiten. Außerdem freut er sich mächtig auf die abendliche Belohnung für seine heutige schmerzvolle Tortur: Dinner mit Linda beim „Bergfürsten".

Pünktlich um vier Uhr Nachmittag wird Paul vom Klinikvorstand erwartet. Eilig und gekonnt pilotiert er den Rollstuhl über den langen, grau verfliesten Flur hinunter zum andern Ende, zu der bereits offenstehenden Tür des Chefbüros. Der Primar liest konzentriert in den Akten. Ohne aufzuschauen bittet er seinen Patienten, Platz zu nehmen.

Das kostet Paul einen spontanen lauten Lacher und treibt dem Arzt die Schamesröte ins Gesicht.

»Nun, Sie machen wirklich große Fortschritte – ein zäher Bursche sind Sie!«, konstatiert der Topmediziner den leidensfähigen Patienten.

»Auch die THC-Behandlung scheint zu funktionieren. Unter uns gesagt: Davon war ich übrigens von Anfang an überzeugt«, beansprucht der Herr Primar einen Teil des Erfolgs für sich und blickt über den großen Glasschreibtisch zu einem rundum zufriedenen Paul.

»Aber es gibt da leider ein gar nicht kleines Problem mit diesem Wirbel. Hier, sehen Sie sich die Bilder an«, fährt der Doktor fort und schiebt dem verunsicherten Patienten die neuesten Röntgenbilder über den Tisch.

Mit zittrigen Händen greift er sich das schwarze Segen oder Fluch bringende Bild der Wahrheit und hört sich an, was der Kappazunder zu sagen hat.

Doch da gerät der Boden unter Paul ins Wanken. Ein Erdbeben der Stärke zehn erschüttert ihn in seinen Grundfesten – und die ganze Klinik dazu.

Eine gefühlte Ewigkeit an mühsamen kleinen Fortschritten, an unendlich vielen kleinen qualvollen Schritten zurück ins Leben liegt hinter Paul. Er will nicht verstehen, was er nicht wissen kann. Er weiß nur: Das darf einfach nicht sein! Es darf nicht wieder sein, nicht wieder zurück, nur nicht wieder zurück!

> »Was bedeutet das jetzt konkret? Heißt das wieder Operation? Nochmal das ganze Programm, die ganze Scheiße nochmals von vorne durchmachen? Wie beim „Mensch ärgere dich nicht"-Spiel: Wieder zurück an den Start?«, brüllt Paul den Primar an und schlägt dabei mit der Faust so fest auf den Glastisch, dass die Wassergläser in die Luft springen.

Dr. Oberhuber sieht dem vom Leben Verurteilten verständnisvoll in die Augen, nickt stumm und wischt das Wasser von den Akten.

Paul macht auf der Stelle kehrt, dreht den Rollstuhl um und verlässt im Affentempo fluchtartig das mondäne Vorstandsbüro. Wütende und traurige Tränen laufen über sein angespanntes Gesicht. Er beißt sich auf die Lippen, um den Schrei nach Gerechtigkeit zu unterdrücken. Zurück auf seinem Zimmer knallt er die Tür hinter sich zu und lässt den aufgestauten Schrei endlich von der Leine:

> »Aaaaahhhhhhhhh, scheißeee!«

Paul weiß nicht, auf wen oder was er gerade mehr Zorn verspürt: auf den Primar, auf sich selbst oder auf sein Leben. Zorn und Verzweiflung klettern im Gleichschritt die Frustleiter empor. Der Puls schnellt wieder auf über hundert. Er fährt ins Bad und wäscht sich mit kaltem Wasser die Tränen aus dem Gesicht.

»Das darf so nicht sein! Du verdammtes Leben! Was ist das überhaupt für ein Leben? Was ist das für eine Freiheit, wenn auch der eisernste Wille nichts mehr bringt?«, brüllt er, außer sich vor Wut und mit bebender Stimme, sein Spiegelbild an.

Im Affekt greift er nach der Flasche Aftershave am Waschtischrand und schleudert sie mit voller Wucht gegen den Spiegel. Der Attacke nicht gewachsen zerspringt sein wütendes Spiegelbild in tausend kleine scharfkantige Pauls. Uneins und völlig zerstreut liegen sie am Boden des Badezimmers.

»Scherben bringen Glück, ach Scheißdreck«, faucht er den Scherbenhaufen vor sich an.

»Es ist die wahre Freiheit, um die es sich zu kämpfen lohnt und um die ich kämpfen werde! Und ich werde gewinnen!« Paul ballt die Faust, zum Kampf bereit.

»Ich werde wieder gehen!« ist er mehr denn je felsenfest entschlossen, sich die Freiheit wieder zurückzuholen. Koste es, was es wolle!

Erschöpft und voller Zorn rollt er zurück ins Zimmer. Verweint, verzweifelt und verloren, mit den allerletzten Kräften, die ihm die Apokalypse des Tages noch gelassen hat, zerrt er sich vom Rollstuhl auf das Bett. Die Glieder schmerzen, der Kopf dröhnt. Ganz deutlich kann er sie jetzt lachen hören, die Dämonen, die ihm das Lebensglück neidig sind.

»Verschwindet, ihr Arschlöcher, haut ab, haut endlich ab, lasst mich in Ruhe!«, brüllt er in das leere Zimmer.

Er weiß: Damit wird er nichts und niemanden vertreiben. Ganz im Gegenteil – wenn er weiter so schreit, wird es nicht lange dauern und die neue Security Staff, die erst kürzlich nach Jussoffs Überfall installiert wurde, wird das Zimmer stürmen. Der Appetit ist ihm fürs Erste gründlich vergangen. Paul ist müde, einfach fix und fertig. Er ruft beim „Bergfürsten“ an und cancelt die ursprünglich angedachte abendliche Belohnung. Müde blickt der gebrochene Mann auf die Uhr. Linda ist spät dran und lässt schon ziemlich lange auf sich warten. Die Freiheit ist Pauls letzter Gedanke, ehe er erschöpft einschläft.

»Endlich, komm, lass uns auf die wiedergewonnene Freiheit anstoßen! Darauf trinken wir, Linda!« Paul prostet strahlend und stehend seiner Frau zu.

Endlich, kein Rollstuhl! Linda lacht über das ganze Gesicht, wie ein frisch lackiertes Hutschpferd. Paul, dem vor lauter Freude die Gedanken völlig durchdrehen, betrachtet seine neuen blau-weiß-gestreiften Bermudas. Sie stehen ihm gut.

Nach so vielen Jahren ist er endlich am Ziel seiner Träume. Er ist auf dem Trip, auf dem Trip der Freiheit! Er benimmt sich wie ein durchgeknallter Junkie – nichts und niemand kann ihn jetzt wieder bremsen, nicht ihn, der sich so tapfer zurückgekämpft hat. Wie ein heroischer Gladiator hat er sich in der Arena des Lebens geschlagen. Er hat sie alle vernichtet. Alle Gegner hat der tapfere Kämpfer überlebt.

Paul steht, Paul geht, Paul lebt! Der helle Klang der mit perfekt temperiertem, feinem, fruchtigem Pinot Grigio gefüllten Weingläser passt sich der kitschig wirkenden Vollmondszenerie des abendlichen Strand-BBQ an.

»Ach ja, Goa, wie sehr habe ich mich danach gesehnt! So habe ich mir immer das Paradies vorgestellt: endlos weite Strände, traumhaft türkisgrünes Meer und ein Sommer, der einfach nie zu Ende geht. Wärme, Liebe, Sonne und noch vieles mehr!«, freut sich Paul und greift in seine Hosentasche.

»Dem guten alten Hanf sei Dank«, lächelt er.

Hier in Goa kann er seine Hanftherapie ganz unkompliziert weiterführen. Nicht nur für Paul ist Goa ein ganz besonderes Fleckchen Erde, ein Ort, an dem die Freiheit zu Hause ist. Selbst der „Chief Heaven Officer" Jesus Christ soll einst in Goa vorbeigeschaut und daran Gefallen gefunden haben, so hat es ihm zumindest Jussoff einmal erzählt.

»Und der muss es ja wissen«, lächelt Paul beim Gedanken an seinen Freund.

Das Besondere an Goa sind die Menschen, die es aus allen Teilen der Welt hierher zieht, um einen ganz besonderen Lifestyle zu leben, ja zu zelebrieren. Hier am Indischen Ozean spürt man ihn, den Spirit of Freedom. Hier könnte sie gelingen, die Idee, in Freiheit und Frieden zu leben, die Idee, endlich in einer besseren, gerechteren Welt zu leben.

Aber hier gibt es auch Party ohne Ende.

»Goa ist Party unter Palmen, freie Liebe und die geilste Musik des Planeten, der Goa-Beat. Hier werden Feste nicht gefeiert, nein, hier werden Feste gelebt!« Und Paul ist mittendrin.

»Ein wahrhaftig geiler Ort, im wahrsten Sinne des Wortes«, denkt er, während er genüsslich ein paar Brüste massiert.

Paul will einfach nicht aufhören, dieses göttliche, weibliche Meisterstück im Rhythmus des Goa-Beats sanft bis zum „Geht nicht mehr" durchzukneten.

»Hast du irgendwann genug davon?«, dringt eine strenge Stimme zu dem vom Glück und von sonstigen Substanzen benebelten Party-Paul.

»Nein, sicher nicht, ich habe noch lange nicht genug«, antwortet er.

Als er die Stimme schließlich erkennt, erschrickt er. Schlagartig und schonungslos wird Paul aus dem traumhaften Indientrip in die harte Tiroler Wirklichkeit zurückkatapultiert. Noch immer massiert er Lindas Brüste wie unter Hypnose.

Sie wollte Paul nach ihrer Rückkehr nicht wecken und hat sich leise zu ihm ins Bett gelegt, was dieser jedoch unweigerlich als erotische Einladung à la Goa verstand.

> »Wäre auch zu schön gewesen. Ausgeträumt.« Leicht benebelt denkt er zurück an die Schönheiten, die einem das Leben bieten könnte.

Paul hat ausgeträumt, doch die Sehnsucht bleibt. Und so geht er einfach weiter, auf dem Sehnsuchtsweg seines Lebens.

Linda hat die sanften Streicheleinheiten ihres Mannes still genossen und bedankt sich mit einem liebevollen Lächeln. Paul hingegen kommt nicht einmal ein müdes Lachen über die Lippen. Die Tatsache, sich erneut einer Operation mit ungewissem Ausgang stellen zu müssen, raubt ihm jede Luft zum Atmen. Die Hoffnung, die eben noch zum Greifen nahe war, ist wieder verflogen. Nun ist sie wieder Lichtjahre entfernt. Die erbarmungslose Härte, im Rollstuhl zu sitzen, schlägt wieder mit voller Wucht auf Paul ein. Er ist angeschlagen, liegt in der Ecke und wird abgezählt:

> »Zehn, neun, acht, sieben...«, lachen die Fratzen der Behinderung schadenfroh.

Doch er will nicht aufgeben. Er kann nicht aufgeben!

Mit der rechten Hand zeigt er zum Badezimmer. Linda begutachtet das Chaos und ahnt Schlimmes. Mit leiser Stimme erzählt Paul seiner Frau vom Gespräch mit dem Klinikvorstand. Jedes Wort, das seine Lippen verlässt, schmerzt unendlich, jedes Wort ist ein Hammerschlag, der brutal jeden Hoffnungskeim erschlägt. Pauls Gedanken brennen. Das ganze Hirn brennt bei dem Gedanken an eine neuerliche OP. Jegliche Hoffnung wurde ein Opfer der Realität und der medizinischen Grenzen. Linda kann nur erahnen, was gerade in ihrem Mann vorgeht. Sie sitzt neben ihm und hört aufmerksam zu. Zärtlich greift sie nach seiner Hand und versucht, ihm ein wenig Trost zu spenden. Paul schließt die Augen und merkt, dass überraschend ein alter Bekannter zu Besuch gekommen ist.

Der gute alte Zweifel ist wieder einmal da. Paul mag den Zweifel überhaupt nicht. Er hasst ihn geradezu. Denn er hat ihn immer wieder in Verlegenheit gebracht. Manchmal ist er ihm richtig auf den Sack gegangen. Doch gegen den alten Schlauberger anzukämpfen, macht wenig Sinn. Paul weiß: Sein ungeliebter Gast ist ein ziemlich schlauer Fuchs. Dem fällt immer wieder was Neues ein.

Immer wieder verkleidet er sich aufs Neue und schleicht sich unbemerkt ein. Wenn er will, kommt er durch die Hintertüre in jedes Leben. Wenn der schlaue Fuchs erst einmal drinnen ist, dann kann er ziemlich lästig sein. Wie eine Zecke saugt er dann am Lebensblut seines Opfers. Aber wenn man den Zweifel einigermaßen gut kennt – und Paul kennt ihn schon ziemlich gut –, dann hat man auch eine Chance, den alten Störer zu überlisten. Paul legt sich auf die Lauer. Er wartet geduldig auf eine Chance, den Zweifel wieder loszuwerden. Dann passiert es: Die Situation ist günstig – der Zweifel kommt geradewegs auf ihn zu. Paul schleudert ihm eine gewaltige Portion Sehnsucht nach Freiheit entgegen. Treffer! Mitten in den Zweifel hinein! Gegen wahre Sehnsucht, die aus dem Herzen kommt, ist selbst der Zweifel machtlos.

> »Der beste Nährboden für den Zweifel ist die Unsicherheit. Unsicherheit wächst am besten auf Vertrauenslosigkeit. Also besiegt Vertrauen auch den Zweifel!«, kommt Paul seinem Widersacher auf die Schliche.

Doch er kennt den Zweifel und weiß: Er wird versuchen, sich noch in vielen Verkleidungen in sein Leben zu mischen.

»Irgendwann werde ich dem alten Fuchs ein Schnippchen schlagen und ihn mit einem Arschtritt aus meinem Leben schießen«, weiß Paul auch, wer am Ende siegen wird.

Genug gezweifelt. Er beschließt, sich mit Linda ein wenig Ablenkung zu gönnen.

Ein Ausflug soll für andere Gedanken und gute Stimmung sorgen. Paul hat eine Idee: Der bekannte Taxilenker kennt sicher noch andere tolle Plätze in den Bergen Tirols. Er soll sie an einen schönen Ort bringen.

Gesagt, getan, bringt er Paul und Linda zum nicht gerade warmen, dafür aber herrlich romantischen Achensee. Ein nettes Plätzchen, das auch mit dem Rolli leicht zu erreichen ist, ist schnell gefunden und einem Seepicknick – natürlich vom „Bergfürsten" höchst persönlich eingepackt – steht nichts mehr im Wege. Linda breitet die rot-weiß-karierte Decke sorgfältig am Strand aus. Nach einem kurzen Grünstreifen lädt ein langer seichter Kiesstrand zum Baden ein. Doch frische achtzehn Grad Wassertemperatur bremsen den Badespaß ein wenig. Kinder spielen Fußball und ab und wann muss einer der Nachwuchs-Messis ins kalte Wasser springen und unter dem Gelächter der anderen den Ball aus dem Wasser fischen. Vorbeikommende Passanten schauen mitleidig auf das Pärchen, sobald sie Paul im Rollstuhl neben dieser attraktiven Frau entdecken.

»Idioten, was glotzt Ihr so blöd?«, murmelt er so laut, dass sie es hören müssen. Rasch suchen sie das Weite.

Linda klappt den Strohpicknickkorb auf und breitet eine ganze Palette Tiroler Köstlichkeiten vor ihrem Liebsten auf: herrlicher Speck, frischer Bergkäse, Tomaten, Gurken und selbstgebackenes Bauernbrot.

»Herz, was willst du mehr?«, frohlockt Pauls Gaumen, während seinem Besitzer das Wasser im Munde zusammenläuft.

Die Tirolwerbung hat bestes Postkartenwetter für die Alpenidylle bestellt. Kitschig und schön liegt er da, der Achensee. Der mittelgroße Bergsee erlaubt es den kleinen Wellen, lebensfroh auf ihm herumzutanzen. Königlich anmutende Gipfel ringsum spiegeln sich im tiefen, dunklen Grün des Sees. Erholungssuchende Freizeitkapitäne durchpflügen auf ihren Segelbooten den kristallklaren Bergsee. Tiefblauer, wolkenloser Himmel, wohin das Auge reicht, macht das umliegende Bergpanorama nicht weniger kitschig schön.

Während Paul den Blicken freien Lauf lässt, über den See und wieder zurück, fühlt er, wie seine Gedanken allmählich immer leichter und freier werden. Der Zweifel scheint den Weg zum Achensee nicht gefunden zu haben.

Lindas Gedanken dagegen sind gar nicht frei. Sie will unbedingt einen wichtigen Punkt mit ihrem Mann klären.

»Wie soll ich es am besten angehen?«, grübelt sie schon lange, ehe sie schließlich loslegt:

»Du hast mir von Rogers Angebot erzählt. Ich finde es toll, eigentlich mehr als in Ordnung. Es ist eine Verbeugung der ganzen Company vor dir. Wie ich mich übrigens auch vor dir verbeuge, denn du bist einfach ein top Werber«, eröffnet Linda das Gespräch und versucht ihren Mann positiv für ein Comeback in die Agentur zu beeinflussen.

Sie weiß, wie wichtig es wäre, dass ihr Liebster wieder so schnell wie möglich zurück in den Job kommt – wichtig für ihn, für sein Ego, aber auch verdammt wichtig für die Finanzen.

Paul ahnt nicht, dass die Bank wieder Druck macht und Schwierigkeiten ins Haus stehen.

»Es wäre auch einfach zu schön gewesen. Vielleicht hätte ich mich doch einfach vögeln lassen sollen?«, mutmaßt Linda über die weiteren Schritte ihres abgeblitzten Möchtegern-Lovers aus dem Bankenvorstand.

Doch sie ist sich sicher: Ihr Anwalt wird schlussendlich auch diese Kastanien aus dem Feuer holen. Dass er das Zeug dazu hat, hat er schließlich schon oft genug bewiesen.

Natürlich ist auch Paul völlig klar, dass es ohne den nötigen finanziellen Background unmöglich sein wird, den gewohnten Lebensstandard auch nur annähernd aufrechtzuerhalten. Er weiß genau: Er muss bald wieder Kohle reinholen. Da passt das Angebot der Agency perfekt. Doch bei näherer Betrachtung entdeckt er sie.

Denn Paul ist aufmerksamer geworden: Er enttarnt sie, die geschickt getarnten Fesseln der Firma.

»Ich will das alles nicht mehr haben. Ich will einfach nur mehr frei sein!«, hört Paul seine innere Stimme klar und deutlich. Unmissverständlich.

Sie rät ihm, endlich seine wahren Talente zu finden und schleunigst zu leben, denn für die wahre Berufung ist es nie zu spät!

»Ein weiser Lehrer, den wir übrigens beide kennen, hat mir einmal über die Freiheit folgendes gesagt: Wahres Glück ist Freiheit! Wahre Freiheit ist, glücklich sein zu können!«, erklärt Paul seiner Frau und schiebt sich anschließend genüsslich zwei Stücke milden Bergkäses in den Mund.

Langsam gleiten sie den Gaumen hinab.

»Wieder so ein philosophischer Anfall. Wann wird der endlich wieder abgedreht?«, denkt Linda, mimt jedoch die aufmerksame Zuhörerin und lässt Paul weitererzählen.

»Glücklich ist, wer erkennt, dass er bereits genug von allem hat, um glücklich zu sein! Dann kannst du zufrieden und frei werden. Haben wir nicht ohnehin genug, mehr als genug? Ich kann auch sehr gut ohne den ganzen Protz, der Villa, dem Porsche und meinen Job leben. Ich brauche nur ein paar alte Jeans, ein paar T-Shirts, ein kleines Nest, ein Dach über dem Kopf und meinen Geist. Meine Ideen und meinen Spirit brauche ich! Mehr nicht, auf den Rest kann ich gut und gerne verzichten«, erläutert Paul selbstsicher seiner verdutzten Zuhörerin, die nicht so recht glauben will, was sie da eben hört.

Paul läuft zur Hochform auf, denn er kann die Kraft der Freiheit in seinen Worten förmlich spüren. Er kann die Freiheit im Wind des Achensees schon riechen.

»Es gibt so viele Hindernisse auf dem Weg zur Freiheit und ich habe einige davon wirklich gut kennengelernt. Und jetzt, meine Liebe, werde ich beginnen, ein Hindernis nach dem anderen aus dem Weg zu räumen!«, fährt er in guter alter Vortragsmanier fort.

»Die Fixierung an die materiellen Dinge hemmt einen wahnsinnig darin, frei zu werden. Ständig bist du mit dem Bekommen, und wenn du dann besitzt, mit dem Erhalt von irgendwelchen Dingen beschäftigt. Der Wahnsinn dabei aber ist: Das meiste Zeug braucht man ohnehin nicht. Es ist schon so: Besitz belastet. Jedenfalls lenkt er von der wahren Freiheit ab. Ein weiteres Riesen-Hindernis ist die Geringschätzung des eigenen Glücks. Oft realisiert man überhaupt nicht, wie gut es einem geht. Man realisiert in der Vernebelung nach „mehr“ nicht, was man Wertvolles besitzt. Das macht ziemlich unfrei. Auch mir ist das alles erst nach dem Crash bewusst geworden«, bringt es Paul trocken und ehrlich auf den Punkt.

Nun lauscht Linda den Worten ihres Mannes aufmerksam. Mehr und mehr ist sie von seinen Weisheiten fasziniert, ist ziemlich erstaunt über den Sinneswandel und die lebensspirituelle Entwicklung des einstigen „Mister Moneymaker". Paul ist nicht mehr zu bremsen und geht auf ein weiteres Hindernis, das er offenkundig gut kennt, ein.

»Ein ganz großes Hindernis auf dem Weg zur Freiheit ist der ständige Kampf um Überlegenheit. Gerade im Vorstadtdschungel ist dieser Überlebenskampf ja besonders ausgeprägt. Das kommt davon, weil die meisten Menschen zu wenig Selbstvertrauen besitzen. Also müssen sie sich ständig profilieren und beweisen, um von ihrem verkrüppelten Selbstbewusstsein abzulenken. So gefesselt ist wahre Freiheit nur schwer, wenn überhaupt, zu erreichen.

Dann stolpert man recht rasch über das nächste Hindernis, nämlich alles kontrollieren zu wollen. Die Kontrollfreaks werden nie wirklich frei sein. Kontrolle kann schon Sinn machen, aber alles und immer unter Kontrolle haben zu wollen, funktioniert ohnehin nicht. Es raubt einem nur die Zeit. Diese Freaks haben selten bis nie Vertrauen. Arme Leute sind das. Weil sie sich selbst nicht vertrauen, können sie auch anderen Menschen nicht vertrauen. Wenn man vertrauensunfähig ist, baut sich ein Riesen-Hindernis zwischen dir und deiner Freiheit auf. Willst du wissen, was ich aber als das größte Hindernis herausgefunden habe?«, fragt er Linda, die nun fast schon ehrfürchtig an seinen Lippen hängt und natürlich über das größte Hindernis Bescheid wissen will.

»Du bist es selbst!« Paul lacht lauthals und reißt in offensichtlicher Erkenntnis die Hände zum Himmel.

»Wenn du alle Hindernisse erkannt hast, dann bist du schon ein gutes Stück weiter, auf deinem Sehnsuchtsweg zur Freiheit. Viele Menschen – auch ich – sind aus anfänglicher Bequemlichkeit und Unsicherheit auf ihrem Weg stehengeblieben. Aber du hast es selbst in der Hand. Nimm die Schaufel und räum die scheiß Hindernisse einfach zur Seite. Schaufle dich frei und brich auf in die wahre Freiheit!«, hält Paul ein brennendes Plädoyer für die Freiheit.

Wenn er so über seine große Sehnsucht, die Freiheit, spricht, dann merkt er, dass er schon ziemlich weit auf diesem Weg gegangen ist, auch wenn er noch lange nicht angekommen ist. An seinen eigenen Worten erkennt er, dass er nicht mehr nur funktionieren muss, dass er, und nur er, freie Entscheidungen treffen kann.

»Ich werde nicht mehr in das alte Hamsterrad der Agentur zurückkehren!«, ist Paul inzwischen hundertprozentig überzeugt.

Linda liegt neben Paul auf der Decke und ist ob seiner Worte nachdenklich geworden. Gedanken über ihre eigene Freiheit drängen sich auf. Gemeinsam lassen sie lange Blicke über den See schweifen und schenken sich ein paar Minuten Freiheit.

Der Weg zurück zur Reha führt vorbei an herrlichen, filmreifen Bergpanoramen. Plötzlich muss Paul an Petra denken. Das gemeinsam Erlebte zieht wie ein Film an seinem geistigen Auge vorbei. Während er nachdenklich aus dem Fenster des Taxis blickt, vermisst er sie irgendwie. Irgendwie würde er gerne wissen, wie es ihr jetzt so geht, wie sie über ihn, über Linda, über ihr kleines Stückchen Freiheit, dass sie gemeinsam genossen haben, denkt. Von Kilometer zu Kilometer kriecht die Neugier höher. Paul beschließt, Petra am Abend anzurufen.

Linda zappelt ungeduldig im Taxi hin und her. Paul kennt den vermeintlichen Grund: ihre schwache Blase. Endlich am erlösenden Ziel angekommen, springt sie fluchtartig aus dem Wagen und verschwindet sofort in der Lobby. Paul und der Taxilenker bringen noch das übliche Prozedere mit der Rollprothese hinter sich. Artig rollt Paul seiner Linda hinterher. Als sich die getönten Glasschiebetüren des Foyers automatisch öffnen und den Blick in die Kliniklobby freigeben, trifft den Bruchpiloten ein Stromschlag mitten ins Herz. Schock!

Paul traut seinen Augen nicht. Darauf war er absolut nicht vorbereitet. Der Rollstuhl gleitet lautlos, völlig ohne sein Zutun noch einige Meter bis in die Mitte der Lobby. Stillstand. Alles um Paul herum wird lautlos. Keine Stimmen, keine Musik, nichts hört Paul mehr. Nur seinen Puls hört er lautstark pochen. Bum-bum, bum-bum, bum-bum – da ist er wieder, der Puls von über hundert. Wie ein Gladiator im alten Rom steht er in der Mitte der Arena und wartet auf das Eintreffen der ihn töten wollenden Löwen, die übrigens meistens Löwinnen waren. Hungrig umzingeln die Raubkatzen ihre Beute. Hellwache Killeraugen blitzen im Licht des Kristallllusters. Nichts entgeht ihnen, absolut nichts. Sie wittern den Angstschweiß ihrer Beute kilometerweit. Aber jetzt ist die Beute direkt vor ihren scharfen, schneeweißen Zähnen, die zwischen blutroten, den letzten Todesbiss verbergenden, Lippen hervorblitzen. Sie riechen den tödlichen Angstschweiß des Gladiators im Streitwagen und sind bereit zum tödlichen Biss. Eine Löwin geht geradewegs auf ihre Beute zu. Paul schluckt, drückt sich in den Rollstuhl – doch verstecken geht nicht.

»Hallo Paul«, wird er höflich und charmant von Petra mit einem Kuss auf die Wange begrüßt.

Während die Löwin im Hintergrund gierig an ihren Raubzähnen leckt, verharrt das Opfer in Schockstarre.

Es vermag weder zu sprechen, noch zu widersprechen, noch zu lächeln.

Unfähig, sich zu wehren, nimmt es sein gefühlt todbringendes Schicksal entgegen. Linda und Petra, die einstigen Rivalinnen, die durch das Drehbuch des Lebens zu Freundinnen geworden sind, waren sich einig: Sie wollten Paul mit einem Dreier überraschen – einem Dreier-Dinner zur Versöhnung.

Die Überraschung ist den beiden Löwendamen mehr als gelungen. Paul sitzt der Schock tief in den Knochen. Er vermag, weder klar zu sprechen, noch klar zu denken.

> »Mein Gott, was soll das jetzt bloß werden?«, überlegt er angestrengt und bekommt zum Glück rasch Klarheit serviert.

> »Los, los, alle zurück ins Taxi, unser Tisch wartet«, gibt Linda das Kommando, während sie sich in Petras Arm einhängt und in Richtung Ausgang steuert.

Zwei besonders hübsche Frauen, die ein wenig so wirken, als kämen sie gerade eben aus dem Film „Sex and the City", stolzieren auf klappernden Stöckelschuhen am Laufsteg des Augenblicks aus der Halle. Sie genießen einen grandiosen Auftritt mit gehaltvollem Abgang, genießen ihren mit einer Portion Schadenfreude gewürzten Moment.

Paul, der eben noch in der Dusche der Demütigung stand, rollt nass wie ein von oben bis unten begossener Pudel still und fassungslos hinterher.

Die beiden Löwinnen sind sich einig. Der Wolfsbarsch von Luigie, dem bekannten Italiener in der Innsbrucker Innenstadt, schmeckt vorzüglich. Nur einem will der Meeresfang nicht so recht munden: Pauls Appetit kommt selbst nach einer halben Flasche Südsteirischen Welschrieslings nicht so recht in Fahrt.

> »So schnell ist sie wieder dahin, die Freiheit«, sinniert er, der sich, zwischen den beiden Frauen sitzend, wie beim letzten Abendmahl fühlt.

Eben noch war er ganz frei und unbeschwert gewesen. Nur ein paar Stunden später hält das Leben eine Überraschung der Extraklasse bereit und legt ihm wieder gekonnt die Fesseln an – schwere Fesseln von Schuld und Schamgefühlen. Die Löwinnen können die Beklemmung ihres Opfers spüren, zeigen sich davon jedoch völlig unbeeindruckt.

> »Die wollen mich leiden sehen. Das scheint das Ziel der beiden zu sein«, denkt Paul über die sadistischen Tischdamen.

Provokant tratschen sie, lachen in bester Stimmung, genießen das gute Essen und feiern einen für sie perfekten Augenblick. Paul spielt keine Rolle. Nicht einmal eine Nebenrolle haben sie ihm zugedacht. Die beiden ehemaligen Rivalinnen zeigen sich von ihrer dunkelsten Schokoladenseite. Jeder im Lokal sieht: Das sind zwei Freundinnen. Aber wer ist der Kerl dazwischen? Lieblos stochert er am mittlerweile fast schon kalt gewordenen Branzino herum. Das will einfach nicht rein in Pauls Hirn. Diese absurde Situation kann er einfach nicht begreifen. Eine diabolische Inszenierung vom Feinsten.

> »Das ist nicht in Ordnung, so wie sie mich hier vorführen, wie sie mich hier kaltstellen, das ist nicht okay. Das habe ich nicht verdient!«, schmollt Paul in der Opferrolle und vergisst dabei ganz, wer den Stein ins Rollen gebracht hat.

Unfassbar, er sitzt hier beim Italiener, mit seiner Frau und mit seiner ehemaligen Geliebten und die beiden verstehen und amüsieren sich prächtig.

> »Wie absurd ist das denn? Da soll mal einer durchblicken, das packt ja kein Mann!« Paul schwankt, findet aber immer mehr Gefallen an der Opferrolle und schenkt sich zum besseren Verständnis noch einen ordentlichen Schluck südsteirischen Flüssigtrostes ein.

»Was denkst du, wenn wir hier so zusammensitzen?«, wollen die Herrinnen von ihrem wortkargen Opfer wissen und setzen dabei ihr bitterstes Lächeln auf.

»Was soll ich schon großartig denken? Ich bin ein Arschloch.

Ein egoistischer, immer geiler Ehebrecher, einer, der es verdient, durch den Dreck gezogen zu werden, ein Scheißkerl, der es verdient, so oder noch viel schlimmer behandelt zu werden. Das bin ich. Das wollt ihr doch von mir hören, oder?«, schreit Paul lauthals und bissig seine herausgeputzten Begleiterinnen an, sodass alle im Lokal es hören können.

Schlagartig herrscht Stille bei Luigi. Alle Blicke sind auf den Tisch mit der merkwürdigen Dreierkonstellation gerichtet. Eins zu null, Volltreffer für Paul. Mit diesem Konter haben die Löwinnen nicht gerechnet. Das hat ihnen die Sprache verschlagen. Frauen mögen es nicht, wenn peinliche Blicke auf sie gerichtet sind. Das weiß Paul und hat damit voll ins Schwarze getroffen. Doch sein verbaler Befreiungserfolg währt nur kurz. Die Tischdamen gehen in die Offensive und beobachten die Szenerie. Gekonnt nutzen sie den Moment. Alle Augen des Lokals sind noch auf ihren Tisch gerichtet.

»Nein Schatz, du bist kein Arschloch. Wir sind dir alles willig. Sieh mal, wir sitzen alle an einem Tisch. Deine Frau und deine Krankenschwester, die du gebumst hast. Und alle haben dich lieb – was willst du mehr, Darling?«, kontert Linda so laut, dass jeder im Lokal es hören kann und es Paul die Schamesröte ins Gesicht treibt.

Der geplante Dreier nimmt einen so nicht geplanten Verlauf. Allmählich droht er zum italienischen Fiasko zu werden.

»Ihr seid auch nicht viel besser als ich. Aber ihr seid noch viel, viel gerissener!«, ist das Einzige, was Paul noch zu sagen hat.

Der Abend bleibt spannend, bleibt angespannt. Fortan wird jedes Wort extrem vorsichtig gewählt, sorgfältig abgewogen und vor dem Verlassen der Lippen auf dessen Wirkung überprüft – zumindest von Paul, der das Minenfeld des ansonsten netten Italieners so schnell wie nur irgendwie möglich verlassen möchte. Doch die Damen machen keine Anstalten zu gehen. Jeden seiner zaghaften Schritte wählt er mit Bedacht. Paul hat nur noch ein Ziel: den heutigen Abend irgendwie heil zu überstehen. Natürlich wird an diesem Abend auch Pauls Krankengeschichte zerpflückt. Der Protagonist selbst wird dabei jedoch so gut wie gar nicht in das Gespräch eingebunden. Eines wagt an diesem Abend aber keiner, keiner traut sich das heiße Eisen anzugreifen: die Nacht von Petra und Paul. Wie ein giftiger Benzindampf, der sich jederzeit leicht entzünden kann, hängt der Akt den ganzen Abend in der Luft. Keiner wagt es, auch nur in die Nähe des entscheidenden Themas jener Nacht zu geraten. Nach gut einer Stunde haben die Amazonen, was sie wollten: ihren absoluten Triumph. Die Beute ist erlegt.

»Habe ich es dir damals nicht gleich gesagt? Vögeln oder nicht, das war halt die Frage«, lacht der Zweifel schadenfroh.

Paul hat fürchterlich schlecht geschlafen. Die unerwartete Ladies Night und die Hinrichtung beim Italiener haben ihre Spuren hinterlassen. Die unmittelbar bevorstehende Operation hat sich gegen Morgen dazu gesellt und ordentlich an Pauls Nervenkostüm gezerrt. Ein sorgenvolles Spiegelbild begrüßt einen verunsicherten, möglicherweise schon vom Schicksal verurteilten, Paul.

Pünktlich um sieben Uhr erscheint Jussoff, um die Medikamente für den Tag zu bringen und um mit den Vorbereitungen für die bevorstehende OP zu beginnen. Als er die Infusionsnadel setzt, überfällt Paul plötzlich, wie aus dem Nichts, eine Angstattacke. Die vergangenen Stunden haben ihn völlig ausgelaugt. Er zittert wieder am ganzen Körper. Wie bei einem extremen Schüttelfrost jagt eine Stoßwelle nach der anderen über Pauls Körper hinweg. Stoßwellen der Angst erschüttern ihn in Hirn, Mark und Bein. Die Seele schreit, der Verstand kollabiert, die Hoffnung, dieses falsche, feige Wesen, hat sich längst aus dem Staub gemacht.

Jussoff nimmt Pauls Hand – er kennt sie, die Angst, die Todesangst. Nach ein paar langen Minuten beruhigt sich Paul langsam wieder.

»Verdammte Angst, du beschissene Angst!«, flucht er noch durcheinander und atmet tief durch.

In diesem Moment, im Angesicht der Enge, wird Paul plötzlich klar, dass er ein entscheidendes Hindernis auf dem Weg zur Freiheit übersehen hat:

»Die Angst – sie kann ein wahrhaft riesiges Hindernis sein! Sie kann lähmen, sie kann verblenden und sie kann verhindern. Aber immer, wirklich immer, steht sie der Freiheit im Weg«, zieht er im Eilzugstempo Bilanz über die Angst.

Speed kills. Paul hat keine Zeit. Dem empathischen Pfleger bleibt nichts verborgen. Als könnte er Gedanken lesen, fragt er Paul:

»Hast du Angst?«

»Nein, eine Scheißangst!«, antwortet der grundehrlich.

»Ich weiß, in einer Situation wie dieser, sind Worte überflüssig, dennoch möchte dir noch einiges auf deinen Weg mitgeben«, beginnt Jussoff bekannt einfühlsam.

»Du kannst jetzt frei oder mit Angst zu dieser Operation gehen. Operiert wirst du in jedem Fall werden. Versperr deinem Glück nicht die Türe, sondern bitte es herein. Schmeiß die Angst raus und lass die Freiheit des Glücks zu. Glaube mir: Das Reich der Freiheit ist in dir! Erinnere dich: „Dein Reich komme“ heißt es! Im Einklang mit deinem Schöpfer bist du in der Freiheit und in der Würde. Erst die Freiheit macht die Würde des Menschen aus. Angst aber untergräbt sie. Ich liebe dich und ich segne dich, mein Freund«, spricht ein einfühlsamer Jussoff seinem Patienten-Freund Mut zu.

Der weiß nicht recht, ob das eben Gehörte schon so eine Art letzte Ölung war oder ob es nur die weisen Worte seines Freundes waren. Paul hat nicht alles verstanden, was Jussoff ihm mit auf den Weg gegeben hat. Aber instinktiv spürt er, dass er recht hat. Paul versucht eilig, die Angst kurz vor ihrem Ziel aus seinem Leben zu werfen. Sie wehrt sich heftig, aber gegen den guten, alten Hanf, den sich Paul vor einiger Zeit ausgehandelt hat, hat auch die stärkste Angst letztlich keine Chance. Als sich Jussoff kurz vor Verlassen des Zimmers nochmals umdreht und sein legendär gütiges Lächeln aufsetzt, zählt er mit den Fingern von sieben beginnend herunter. Zwei gespreizte Finger, die die Zahl zwei symbolisieren, geben Paul noch eine letzte Denksportaufgabe vor dem Eingriff.

Der Henker höchstpersönlich ist gekommen, um Paul in den Operationssaal zu bringen. Dass die OP keine leichte sein wird, hat sich beim gesamten Personal herumgesprochen. Alle wollen den beliebten Patienten so gut es geht unterstützen. Auch Linda ist nun eingetroffen und weicht ihrem Mann nicht mehr von der Seite. Neben dem Bett herlaufend hält sie seine Hand. Sie streichelt Paul und versucht dabei vergebens, ihre Angst zu verbergen. Sie kämpft mit den Tränen, beißt sich auf die Zunge. Sie reißt sich zusammen.

Paul ist der Einzige weit und breit, der, jetzt nur ein paar Meter vom Operationssaal entfernt keine Angst mehr hat.

»Da is a ja, unser Paul, griaß di«, heißt ein gut gelaunter und herzlicher Primar den wichtigsten Fall des Tages willkommen.

»Griaß di a, Primar«, grüßt Paul höflich unter Gelächter des ganzen OP-Teams seinen Schicksalslenker.

Die grellen Lampen über dem OP-Tisch leuchten das Schlachtfeld der Entscheidung über Sein oder Nichtsein aus.

»Lasset die Spiele beginnen!«, gibt Paul den Befehl, endlich loszulegen.

Dass die Spiele schon längst begonnen haben und die Narkose zu wirken beginnt, merkt er erst, als er einen leisen Aufruf immer lauter vernimmt:

»Letzter Aufruf, Air India Flug 777 nach Goa. Wir bitten alle Passagiere, umgehend zu Gate C7 zu kommen! This is the last call for flight 777!«

Der Mensch ist frei geboren
und dennoch ist er überall in Ketten.

Jean Jaques Rousseu

Kapitel 9

Der Wunsch, die Wahrhaftigkeit zu finden

Die Wellen spielen ein ewiges Spiel vom Kommen und Gehen und formen den endlosen, weißen Sandstrand zum wahrhaftigen Paradies. Möwen kreischen den typischen Angriffskampfgesang, während sie im Sturzflug herabschnellend, zum Letzten werden, was leichtgläubige Fische lebendig zu sehen bekommen. Die gnadenlos herabbrennende Mittagssonne hat den um die Mittagszeit nur spärlich belebten Strand in eine riesige Freiraumsauna verwandelt. Der Südwind weht den typischen Strandsound, eine pikante Mischung aus Bob Marley und David Guetta, herüber zu den modernen Designerstrandliegen. In exakter Formation – in einer Reihe – stehen sie für zahlungswillige Gäste bereit. Von hier aus kann man einen sagenhaften Ausblick über den Indischen Ozean genießen – den besten, den man sich vorstellen kann. Zwei gut gebaute und durchtrainierte Strandverkäufer gehen geduldig immer wieder den kilometerlangen Strand auf und ab, immer auf der Suche nach kaufwilligen Touristen. Am liebsten bieten sie alleine liegenden Damen allerlei Zeug – und dank ihres Charmes auch so manche Dienste – an. Ihr breites Sortiment reicht von einfachen, reichlich mit Alkohol versetzten Drinks, die einfach nur himmlisch schmecken und nach deren Genuss man vorsichtig an der Himmelstüre zu klopfen beginnt, bis hin zu des Gärtners Freude: bestes Gras, das man nach dezenter Nachfrage ebenfalls bei den beiden Nachwuchsgigolos zu kaufen bekommt. Ein Hauch von kitschiger Ewigkeit begleitet das Spiel der Wellen, eingebettet in harmonische Musik, das Rauschen des Meeres. So ist das Paradies. Paul genießt diesen, seinen Platz des himmlischen Friedens.

Endlich kann er wieder Glück genießen. Auch Linda ist schwer verliebt in die unbeschwerte, einfache und mitunter auch spirituelle Lebensweise hier in Goa. Europa und seine Sorgen, die Knechte der Freiheit und die Fesseln des Lebens – sie alle sind weit weg. Abgesoffen, irgendwo draußen im Indischen Ozean liegen die Sorgen nun am Grund des Meeres. Aber noch viel, viel mehr als Goa genießen beide Pauls endlich wiedererlangte Freiheit.

Die Operation, der entscheidende „Alles oder nichts"-Eingriff, das Roulette zurück ins Leben, hat geklappt. Die OP hat funktioniert und hat Paul die lange ersehnte Freiheit, wieder auf eigenen Füßen stehen zu können, zurückgebracht. Das knapp fünfstündige, medizinische Meisterstück ist wahrlich kein Kinderspiel gewesen. Es hat den erfahrenen Operateur Oberhuber bis an dessen Grenzen gefordert. Das medizinische Ausnahmetalent hat bei dem Eingriff alles auf eine Karte gesetzt und gewonnen. Er wusste: Wenn etwas schiefgeht, wird es ihn Kopf und Kragen, zumindest aber seine Karriere kosten. Für diesen menschlichen und medizinischen Mut ist Paul aus tiefstem Herzen dankbar. Für die vielen noch immer leidenden Menschen wünscht er sich, dass sich der Mut in der Medizin wieder mehr durchsetzen möge – allen Pseudoreglementierungen und Evaluierungen zum Trotz.

Paul hat die vermisste Freiheit endlich wiedergefunden. Der Rollstuhl ist Geschichte, er hat endlich und endgültig ausgedient. Eine starke lebenslängliche Gehbehinderung und auf Krücken gehen zu müssen – damit kann Paul gut und gerne leben. Die Dankbarkeit, die er für das Wunder seines Lebens empfindet, vermag er nicht in Worten auszudrücken – nur in Taten, wenn es denn so sein darf. So hat er es damals mit seinem Freund Jussoff besprochen:

»Wenn ich jemals wieder halbwegs auf die Beine komme und mir Gott die Gelegenheit dazu gibt, dann werde ich in Dankbarkeit handeln«, waren die Worte, auf deren Einlösungsmöglichkeit Paul immer gehofft hat.

Goa ist nicht nur atemberaubend schön, Goa hat weit mehr zu bieten, denn Goa hat ihn einfach: den Duft von absoluter Freiheit! Einen besseren Ort hätte sich Paul nicht aussuchen können, um die langersehnte Freiheit wieder in vollen Zügen zu genießen. Zwar sieht es ein wenig komisch aus, wenn er – gestützt von Linda – über den weißen Sandstrand wackelt und mit den Krücken Spuren wie eine indische Riesenschildkröte in den Sand zieht, doch darüber kann Paul gerne lachen.

Er ist ein anderer geworden seit seinem Unfall: immer auf der Suche nach den Geheimissen des Lebens und sich selbst.

Die Unendlichkeit im Hier und Jetzt zu erkunden, ist längst zu Pauls täglicher Routine und Leidenschaft geworden. Auch vor seinem Unfall hat er hin und wieder meditiert, es jedoch nie zur Beständigkeit geschafft. Wieder war es Jussoff, der ihn in den tiefen Sinn und in die Techniken der Meditation eingeweiht hat. Schon daheim hat es ganz gut funktioniert, aber hier, im warmen indischen Hippie-Heaven, ist das Ganze nochmal eine andere Nummer.

»Was wohl Jussoff dazu sagen würde, wenn er mich hier so sehen könnte – ohne Rollstuhl, auf meinem täglichen Weg zur Meditation, auf meinem Sehnsuchtsweg zu immer mehr Freiheit?«, denkt Paul an seinen Wegbegleiter, den er allmählich zu vermissen beginnt.

Innere Einkehr – Meditation, ist zum fixen Bestandteil in Pauls Tagesablauf geworden. Ohne den Blick nach innen auf das Göttliche zu richten, wäre der Weg zurück ins Leben bestimmt nicht gelungen, ist er sich absolut sicher. Meditieren bedeutet für ihn, zu entdecken. Die magische Formel des Lebens zu entdecken: Kraft plus Liebe ist Stärke!

Meditieren bedeutet letztlich auch, in Ruhe die Ruhe zu finden. Doch hier am Easy-cheesy-Partystrand ist das nur schwer möglich. Deshalb hat sich Paul ein nettes Plätzchen gesucht – etwas weiter hinter dem Strand, auf einer kleinen Anhöhe, mitten im Palmendickicht – und es als Meditationszentrum auserkoren. Der kleine Aufstieg auf Krücken ist jedes Mal richtig mühsam. Aber der Blick über den endlos weiten, türkisblauen Ozean und das sanfte Rauschen des Windes in den ehrwürdigen Häuptern der Palmen entschädigen jedes Mal aufs Neue.

Andächtig begibt sich Paul auf die mitgebrachte Yogamatte, die angesichts allerlei großen und kleinen, giftigen und weniger giftigen Getiers hier am Subkontinent auch anzuraten ist. Entspannt lässt er den Blick genussvoll über die Weiten des Wassers gleiten, um ihn dann auf die inneren Weiten zu lenken. Es dauert nicht lange und er verfällt in den inneren meditativen Weitblick. In jeder „Sitzung", wie er die selbsttherapeutischen Einheiten nennt, knöpft sich der Neo-Spirit-Freak ein spezielles Thema vor, dessen Geheimnis er versucht, ein wenig besser zu verstehen. Heute will er dem Geheimnis der Wahrhaftigkeit auf die Spur kommen. Oftmals, wenn Paul meditiert, kommt er dabei unmittelbar mit seinem Begleiter und Freund in Kontakt. Anfangs war ihm das noch ziemlich skurril und komisch vorgekommen, aber mit der Zeit der meditativen Routine verstand er, dass es gut ist, so wie es ist. Gemeinsam mit Jussoff suchte er in meditativen Zwiegesprächen nach Antworten auf die Fragen des Lebens, die er nun auch immer öfter findet. Paul begibt sich auf die Suche nach Wahrhaftigkeit.

»Die Wahrhaftigkeit ruht auf zwei Säulen: auf der Einfachheit und der Zufriedenheit. Nur wenn beide Säulen auf dem festen Fundament einer gesunden Lebenseinstellung stehen, ist es möglich, die Wahrhaftigkeit zu entdecken.

Ein einfaches Leben, ein einfaches, aber nicht primitives Denken, sowie klares Handeln, machen den Weg frei, um Wahres zu erkennen. Die selbstlose Hingabe, ohne sich dabei selbst aufzugeben, bereitet der Unverfälschtheit den Weg. Denn Wahrhaftigkeit ist immer rein und unverfälscht, ursprünglich und göttlich. Mit der Zufriedenheit nimmst du die Fährte der Wahrheit auf. Du folgst ihrer Spur«, bekommt Paul telepathisch-meditatives Feedback zum aktuellen Tagesthema – weise wie immer und direkt von seinem Lehrer.

»Wahrhaftig ein wunderbares Gefühl, die Zufriedenheit«, quittiert Paul, angesichts seiner wiedererlangten Freiheit, diesen Gedanken.

»Aber wo ist Wahrhaftigkeit wirklich zu finden, wie komme ich ihr, die sie so schwer zu finden ist, wirklich auf die Spur?«, zieht Paul weiter auf seiner inneren Reise.

»Alle Menschen sind Schöpfer. Das heißt einerseits, dass sie erschaffen, andererseits auch, dass sie Geschöpfe sind. Es bedeutet: Menschen schaffen sich ihre Wahrheit, ihre Wahrhaftigkeit, aber auch ihre Unwahrheit selbst. Daraus schöpfen sie Sinn, aber leider auch Unsinn«, empfängt Paul weiteres meditatives Feedback von Jussoff.

»Die Wahrhaftigkeit kannst du einzig und allein in dir selbst finden, wenn du erkennst, wer du wirklich bist«, erklärt Pauls Wegbegleiter weiter.

Paul ist auf der richtigen Fährte und er ist nicht alleine. Inmitten der eindrucksreichen Meditation drängt sich eine warme und langsam immer fester werdende Berührung auf – nicht unangenehm, aber irgendwie seltsam. Langsam lässt sie Paul wieder aus seinem Inneren auftauchen. Zaghaft öffnet er die Augen. Da sieht er sie, direkt vor sich. Starr vor Angst fährt der Schock in alle Glieder. Augenblicklich stehen Pauls Atem und Herzschlag still.

Die ganze Welt steht still. Regungslos, wie gelähmt, sitzt er da und starrt auf die schwarzbraune Kobra. Er sieht zu, wie sie langsam über seinen Unterschenkel kriecht. Nach der Schockstarre folgt der Reflex. Paul zieht so schnell es geht den rechten Fuß ein, was ihm jedoch wegen der Behinderung nicht weit und schnell genug gelingen will.

Das Tier erschrickt ebenso wie Paul. Als die Königin der Schlangen merkt, dass der Ast, über den sie gerade kriecht, lebt und noch dazu gefährlich zu sein scheint, nimmt die hochgiftige Dschungelqueen sofort die typische Abwehrhaltung ein. Mächtig und bedrohlich stellt sie sich auf und spreizt als unübersehbares Zeichen der Warnung ihr Nackenschild. Das laute Zischen lässt keinen Zweifel: Sie ist aggressiv, bereit, sich jederzeit zu verteidigen, bereit, jeden Moment zuzuschlagen. Paul ist schockstarr und unfähig, einen klaren Gedanken zu fassen. Aber irgendwie muss er aus dieser lebensbedrohlichen Lage rauskommen. Irgendwie muss er flüchten! Langsam, ganz vorsichtig, Zentimeter um Zentimeter versucht er sich rückwärts von der Matte rutschend aus dem Staub zu machen. Die Königskobra direkt vor ihm hat er immer im Blick. Angstschweiß tropft von seiner Stirn. Er weiß: Mit solch einem Monster ist nicht zu spaßen. Es ist irre, doch zur Angst mischt sich auch Bewunderung, Faszination für ein majestätisches Tier des Dschungels, das er sonst nur aus dem sicheren Zoo kennt. Pauls Rückzugsversuch ist der Schlange nicht geheuer. Instinktiv und schlagartig folgt sie dem

Gesetz des Dschungels: „Töte es, bevor es dich tötet!" Wie ein Peitschenschlag trifft es Paul. Blitzschnell, im Bruchteil einer Sekunde, schlägt die Schlange auf ihr Opfer ein. Mit einem gezielten Biss setzt sie ihre todbringende Ladung Gift ab. Es geht Schlag auf Schlag:

Sofort breitet sich starkes Brennen, wie von tausend Feuern, von der Bissstelle am Oberschenkel aus. Die Schlange hat gesiegt und lässt von ihrem Opfer ab.

Die Mörderin weiß: Die Gefahr ist vorüber, denn die Gefahr wird sterben. Das Brennen wird stärker und stärker. Inzwischen hat es Paul voll in Beschlag genommen. Atmen fällt ihm von Atemzug zu Atemzug schwerer. Verzweifelt ringt er um sein Leben. Ihm wird kalt, ein abartiger Schüttelfrost beutelt ihn völlig durch. Fürchterlicher Schwindel läutet die letzten Minuten des Lebens ein. Zitternd, wie ein sterbendes Tier, liegt Paul am Boden und ringt nach Luft, die er nicht mehr bekommen kann. Immer enger und enger schnürt sich seine Kehle zu. Es gibt kein Durchkommen, weder für den Sauerstoff, noch für Paul.

Völlig apathisch greift er nach dem Handy und kann mit allerletzter Kraft über die Not-App, die zu seiner Sicherheit installiert wurde, Linda erreichen. Kein klares Wort bringt er mehr über die Lippen. Doch er weiß: Die Wörter müssen raus, sonst ist es aus. Mit letzter Stimmkraft stammelt er:

> »Oben, am Yogaplatz, Kobra, Schlange.« Dann versinkt er endgültig in der Dunkelheit der Bewusstlosigkeit.

> »You are a very lucky man«, vernimmt Paul, noch ordentlich benebelt, eine leise, freundliche Stimme vom unteren Bettrand her.

Seine Sicht gleicht einem trüben Novembernebeltag, bei dem es keinen Durchblick gibt. Er ist ganz und gar nicht in der Lage, die optischen Signale einzuordnen. Alles dreht sich, nur langsam kommt das Kreislaufkarussell zum Stillstand und Paul allmählich wieder zu sich.

»Hey, lucky man, wie oft willst du dein Schicksal noch herausfordern?«, fragt eine besorgte, aber über den Ausgang der Rettungsaktion mehr als erleichterte, Linda.

Liebevoll streichelt sie Paul durchs Haar. Er will wissen, wo er gelandet ist und was eigentlich mit ihm passiert ist.

»Du bist von einer Kobra gebissen worden und hattest eine Riesenportion Glück. Wieder einmal! Es war mehr als Glück, dass wir dich so schnell gefunden haben und der Hotelarzt gleich erkannt hat, was Sache war und er das richtige Gegengift zur Hand hatte«, erklärt eine noch immer sehr aufgeregte Linda.

»Yes Sir, you are really a very lucky man«, bestätigt der Hotelarzt dem Glückshelden abermals, während er sich weiter um die Bisswunde kümmert.

Paul ist noch ordentlich benommen und kann nur stumm und zustimmend nicken. Noch immer fühlt er sich wie im Vollrausch, doch er hat kapiert: Der Tod war wieder einmal „stand by", aber hat auch dieses Mal noch keinen Einsatzbefehl bekommen.

»Da muss schon ein mächtiger Schutzengel mit im Spiel gewesen sein«, gehen Paul in Anbetracht des Ausgangs seines Zusammentreffens mit einem der giftigsten Tiere der Welt Gedanken tiefster Dankbarkeit durch den Kopf.

»Here in India we say, one snake and seven years of your life are gone«, wirft der Arzt dem Patienten alte indische Volksweisheiten zu.

Der Hotelarzt ist mit der Behandlung des Schlangenbisses rasch fertig – kein Wunder, denn hier in Indien stehen Schlangenbisse so auf der Tagesordnung wie Hundebisse in Wien. Als der Arzt nach vollbrachter Arbeit aufsteht und Paul sein Gesicht erkennen kann, erschrickt er.

»Bin ich besoffen?« Er wischt sich den Nebel aus den Augen, wo keiner ist und sagt aufgeregt:

»Verdammtes Schlangengift, Jussoff ?«

»Sorry, Mister, I must go now, but take care of your seven years«, antwortet der Arzt wenig fragekonform und verlässt Pauls Hotelzimmer so schnell, wie die Kobra gekommen war.

Zurück bleibt ein völlig verwirrter Paul, der wieder einmal gar nichts checkt – nur, dass er nochmal ein Riesenglück gehabt hat und es fünf Sekunden vor zwölf gewesen war, fünf Sekunden vor dem Exodus.

Die Aufregung über die Begegnung mit der Schlange ist natürlich riesengroß. Aber sie legt sich Gott, oder den Hindugöttern, sei Dank auch rasch wieder – ebenso wie das Fieber, das Paul mit bis zu vierzig Grad Spitzenleistung begleitet. Das Schlangenopfer ist ziemlich beeindruckt von den Selbstheilungskräften des menschlichen Körpers. Das alles erinnert Paul daran, was er erst kürzlich gelesen hat, nämlich, dass der menschliche Körper alle Zellen immer wieder erneuert und damit irgendwie permanent wiedergeboren wird.

Nach ein paar Tagen ist Paul wieder völlig auf dem Damm. Zu dem in Goa überall wuchernden Gebüsch hält er ab nun aber einen gehörigen Sicherheitsabstand. Auch das geliebte Barfußgehen lässt er lieber sein. Schließlich weiß man ja nie genau, was einem in Indien alles unter die Füße kommt. Auch Paul weiß inzwischen: Allzu oft sollte man sein Schicksal wirklich nicht herausfordern.

Die Tage am Strand voll der meditativen Einkehr, mit und ohne Gärtners Unterstützung, sind unheimlich heilsam für Paul. Auch für Linda, die so entspannt geworden ist, dass sie nicht mehr wiederzuerkennen ist.

»Zu entspannt, fast ein bisschen fad«, findet Paul.

Kurzerhand überrascht er Linda mit einem schon länger gehegten Wunsch: einfach mit dem Cabrio quer durchs Land zu cruisen und dann am Abend einen Abstecher nach Panaji, in die schillernde Hauptstadt Goas, zu machen.

Alle Gerüche dieses aufregenden Landes will er einatmen und die immer freundlichen Menschen aus nächster Nähe kennenlernen – einfach Indien „at its best" pur, ungefiltert und voll inhalieren. Die Autovermietung des Hotels – die eine beeindruckende Auswahl an Fahrzeugen bereithält – ist ihm gerne bei der Erfüllung seines Wunsches behilflich. Früher hätte Paul einen Sportwagen gewählt. Nun aber tut es auch ein alter Cabrio-Klassiker. Paul entscheidet sich für einen hippen Mini – Hauptsache, ein Cabrio. Linda war von der Idee anfangs überhaupt nicht begeistert, doch jetzt chauffiert sie ihren Mann gerne übers Land und genießt die Fahrt in den nie enden wollenden Sonnenuntergang, in vollen Zügen.

Vorbei an endlos scheinenden Sandstränden zur linken und Palmenhainen zur rechten Seite, geht die gemächliche Reise in Richtung Goas Hauptstadt. Lindas lange, blonde Haare wehen, einer Hollywooddiva gleich, im Sommerwind. Kein AC/DC-Gedröhne wie zu Porschezeiten, sondern feinster Bob-Marley-Sound begleitet die beiden Cabrio-Liebhaber auf dem Trip durchs indische Paradies.

> »Mein Gott, uns geht es wirklich supergut!«, kann Paul auf diesem Sehnsuchtstrip rundum wahrhaftige Zufriedenheit spüren.

Glücklich und selbstzufrieden streicht er immer wieder über Lindas im Wind flatternde Mähne.

Der allmählich dichter werdende Verkehr der Hauptstadt fordert Lindas ganze Aufmerksamkeit – so sehr, dass Paul von Linda, die in seinen Augen gerade einfach nur scharf aussieht, einen Klapps auf die Hand bekommt. Ruckzuck legt er die Hand wieder auf Lindas Schoß, wo sie eben noch zwischen ihren Beinen gespielt hat.

»Zu schade aber auch«, denkt Linda, die nicht nur von der Hitze nass geworden ist.

Die indische Rushhour verlangt volle Konzentration, um im Gewühl des abendlichen Stoßverkehrs nicht den Überblick zu verlieren. So nett die Inder auch sein mögen, auf den Straßen herrschen andere Gesetze. Vorbei ist es mit der Nachsicht und dem Langmut. Es ist wie in Wien: Es gilt das Gesetz des Stärkeren. Nur ein wenig freundlicher sind die Menschen hier, wenn sie einem die Vorfahrt rauben.

»Aber vielleicht ist Lächeln einfach die Art der Inder, einem den Vogel zu zeigen? Das würde vieles erklären«, meint Paul.

Plötzlich steht ein Straßenkind, vermutlich wie viele dieser Kinder, ein Kind aus der Kaste der Chandalas – der Unberührbaren – mitten auf der Straße. Die armen Teufel, die keine Chance auf eine Schulbildung oder ein gerechtes Leben haben, kommen bei anbrechender Dunkelheit aus ihren Löchern gekrochen, um mit niedrigen Arbeiten oder dem Verkauf von allem Möglichen, ihren Lebensunterhalt und den ihrer Familien ein wenig aufzubessern – oder um schlicht und einfach zu überleben. Ein kleiner dunkelhäutiger Junge, der vor den weißen Mini gesprungen ist, lächelt die schicken Insassen mit blitzweißen Zähnen an. Ohne zu fragen macht er sich sofort an die Arbeit: Hingebungsvoll putzt er die ohnehin saubere Frontscheibe des Wagens.

»Ist das seine Hautfarbe oder einfach nur Schmutz?«, überlegt Paul kurz in europäischer Überheblichkeit.

Als er die schmierigen Abdrücke auf der weißen Motorhaube bemerkt, weiß er: Es ist Letzteres. Paul lächelt dem

Jungen zu. Der legt sich mächtig ins Zeug und putzt so schnell, als hätte er an diesem Abend noch tausende Autoscheiben sauberzumachen. Mit einem saftigen Trinkgeld will Paul dem kleinen Autokosmetiker den Abend verschönern. Rund dreihundertfünfzig Rupie – ungefähr fünf Euro – springen für den aufgeweckten Burschen heraus. Überglücklich über den hohen Verdienst bedankt er sich mit einer küssenden Handbewegung in feinstem Oxford-Englisch:

»Thank you, Madam, thank you, Sir, I wish you a good journey.«

Da staunen die beiden Bleichgesichter nicht schlecht. Das hätten sie dem smarten Kerlchen nicht zugetraut, geschweige denn angesehen. So schnell, wie der perfekt Englisch sprechende Fensterputzer gekommen war, ist er auch wieder im abendlichen Verkehrsgewirr verschwunden.

»Das erste Eintauchen in die Stadt war schon mal sehr interessant«, denkt Paul, nichtsahnend, welche Überraschungen Panaji noch zu bieten haben wird.

Dic Straßen von Goas Hauptstadt sind gleichermaßen faszinierend wie gefährlich. Laut knatternde und qualmende Mopeds sausen wild umher.

Überall Gehupe, Lärm und hektische Menschen. Indischer Gleichmut? Fehlanzeige. Die Lkw-Fahrer wissen um ihre Stärke und unternehmen nicht einmal den Versuch, zu bremsen. Überall laufen Menschen kreuz und quer herum, wie Ameisen in ihrem Bau. Und zu alledem gesellen sich noch die heiligen Tiere des Subkontinents, Indiens Kühe. Wehe, man verletzt so ein Tier im Straßenwahnsinn oder tötet es gar! Über der Stadt hängt die schwere Schwüle einer tropischen Sommernacht. Jederzeit und ohne Vorwarnung kann sich ein heftiger Monsunregen ergießen und die Millionenstadt ins Chaos stürzen. Das Beste an der

Stadtrundfahrt – darüber ist sich die Besatzung des Mini einig – sind die ständig wechselnden und aus allen Gassen kommenden, intensiven Gerüche. Auf den verstopften Straßen der Metropole nützt auch ein hippes Mini-Cabrio nichts. Auch für coole Autos geht es hier nur im Schritttempo voran. Fünf Straßenblocks und gefühlte fünf Stunden später ist sogar Schluss mit Kriechen. Ein paar Kühe machen klar, dass die Hauptstraße die ihre ist. Gemächlich beschreiten sie ihren heiligen Weg. Die ihnen folgende Blechkarawane erinnert an eine Fronleichnamsprozession.

»Was Pauli und Alina wohl gerade so treiben? Hoffentlich gehen die beiden Quälgeister den Großeltern nicht allzu sehr auf die Nerven«, nutzt Linda die Zeit für Gedanken an ihre Kinder.

Sie freut sich wahnsinnig auf das morgige Telefonat mit ihren Liebsten. Während sie so vor sich hinträumt, lässt sie das Straßen- und Menschengewirr auf sich wirken. Plötzlich wird sie an der Schulter gestupst.

»Do you want to know a faster way?«, fragt ein freundlicher Junge.

Wie aus dem Nichts ist der flinke Fensterputzer von vorhin wieder aufgetaucht. Der Stau der heiligen Kühe kann dauern, sind sich Linda und Paul einig. Sie nehmen das Angebot des ortskundigen Burschen an und holen den jungen Lotsen an Bord. Artig bedankt er sich dafür und wischt sich vor dem Einsteigen den Staub von seinen kleinen zerschundenen Füßen. Langsam und ehrfürchtig steigt er in den Wagen. Funkelnde Kinderaugen, die für ein paar Momente einer trostlosen Wirklichkeit entfliehen können, strahlen Paul an. Hemant, wie der Junge heißt, hat so etwas noch nie zuvor erlebt. Überglücklich, wie ein kleiner König, sitzt er im Fond des Wagens. Hemant kennt die Straßen Panajis wie seine Westentasche. Zielstrebig dirigiert er den Wagen aus dem Chaos und bringt ihn auf weniger befahrene Straßen. Paul und Linda haben keine Ahnung, wo die Reise hingeht.

Sie folgen den Anweisungen des Jungen, denn sie wollen so tief wie möglich in die indische Nacht eintauchen – in das so andere, faszinierende Leben, in die schillernde, von blinkender Neonreklame erhellte Stadt, alles einfach hautnah erleben, aufsaugen und einatmen, ein Teil des Ganzen werden, einfach losfahren – das wollen sie.

»Look at there, on the right side, there is my home!«, schreit der kleine Passagier plötzlich von hinten und fuchtelt aufgeregt mit den Händen hin und her.

Er zeigt zu einem heruntergekommenen, barackenähnlichen Gebäudekomplex. Linda und Paul schütteln ungläubig den Kopf und fragen sich, welches abgefuckte Haus ihr Mitfahrer wohl meinen könnte. Wo kann man hier denn wohnen? Paul dreht sich zu seinem kleinen Fahrgast um. Er sieht in zwei vor Freude strahlende Augen und bekommt ein Lächeln geschenkt, das er von irgendwoher kennt. Außer sich vor Freude, mit so einem schicken Auto in seiner Gegend aufzutauchen, flippt der Junge regelrecht aus.

»Was werden meine Freunde wohl denken, wenn sie mich so sehen? Hemant im Cabrio, Wahnsinn!«, zappelt er nervös und voller Vorfreude auf der Rückbank hin und her.

»Stop here, please«, fordert er Linda zum Anhalten auf. »And please honk the horn!«

„Orphanage of Panaji“ steht über dem verrosteten Tor vor dem ziemlich heruntergekommenen Gebäude mit vergitterten Fenstern. Wie so viele Gebäude Indiens, hatte auch das Waisenhaus zuvor eine andere Bestimmung, womit der Gefängnischarakter des Gebäudes erklärt ist. Linda beendet das kurze Hupkonzert. Augenblicklich wird der weiße Wagen von einer Horde aufgeregt schreiender

Kinder umzingelt. Es wimmelt nur so von Kindern, die geradezu außer Rand und Band sind. Der kleine König Hemant hat alle Hände voll zu tun, um seine Freunde von der Kaperung des Autos abzuhalten. Vor lauter Gekreische versteht man kaum noch das eigene Wort. Mitten hinein ins hektische Treiben ertönt ein lauter Ruf und sorgt augenblicklich für Ruhe.

»Children, stop, stop right now!«, ruft eine zierliche Person mit strenger Stimme der Menge zu.

Sie steht abseits des Tumults. Mit nur einem einzigen Satz schafft sie Ruhe und Ordnung. In ihrer Ordenstracht erinnert die Person ein wenig an die ehrwürdige Mutter Theresa. Sie genießt den vollen Respekt der Kinder. Sofort lassen sie vom Wagen ab und eilen zu der Schwester, die offensichtlich so etwas wie eine Mutter für sie ist. Alle scharren sich um sie, hüpfen übermütig umher und erdrücken die Ordensfrau fast in ihrer kindlichen Freude. Kein Zweifel: Die Kinder lieben sie. Freundlich grüßt der Engel der Waisen zu Linda und Paul hinüber. Im Gegenlicht der orangen Straßenlaternen können sie ihr Gesicht nicht erkennen, doch grüßen sie der guten Fee des Hauses ebenso freundlich zu.

Nur Hemant und ein kleines Mädchen, vielleicht noch zwei Jahre jünger als der zehn Jahre alte Junge, sind beim Wagen stehengeblieben. Der Junge hält das kleine Mädchen fürsorglich an der Hand. Das Mädchen, dessen Name Ranja ist, wie er wieder in perfektem Englisch erklärt, hält einen alten, ausgemergelten Teddy nicht weniger fürsorglich an der anderen Hand. Hemant verrät, dass sie Geschwister sind und seit etwas mehr als einem Jahr hier im Waisenhaus leben. Die Geschwister erinnern das Ehepaar unweigerlich an ihre beiden Kinder.

»Welch ein Unterschied ist doch zwischen den Kindern hier und den Kindern in Wien! Unterschiedlicher kann eine Kindheit, kann der Start ins Leben gar nicht sein«, grübelt Linda über die Ungleichheit und geht der Frage nach, wer das wohl alles so einrichtet.

»Gibt es ein Karma oder einen Gott oder beides auf einmal?« Paul gehen ähnliche Gedanken durch den Kopf, obwohl ihm Jussoff schon ein paar Mal hilfreiche Erklärungen dazu geliefert hat.

So glaubt Paul inzwischen daran, dass es keinen strafenden Gott gibt, sondern dass jeder Mensch, jede Seele gleichsam, gemäß Gottes ewigem Gesetz von Ursache und Wirkung das bekommt, was sie irgendwann einmal inszeniert hat, oder das bekommt, was durch gewisse Umstände hier und jetzt eben die Lebenslernaufgabe ist. Durch Jussoff hat Paul auch gelernt, in etwas größeren Zeiteinheiten zu denken – in Zeiteinheiten, die möglicherweise über mehrere Leben hinweggehen. Aber er ist überrascht, als ihm Hemant stolz und zufrieden erzählt, dass er und seine kleine Schwester sehr froh darüber sind, hier in diesem heruntergekommen Waisenhaus leben zu dürfen, und es als echtes Privileg empfinden, in die Schule gehen und lernen zu dürfen. Auf Pauls Nachfrage hin erzählt der Junge von ihrem Schicksal, dass er und seine Schwester vor einiger Zeit ihre Eltern verloren haben. Wie und wo, das wissen sie nicht genau, nur dass die Eltern, die arme Bauern gewesen waren, eines Tages nicht mehr von der Feldarbeit nach Hause gekommen waren, was hier in dieser Gegend immer wieder mal vorkommt. Als ihre Eltern nach drei Tagen aber immer noch nicht zurück waren, wandte sich Hemant an seinen Onkel. Bis heute konnten ihre Eltern nicht gefunden werden. In dem kleinen Bauerndorf, in dem jedes Kind einen hohen Kostenfaktor darstellt, konnte und wollte sich niemand um die Geschwister kümmern. So hat der Onkel einen Platz im Waisenhaus in der Stadt organisiert, wofür ihm der kleine Junge sehr dankbar ist. Paul und Linda sind tief berührt. Hemant hält seine kleine

Schwester am Arm, während er das indische Familiendrama erzählt. Als er damit fertig ist, zieht er Paul übermütig an den Armen und will, dass er ihm folgt.

Der kleine Waisenjunge will seinen neuen europäischen Freuden zeigen, wie sie wohnen und wie gut es ihnen hier geht. Paul und Linda sollen auch unbedingt noch die „Sister Mother", wie alle Kinder hier ehrfürchtig und liebevoll die leitende Schwester nennen, kennenlernen. Eigentlich möchten Paul und Linda weiter. Sie zögern, denn sie wollen an diesem Abend noch so richtig viel erleben. Doch der taffe Waisenbub lässt nicht locker. Er schiebt und zieht Paul mit Hilfe seiner kleinen Schwester aus dem Wagen. Paul und Linda können nicht mehr anders und lassen sich zu einer Besichtigungstour überreden.

> »Sanfter Zwang ist auch im Land des Langmutes manchmal ein geeignetes Mittel«, sagt Paul lächelnd zu seiner Frau.

Ehe er sich versieht, hat er links und rechts eine geballte Portion Kinderhoffnung an den Händen. Linda gefällt der Anblick und sie stimmt der Tour zu.

> »Gegen die beiden hast du sowieso keine Chance«, legt sie lächelnd nach.

Schon der erste Blick in den schmutzigen, mit alten grünen, abgetretenen Terrazzobodenplatten belegten Eingangsbereich macht klar: Es ist keine Fünf-Stern-Herberge á la Hilton, in der die Geschwister inmitten geschätzter zweihundert anderer Kinder ihr Dasein fristen. Hemant zerrt die Besucher in den ersten Stock der Kinderwohnstation. Paul hat alle Mühe, den hastigen, schnellen Schritten des kleinen Fremdenführers über die Treppen zu folgen. Der Weg führt mitten durch eine trostlose Szenerie. Überall bröckelt der Putz von den alten Wänden. Alles ist Grau in Grau, alt und abgewohnt, wohin man auch schaut.

Durch die kleinen vergitterten Fenster, die mehr an ein Gefängnis als an ein Kinderheim erinnern, dringt nur wenig Licht in die Räume und noch weniger in die Herzen der Kinder. Aus allen Zimmern blicken vorsichtig neugierige und nicht selten traurige Augen hervor. Überall liegen alte und kaputte, aus verwöhnter europäischer Sicht für nichts mehr zu gebrauchende, Spielsachen herum. Doch hier in Panaji hat das alte Zeug noch einen Wert. Hier transportieren ausrangierte alte Spielzeugsattelschlepper eine wertvolle Fracht: die Hoffnung. Tagein, tagaus liefern kaputte Toytrucks unermüdlich Hoffnungsladungen direkt zu den Kinderherzen. Paul muss achtgeben, dass er nicht versehentlich auf eine Ladung Hoffnung tritt. Hemant entschuldigt sich – wie immer in perfekter Ausdrucksweise, die einem nur so das Staunen ins Gesicht treibt – für die Unordnung seiner Kameraden und erklärt, dass solch ein Zustand nur während der Spielstunde erlaubt ist.

Paul und Linda stehen Hand in Hand da, tief betroffen von all den Eindrücken. Sie sehen Hemant und Ranja zu, wie sie vor ihrem kleinen „Appartement", wie die Geschwister ihr altes verrostetes Stahlrohrdoppelbett liebevoll nennen, ihren ganzen Stolz ausbreiten: ihre Schulsachen. Erhobenen Hauptes erklären sie den beiden Europäern, dass beide trotz eines ziemlichen Nachholbedarfs fast nur „A"-Noten bekommen.

> »Das entspricht einer Eins bei uns. Ja die beiden sind echte Musterschüler und nehmen ihre Sache sehr ernst«, konstatiert eine ruhige und freundliche Stimme in einwandfreiem Deutsch den Waisengeschwistern allerbeste Lernabsichten.

Paul und Linda sehen sich stumm an, ehe sie sich der Stimme zuwenden. Die Stimme ist ihnen bekannt. Sie drehen sich langsam und einander immer noch an den Händen haltend um.

Vor ihnen steht die leitende Schwester des Hauses.

Paul und Linda haben Augen und Münder weit aufgerissen. Ob das jetzt eine indische Täuschung ist, wissen beide noch nicht. Ungläubig schütteln sie den Kopf.

> »Das Schicksal wählt oft sonderbare Wege, nicht wahr?«, fragt die Schwester und fällt den beiden Besuchern ohne Vorwarnung um den Hals.

Überglücklich über diese völlig unerwartete Begegnung drückt sie die beiden Heimbesucher fest an sich und macht keine Anstalten, sie je wieder loszulassen.

Jetzt sind Linda und Paul platt. Petra als Heimschwester hier im tiefsten Indien, im Hinterhof der Welt, wiederzusehen – das will nicht in ihre Köpfe. Das sprengt jegliche Vorstellungskraft.

> »Das haut einem einfach nur den Vogel runter. Habt ihr Cognac?«, stottert Paul.

Linda kann überhaupt noch nichts sagen. Sie ist einfach nur überwältigt und fassungslos, ihre Freundin hier zu treffen. Der neue Job erklärt auch, warum Petra seit Längerem telefonisch nicht zu erreichen war. Linda drückt Petra fest an sich. Auch sie möchte ihre Freundin am liebsten nicht mehr loslassen.

> »Mehr als eine Milliarde Menschen leben in Indien. Doch wir treffen uns hier wieder. Das kann kein Zufall sein! Nein, meine Liebe, das ist Bestimmung!« Linda ist komplett durch den Wind.

Auch Petra ist völlig perplex darüber, dass ihre beiden Schicksalsmenschen völlig unerwartet hier in Indien auftauchen. Ohne Cognac, dafür bei feinstem indischen Tee und im einzigen halbwegs kühlen Raum des Heims, in Petras kleinem mit abgenützten, braunen Möbeln ausgestatteten Büro, mit einem alten klapprigen Ventilator an der Decke, erklärt Petra den immer noch völlig verdutzten Besuchern die Journey von St. Pölten nach Panaji. Das schicksalshafte Wiedersehen der drei ist auch für die vom Leben abgebrühte Intensivschwester keine kleine Nummer. Sichtlich emotional bewegt und mit leiser Stimme klärt sie ihre Freunde auf.

»Tja, mit dem Kinderkriegen hat es bei mir ja leider nicht geklappt, obwohl ich Kinder über alles liebe! Darum bin ich hier.«

»Wie, was, warum?«, hat es Paul noch nicht kapiert und bittet um Aufklärung.

»Ich kenne das Waisenhaus schon lange. Seit gut drei Jahren unterstütze ich die Institution mit Spenden. Voriges Jahr habe ich dann einen ersten Besuch gewagt und bin spontan hierher aufgebrochen. Damals konnte ich auch die betagte damalige Leiterin kennenlernen. Ich sage euch, sie war ein wahres Ebenbild Mutter Theresas.

Die Begegnung mit ihr und der Blick in all die hilfesuchenden Kinderaugen haben mich tief berührt. Sie haben mich zum Nachdenken gebracht. Wir haben sofort Freundschaft geschlossen, die alte Mutter Oberin, die Waisenkinder und ich. Wir haben dann öfter geskypt und sind so in regelmäßigem Austausch geblieben. Du weißt ja, Linda, mein Leben steckte in einer Sackgasse. Ich hatte eine ausgewachsene Sinnkrise und hab nach der Wahrheit, nach der Wahrhaftigkeit gesucht. Auch die Enttäuschung mit Paul hat sehr wehgetan«, ergänzt Petra mit leiser Stimme.

Linda nickt zustimmend, Paul hingegen weiß nicht, wie er reagieren soll. Am liebsten würde er jetzt sofort in den Mini springen und einfach flüchten.

»All die Briefe der Leiterin, die ich bekommen hatte, mit all ihrer Wahrhaftigkeit und Klarheit, vor allem aber mit ihrer Dankbarkeit, haben mich sehr beeindruckt. Schließlich kam es, wie es kommen musste«, fährt Petra inzwischen bei der dritten Tasse Ceylon-Tee weiter fort.

»Erzähl mehr! Was kam wie genau?«, will Linda alles von ihrer Freundin wissen.

»Ganz einfach: das graue und einsame St. Pölten, Mobbing auf der Station, Sinnsuche und die plötzliche Nachricht vom Tod der Leiterin hier«, schildert Petra.

Manchmal kann sie es selbst noch nicht glauben, dass sie wirklich hier in Panaji gelandet ist.

»Das Heim suchte händeringend nach einer geeigneten Nachfolgerin, und ich suchte händeringend nach dem Sinn des Lebens, nach meiner Berufung. Der Rest ist ja bekannt«, vervollständigt Petra ihre Erklärungen.

Sie hat ihre wahrhaftige Berufung gefunden.

»Eine Wahnsinnsstory von einer Wahnsinnsfrau«, sind sich Paul und Linda, jeder auf seine eigene Art und Weise, einig.

Eine Story, die unter die Haut geht und wie sie nur das Leben schreiben kann! Das österreichische Trio sitzt in Petras nüchternem Büro und schaut sich abwechselnd bewundernd und dann wieder fragend an. Als Paul noch eine Frage an Hemant richten will, merkt er, dass der kleine Held inzwischen auf seinem Schoß eingeschlafen ist. Auch die kleine Ranja schläft bereits zufrieden auf Lindas Arm. Die Geschwister wirken glücklich und zufrieden – ein Anblick, der einem Glück und Wahrhaftigkeit vor Augen führt.

»Seht ihr, was ich meine? Seht ihr, wie viel Wahrhaftigkeit mir das Leben hier schenkt?«, fordert Petra, inzwischen bei der vierten Tasse Tee, die Besucher auf, ihren Schritt zu bestätigen.

Dem haben sie wahrlich nichts hinzuzufügen. Paul aber will wissen, warum die beiden Kinder so gutes Englisch sprechen.

»Die Kinder wollen einfach lernen, sind wissbegierig. Zu Hause in ihrem Dorf hätten sie keine Chance gehabt. Dort wären sie am Feld von jeglichem Wissen abgeschnitten gewesen. Deshalb empfinden sie es als echtes Privileg, lernen zu dürfen – ein Ansatz, der in good old, oder besser gesagt in too old Europe, leider nicht funktioniert«, erklärt die inzwischen mit den indischen Gegebenheiten bestens vertraute Heimleiterin.

Hemant hat gemerkt, dass er zum zentralen Gesprächsthema geworden ist und genießt, wieder erwacht, Pauls väterliche Nähe. Irgendetwas hat der Junge auf dem Herzen. Er weiß nicht so recht, wie er es sagen soll. Er zieht Pauls Kopf zu seinem Mund und flüstert ihm ins Ohr:

»I had a dream«, startet er zögerlich.

Der Kleine weiß nicht, was es zu bedeuten hat, aber er muss es loswerden:

»I met Martin and he told me I should greet and kiss you. I should let you know, everything is okay, erverything is in love«, folgt der kleine Inder den Anweisungen aus seinem Traum.

Der liebevolle Blick, den Hemant dabei aufsetzt, genügt Paul völlig. Er versteht.

»Ich liebe dich«, flüstert er und streift Hemant dabei stellvertretend liebevoll durchs Haar.

Linda wirft Paul einen fragenden Blick zu.

Eintauchen in das wahre indische Leben wollte das Ehepaar. Dabei haben sie nicht geahnt, wie tief dieser Tauchgang gehen würde. Nicht das pralle, schrille, auf Neonreklamen blinkende Leben einer indischen Großstadt haben sie gefunden – sondern etwas viel Kostbareres durften sie finden.

Die ersehnte Wahrhaftigkeit hat sich ihnen gezeigt – und das in der Lebensgeschichte einer Krankenschwester, die den Sinn des Lebens fernab aller schönen Dinge des Lebens entdeckte und dabei das Schönste im Leben fand, das ein Mensch je finden kann.

Die Wahrhaftigkeit hat aus Kinderaugen geblickt, die den Schmerz nur zu gut kennen, aber der Hoffnung noch immer Glauben schenken und ihr damit alle Ehre machen. Sie blickte aus Augen, die ein beschwerliches Leben kennen, aber in denen dennoch die Zuversicht wohnt – instinktiv wissend, dass es sich nach dem ewigen Gesetz von Ursache und Wirkung eines Tages lohnen wird. Die Wahrhaftigkeit blickte aus Augen, die in Unsicherheit aufgewachsen sind, aber darauf vertrauen, dass es einen gibt, der sie beschützt.

Paul ist sicher: Wenn er wahrhaftig leben will, dann hier.

Die Wahrhaftigkeit
kannst du nur an einem Ort finden:
In dir selbst!

Kapitel 10

Der Wunsch nach wahrer Berufung

Mit einem herrlichen Frühstück auf der Hotelterrasse starten Paul und Linda in einen weiteren Sonnentag im Paradies. Beim Buffet des Goa-Paradies-Beach-Hotels fehlt es an Nichts. Für jeden Geschmack ist etwas dabei, das Frühstück ist eine einzige morgendliche Parade von Leckereien aus aller Herren Länder. Exzellente Köstlichkeiten reihen sich eng aneinander, sodass sie gerade noch auf den übervollen, rund zwanzig Meter langen Tisch passen. Jeden Morgen zelebrieren die hingebungsvollen Mitarbeiter des besten Hauses am Platz in ihren schwarz-rot-grünen Uniformen indische Gastfreundschaft in Reinkultur. Beim Genuss schmackhafter Ham and Eggs, röstfrischen italienischen Espressi und frischer Früchte kann man den Blick von der Terrasse weit hinaus über den Indischen Ozean schweifen lassen. So ein Start in den Tag ist wirklich nicht zu toppen.

> »Gegen diese Aussicht sieht unsere Terrasse zu Hause richtig alt aus«, denkt ein satter Paul.

Zufrieden zwinkert er Linda zu.

Völlige Unbeschwertheit, wie man sie bei den anderen Hotelgästen antrifft, will sich jedoch bei den beiden Neo-Indienliebhabern nicht wirklich einstellen. Zu schwer wirken die Eindrücke aus dem Waisenhaus noch nach. Mit voller Kraft drücken die Erlebnisse auf das Gemüt. Die verwöhnten europäischen Wohlstandsherzen schmerzen. Es waren Anblicke, die man höchstens schnell wegsteckt, wenn man wirklich herzlos ist, wer es aber nicht ist, setzt sich mit dem Elend der kleinen Seelen auseinander. Tief haben sich die fragenden Blicke der alleingelassenen Newcomer des Lebens und die Blicke des tapferen Hemant und seiner kleinen Schwester in Lindas und Pauls Herzen gebohrt.

Tief hat sie auch das unerwartete Wiedersehen mit Petra und ihr Entschluss, hier in Goa zu arbeiten, um den Schwächsten der Schwachen zu dienen, berührt. Es ist einfach zu viel passiert, um wieder zur Urlaubstagesordnung überzugehen und unbeschwert die Sonne genießen zu können.

»Eigentlich ist es nicht auszuhalten. Es ist schlicht und einfach nicht auszuhalten! Wir sitzen hier und stopfen uns die besten Leckereien aus aller Welt in unsere Mäuler, sodass die Designer-Jeans immer enger werden und wir am Ende immer weniger Platz in unseren Porsche-Ledersitzen haben, während diese Kinder nicht einmal das Nötigste haben. Sie haben nichts, nicht einmal sauberes Gewand und funktionierendes Spielzeug. Sie haben einfach nichts!«, ist Linda mit dem gewaltigen Unterschied zweier Welten gefühlsmäßig überfordert.

Zwei Welten, die unterschiedlicher nicht sein könnten, prallen in ihrem Kopf aufeinander. Hier die Welt eines europäischen Wohlstandsehepaares aus dem gut situierten Mittelstand – am anderen Ende des Globus die Welt der eben erst ins Leben gestarteten und schon täglich ums nackte Überleben kämpfenden Kinder von Panaji.

»Nein, das stimmt so nicht ganz«, unterbricht Paul Lindas berechtigte Globalisierungssozialkritik.

Verständnislos sieht sie ihren Mann an.

»Ich habe tief in die Augen der Kinder gesehen, ich konnte in die kleinen zerbrechlichen Spiegel ihrer kleinen zerbrechlichen Seelen sehen. In vielen Augen hab ich Mut und Stolz gesehen, aber ich habe auch die Würde ihres Blickes entdeckt. Ich konnte die reine, unverfälschte, kindliche Hoffnung spüren«, erklärt Paul seine Wahrnehmungen aus dem Waisenhaus.

»Hoffnung hin oder her – während wir hier auf feinstem Marmorboden gehen, kriechen bei den Kindern die Kakerlaken über den alten Terrazzoboden. Während wir im Boxspringbett hundert TV-Sender in HD schauen, liegen die Kleinen in ihren verrosteten, alten Stockbetten und lesen ihre Zukunft aus alten, zerrissenen Schulbüchern heraus. Während wir uns wieder einmal nicht zwischen frischen Langusten und Seeteufel entscheiden können – mein Gott, das Leben kann so anstrengend sein – erwarten sie in Dankbarkeit ihre tägliche Portion Hirsesuppe. Mein Gott, das Leben kann so ungerecht sein«, kommt Linda immer mehr in Rage, wenn sie über die Situation der Waisenkinder nachdenkt.

Linda kennt ihren Mann lange und gut. Sie weiß: Auch Paul lässt das alles sicher nicht kalt. Mit kluger weiblicher Intuition und der nötigen Portion weiblichen Nachdrucks fordert sie ihn auf, sein kreatives Hirnschmalz doch einmal für etwas Sinnvolleres als Klopapier- und Bierwerbung einzusetzen. Er soll sich Gedanken darüber machen, wie man diesen Kindern nicht nur Hoffnung, sondern auch handfeste Hilfe bringen kann – und das möglichst schnell.

Der Aufforderung seiner Frau hätte es nicht bedurft, denn Pauls Synapsen arbeiten schon seit dem Besuch im Waisenhaus an genau diesem Thema. Doch der erfahrene Marketingmann weiß: Solche Projekte sind nicht einfach und brauchen eine gute Vorbereitung.

Er will sich zunächst einmal meditative Inspiration holen. Wegen seines bissigen Erlebnisses zieht er es neuerdings vor, die Reise nach innen auf dem Balkon des Hotelzimmers anzutreten. Trotz des atemberaubenden Ausblicks auf das offene Meer, dauert es dank Pauls mentaler Konzentration nicht lange, bis er im Lotussitz in seiner Mitte ruht. Bald findet er auf seiner Reise nach innen auf die Straße der Antworten.

»Gehe hin und finde«, vernimmt Paul eine vage Aufforderung, die zur weiteren Nachfrage veranlasst.

»Geh zurück nach Panaji und finde deine Bestimmung. Finde den wahren Auftrag, finde deine Berufung!«, fährt die innere Stimme fort.

»Du wirst deine wahre Berufung spüren, wenn du ihr begegnest und wenn du bereit dafür bist, wenn deine Zeit gekommen ist. Manchmal zeigt dir das Leben Hinweisschilder – vor allem dann, wenn du wieder einmal drauf und dran bist, deine Berufung zu übersehen oder zu ignorieren. Sei also wachsam, Paul, und geh mit offenen Augen – aber noch viel wichtiger: geh mit offenem Herzen – durchs Leben!«, vernimmt er die Stimme ein letztes Mal, bevor Funkstille einkehrt.

Der Roomservice setzt Pauls Seelentrip ein abruptes Ende. Ohne jede Vorwarnung macht sich ein flinkes Putzgeschwader über das durchgestylte Zimmer mit dem schönsten Ausblick der Etage her. Der Hochleistungsstaubsauger, dessen Lautstärke an den Start eines Jumbojets erinnert, lässt Paul keinen meditativen Spielraum mehr. Schluss, aus, vorbei – Sitzung beendet. Nach fünfzehn Minuten ist alles wieder erledigt und dank der Arbeit des Putzgeschwaders glänzt der schwarz polierte Marmorboden des großen Badezimmers wieder königlich edel im hellen LED-Licht. Weiße Hochglanzmöbel, die sich hervorragend auf dem dunkelbraunen Parkettboden machen, das riesige Kingsize-Bett, die Accessoires – alles ist perfekt geputzt und millimetergenau auf den richtigen Platz gestellt. Alles ist perfekt aufeinander abgestimmt, getrimmt für mondäne Gäste wie Paul, der in einer Stunde mehr verdient als der gesamte Cleaningtrupp in einem ganzen Monat.

»Das ist auch eine überaus interessante Frage: Wie gerecht kann der Verdienst eines Menschen eigentlich sein?«, kommt Paul eine weitere, tiefgründige Frage in den Sinn, für die er schon lange, bisher vergebens, nach einer Antwort sucht.

Trotz des abrupten Abbruchs der Meditation hat Paul genug von seinem Trip mitgenommen, um genau zu wissen, was er zu tun hat.

»Auf nach Panaji again!«, weiß er und sitzt kurz darauf im Wagen auf dem Weg zur Hauptstadt.

»Endlich wieder selbst am Steuer!«, freut er sich.

Es juckt ihn gewaltig – endlich kann er wieder selbst fahren. Dank Automatik funktioniert das auch mit Handicap ganz gut. Sein rechter Fuß will es wieder wissen und gibt dem Mini die Sporen. Wenn die Pferde einmal in die Gänge kommen, gibt es kein Halten mehr.

»Wie in alten Zeiten«, lächelt er zufrieden und denkt an den berühmten Satz des berühmten Politikers:

»Yes, we can!«

Natürlich hat Paul seine Frau über die spontane Factfinding-Mission informiert. Denn in letzter Zeit macht sie sich bei jedem seiner Schritte Sorgen, was er sogar irgendwie nachvollziehen kann. Immerhin hat er es Linda in den vergangenen Monaten mit seinem „Schicksal, ich teste dich"-Programm alles andere als leicht gemacht. Als Paul gerade die ihm schon gut bekannte Einfahrtsstraße nach Panaji nimmt, ist er sich sicher:

»Linda ist gut aufgehoben und wird einen wunderbaren Tag verbringen. Sicher wird sie auch eine ihrer geliebten Massagen genießen.

Die Inder werden offenbar erst am Abend richtig munter«, freut er sich darüber, jetzt um die

Mittagszeit außerordentlich gut durch den Verkehr zu kommen.

Paul denkt an das bevorstehende Gespräch mit Petra, an sein Konzept, an den Pitch in Panaji. Er musste nicht lange nachdenken:

Er hat ein paar alte Kumpels angerufen und ruck-zuck alles zusammengehabt – alles, was er für die Umsetzung seiner großartigen Idee brauchte.

»Erfahrung und Netzwerk sind halt durch nichts zu ersetzen.« Paul weiß seine Connections zu schätzen.

Jetzt gilt es, Petra, eine „Kundin" ohne jedes Marketingwissen, von einer cleveren Imagekampagne und einer nicht weniger cleveren Fundraisingaktion zu überzeugen. Paul hat sich ganz schön was ausgedacht und dabei tief in der Marketingtrickkiste gekramt. Je näher er dem Waisenhaus kommt, desto aufgeregter wird der an sich immer über den Dingen stehende Werbezampano. Ohne Zweifel, das wird ein ganz besonderer Pitch! Paul ist aufgeregt, sogar ein klein wenig nervös. Er kann es kaum erwarten, Petra das Konzept „Indische Hoffnung" vorzustellen.

Durch die leicht geöffnete Terrassentüre weht eine sanfte Brise Meereswind ins Zimmer. Der federleichte, weiße Seidenvorhang tänzelt dazu im Wind. Feine indische Meditationsmusik untermalt dezent die angenehm entspannte Stimmung. Räucherstäbchen entfalten unaufdringlich eine gekonnte Duftmischung aus Opium, Rosen und Lavendel. Linda ist in ihrem Stückchen Paradies angekommen.

»Es ist immer wieder faszinierend, welch wundervolle Berührungen so eine Ölmassage zu bieten hat«, gehen ihr unterdessen, auf der Massageliege angekommen, himmlische Gedanken durch den Kopf.

Ölige Hände streichen abwechselnd sanft und dann wieder fest, über ihre in jüngster Zeit ziemlich verspannte Schulterpartie. Nach einer wohltuenden Auflockerung der Schultermuskulatur verabschieden sich die erfahrenen Hände mit einem kräftigen Druck in Richtung Rücken. Sie ziehen eine Spur von nach Orangenblüten und Zimt duftendem Massageöl in Richtung Lindas knackigem Hintern. Geübte warme, ölige Finger gleiten gekonnt über die Mitte ihres Pos, hin zu Lindas verborgenen Schätzen, zu ihren besonders erogenen Zonen: ihren inneren Oberschenkeln. Wie eine junge Gazelle zuckt sie immer wieder unkontrolliert zusammen. Ohne irgendeinen Gedanken an „richtig oder falsch" zu verschwenden, dreht sie sich auf den Rücken. Nun liegt sie, beinahe willenlos und ungeschützt vor den Blicken des Massagemeisters, im angenehm warmen, fruchtig duftenden Öl – wie ein Opferlamm auf dem Altar der Lust, das wartet, was kommt. Lustvoll und ganz langsam öffnet sie ihre Beine – intuitiv, ohne dass sie es wissentlich zu beeinflussen vermag. Mit leicht gespreizten Beinen liegt sie nun auf dem Tisch des Glückes und will wissen, was erfahrene Hände alles können. Vier einfühlsame Hände suchen ihren Weg und finden dabei unbeirrt zu Lindas Brüsten. Zärtlich umspielen sie den Vorhof, um dann die Knospen zu liebkosen.

Diese Art der Massage, die Linda so nur aus ihren Träumen kennt, aber hoffentlich noch lange dauert, verfehlt ihre Wirkung nicht. In synchronen, kreisförmigen Bewegungen nähern sich die zärtlichen Hände langsam und behutsam Lindas Leibesmitte. Erneut zuckt die junge Gazelle lustvoll, ekstatisch. Das Lustquartett kommt dem Etappenziel ganz nahe, bevor es nach einigen liebevollen Umkreisungen, sanft das vor Öl triefende vaginale Ziel erreicht. Während zwei Hände Lindas Schenkel und ihren Venushügel zum Ort der lustbringenden Bestimmung auserkoren haben, suchen die anderen Hände in raffiniert sanfter, einführender Abstimmung nach Lindas wahrem Bestimmun-G-spunkt. Es soll noch eine lustvolle Weile lang dauern, bis sie ihn finden werden und Linda laut stöhnend zugibt, dass das Ziel erreicht ist.

> Ein »Neiiin, nicht aufhören, tiefer, jaaaaa, bitte tiefer!«, signalisiert den fleißigen Händen schließlich das Ende einer erfolgreichen Suche.

Nach der längsten und schönsten Rundum-glücklich-Massage, die Linda je in ihrem Leben genossen hat, sieht sie in die Augen eines zufriedenen Meisters und seiner Helferin. Linda ist völlig hinüber und total geflasht von einem wahnsinnigen Ganzkörperorgasmus, den es so gar nicht hätte geben dürfen. Eine Erklärung dafür wird sie ewig suchen und so beschließt sie, den unerwarteten Ausflug zu Indiens ganz großem Kulturschatz, dem Kamasutra, für sich zu behalten. Mit einem dankbaren Kuss und einem von Herzen kommenden Trinkgeld für den Meister und seine Gehilfin weiß sie diesen wunderbarsten aller Ausflüge zu würdigen. Diese Liebes-Experience wird Linda für immer im Tresor ihres Herzens unter „unerklärbar, aber wunderbar" verwahren.

> »Ihr Lächeln ist immer noch so bezaubernd wie damals«, denkt Paul, während er das Gespräch mit Petra beginnt und in ihre türkisblauen, neugierig funkelnden Augen schaut.

Er gibt sich alle Mühe, den abgeklärten Werbeprofi zu spielen und ist bestrebt, seine für erledigt geglaubten Gefühle, die sich plötzlich wieder zur Stelle melden, nicht wieder aufkommen zu lassen. Doch Bemühung allein scheint zu wenig. Paul dachte, sein alter Schweinehund sei schon längst tot, aber da hat er die Rechnung wohl ohne den Wirt gemacht.

Petra führt ihn noch einmal durch ihr neues Zuhause, ihre selbst für sie noch gewöhnungsbedürftige Wirkungsstätte, den Ort, an den das Schicksal sie zum Dienst gerufen hat. Vor jedem Öffnen einer Zimmertüre überlegt sie kurz, ob sie ihrem ehemaligen Geliebten den Anblick auch zumuten soll, ob die Zustände hinter der Türe zumindest halbwegs kompatibel mit Pauls Vorstellungen sind. Paul ringt unterdessen mit seinem inneren Schweinehund und ist fest entschlossen, ihn in die Schranken zu weisen. Wenn Paul so ganz nahe hinter Petra steht, kann sie die sehnsuchtsvoll begehrlichen Blicke förmlich spüren. Wie jede Frau spürt sie, wenn das Begehren mit jedem Augenblick tiefer und tiefer geht, bis unter die Haut.

> »Hello Paul, my friend«, begrüßt der kleine Hemant freudig und aufgeregt seinen Lieblingsbesucher und setzt damit der aufkeimenden Begehrlichkeit ein abruptes Ende.

Doch die Spannung liegt weiter in der Luft. Paul weiß: Er tanzt einen gefährlichen Tanz auf dem Pulverfass der Erinnerung. Der kleine Junge hat sich spontan und unaufgefordert der Besichtigungstour angeschlossen. Auch in Indien gilt dann und wann der Grundsatz „Frechheit siegt".

Das Heim ist höflich ausgedrückt in keinem guten und – realistisch ausgedrückt – in einem wirklich erbärmlichen Zustand.

Was will man auch von einem alten, in die Jahre gekommenen Gebäude erwarten? Hier mangelt es wirklich an allem, nur an einem nicht: an Tristesse. Ein omnipräsenter modriger Geruch zieht durch die kahlen, mit grauslichen alten Terrazzoböden belegten, grauen Gänge. Wie ein unsichtbarer giftiger Schleier hängt der Modergeruch überall in der Luft. An allen Stellen löst sich die Farbe und bröckelt der Verputz von den ursprünglich weißen, aber mittlerweile einfach nur grau-braun verdreckten Wänden. Alte Deckenventilatoren versehen knatternd ihren Dienst und zerschneiden die schwüle, modrige Luft in einigermaßen erträgliche Stücke. Auch die Sanitäranlagen sehen so aus, dass jeder EU-Inspektor sofort einen Herzinfarkt bekommen würde. Die Nasszellen würden in Europa nicht einmal der Richtlinie zur Haltung von Nutzvieh entsprechen. Ein Kauderwelsch an Kinderstimmen – Gott sei Dank ist auch Kinderlachen zu hören – gibt eine an den Bazar erinnernde Geräuschkulisse ab. Elektrischer Strom ist in manchen Räumen nur gelegentlich zu Gast – im Gegensatz zu den Kakerlaken und sonstigem Getier, das hier offensichtlich überall zu Hause ist.

»Haustiere habt ihr ja genug hier«, versucht Paul scherzhaft die Lage zu beschönigen, was jedoch bei Petra überhaupt nicht gut ankommt.

Solche Späße versteht sie nicht. Überhaupt versteht Petra bedeutend weniger Spaß, seit sie hier lebt. Spontan und über seinen Witz zornig, klärt sie Paul über die finanzielle Situation des Heims auf. In taffer Art und Weise macht sie ihm klar, dass zwar das Gebäude marode sei, aber innen drinnen in der Gemeinschaft der helle Glanz und der wahre Reichtum zu Hause seien – und zwar schon seit mehr als zwanzig Jahren.

»Lass dich vom Schein nicht täuschen, mein Lieber«, erklären Petras, trotz Ordenslook rot geschminkte Lippen inmitten eines harten, aber hoffnungsvollen Gesichtes, während sie mit der Hand tadelnd über Pauls Wange streicht.

In Petras schmucklosem Büro angekommen, das sich nahtlos in den Gesamteindruck des Heims einordnet, bittet sie Paul zum Tee und Hemant mit Nachdruck aus dem Büro.

Doch der Kleine möchte nicht so recht folgen. Er will, nein, er muss Paul noch unbedingt etwas sagen. In gewohnt feiner englischer Sprache bittet er den Gast aus der Fremde:

»Paul, wenn du wieder nach Hause, nach Europa, fährst, bitte denk an mich und schick mir ein paar alte Bücher über Medizin – irgendwelche Bücher, egal, nur etwas mit Medizin muss es sein! Hier kann ich keine Bücher bekommen und wenn, dann sind sie unendlich teuer. Ich kann sie mir einfach nicht leisten. Bitte, bitte, denk an mich, schick mir einfach das, was ihr in Europa auf den Müll werft!«

»Na sicher werde ich an dich denken, mein kleiner Freund, aber warum müssen es ausgerechnet Medizinbücher sein?«, fragt Paul sichtlich gerührt und nimmt den kleinen Inder fürsorglich auf den Schoß.

»Weil ich Arzt werden will! Ich will meinen Brüdern und Schwestern helfen. Ich will helfen und heilen. Und ich will meiner Schwester ein gutes Leben geben. Weißt du, Paul, ich glaube, das ist meine Aufgabe«, erklärt Hemant stolz weiter.

Paul ist tief berührt. Er verspricht seinem jungen Freund sich darum zu kümmern und ihn schon sehr bald mit dem nötigen Lesestoff zu versorgen. Das genügt dem Nachwuchsarzt völlig, um überglücklich zu seiner Schwester zu laufen und ihr sofort die „good News“ zu erzählen – nicht jedoch, ohne sich vorher in feinster Manier bei Paul und der Oberin zu bedanken. Paul spürt: dieser kleine indische Junge hat seine Bestimmung schon am Anfang des Lebens gefunden. Dabei fühlt er irgendwie, dass es nicht mehr lange dauern werde, bis auch er seiner wahren Bestimmung begegnen wird.

Petra und Paul sitzen ganz nahe nebeneinander auf der alten schmalen, abgewetzten Couch aus braunem Samtstoff. Ganz leicht berühren ihre Oberschenkel einander. Ihre Herzen berühren einander schon längst – fast so, wie damals in Tirol. Beide durchströmt ein warmes Prickeln. Sanfte Impulse der Nähe machen sich breit, während sie einander fragend in die Augen sehen. Petra hat die nötigen Unterlagen und Zahlen für das Gespräch vorbereitet. Von den Sheets will im Moment jedoch keiner Notiz nehmen. Unbeachtet liegen sie auf dem runden, alten und von tiefen Kratzspuren gezeichneten, schwarzen Holztisch und warten auf ihre Interpretation. Für die Zahlen heißt es jetzt einmal „bitte warten“. Worte sind völlig überflüssig. Nur der alte rostige Deckenventilator summt verständnisvoll das Lied der Erinnerung – der Erinnerung an ein kurzes, aber kostbares Glück, das sie gemeinsam erleben durften. Die Frage, ob es eine Fortsetzung geben darf, drängt sich auf. Ungeduldig schiebt sich die Frage ins Rampenlicht. Um von dem Pulverfass, auf dem sie gerade sitzen, wieder herunterzukommen, greifen beide nach den Zahlensheets. Die Fakten sollen helfen, wieder zurück auf den Boden der Tatsachen zu kommen. Zeitgleich greifen Petra und Paul auf den Tisch und ihre Hände berühren einander. Herzfunken sprühen und der Funke des Verlangens erkennt seine Chance. Sofort springt er beide Herzen an.

Vergebens – die Explosion bleibt aus. Pauls und Petras Hände halten einander, sie umklammern sich geradezu, damit keiner in den tiefen Abgrund der „es darf nicht sein“-Hoffnungslosigkeit fällt und stirbt. Indien ist eben nicht Tirol und ihre Augen verraten das, was ihre Seelen schon längst wissen: Die Liebe ihrer Körper war nichts anderes, als die spontane Auferstehung eines uralten Seelenbundes, eines Bundes, den sie vor vielen hundert Jahren geschlossen hatten und der in diesem Leben zur Erneuerung anstand.

Es war nichts anderes als das Freudensfest zweier Körper für ihre wichtigsten Verbündeten: ihre Seelen. Es ist ein Seelenbund, der stärker ist, als alle Orgasmen dieser Welt zusammen je sein könnten – ein Bund, der nicht von dieser Welt ist. Ein gegenseitiger Blick in die Augen genügt und die Wahrheit drückt den Gefühlen ihr endgültiges Siegel auf. Ohne dass auch nur ein einziges Wort ihre Lippen verlassen hat, haben sich Petra und Paul alles gesagt, was sie einander seit Jahrhunderten sagen wollten. Sie wissen: Ein

Stück des Sehnsuchtsweges werden sie noch gemeinsam gehen. Der Weg wird jedoch ein anderer sein als jener, den sie schon gemeinsam gegangen sind und von dem sie in einem Augenblick der Ekstase dachten, dass er der richtige sei.

Ein scharfer Blick in die Bilanzen des Heims und dem Managementprofi ist rasch klar, wo der Hund begraben liegt. Petra bekommt nun einen Quickie von Paul, einen der völlig anderen Art: eine Quick-Learning-Session in Betriebswirtschaft und Marketing. Petra ist fasziniert davon, dass es auch außerhalb der Medizin so interessante Themengebiete gibt.

> »Paul ist schon wirklich gescheit«, steigt Petras Bewunderung über das Know-how ihres Seelenliebsten.

Paul ist wieder voll in seinem Element, voll und ganz vertieft in die Ausführung zur Sanierung des Heims und dessen Finanzen. Er sprüht nur so vor Ideen, was Petra mit dem Heim alles machen könnte, wenn er das nötige Geld aufstellen würde. Paul weiß: Er kann das schaffen. Am Ende der Präsentation angekommen, merkt er plötzlich: Petra war nicht die einzige Zuhörerin. Hinter der Glasscheibe, die das Büro vom schmuddeligen Gang trennt, haben sich dutzende Kinder versammelt und neugierig Pauls Pitch verfolgt. Sie lugen zwischen den Lamellen der vergilbten Jalousien hindurch. Jeder will wissen, mit wem sich die Schwester Oberin so lange unterhält – Auch die Kleinen, von denen die meisten Analphabeten sind, haben Paul verstanden. Nicht mit den Ohren, sondern mit ihren kleinen Herzen haben sie es kapiert. Sie haben verstanden, dass Paul für Hoffnung steht. Durch schmutziges Fensterglas hindurch blickt Paul in strahlende Kinderaugen und ruft der Hoffnung in ihren Augen zu:

»Keine Angst, ich bin da, um euch zu helfen!«

Eine Armada von hilfsbedürftigen kleinen Menschen blickt ihn an. Er sieht in große erwartungsvolle Augen. Er spürt: Sie wissen um seine Absichten. Ein Kind nach dem anderen legt die Hoffnung auf ein gerechteres Leben in seine Hände. Sie alle legen die Hoffnung auf eine bessere Zukunft, auf Bildung, auf ein kleines Stück vom Glück, in die Hände des unbekannten, weißen Mannes. Eine gewaltige Druckwelle überrollt Paul. Er kämpft mit den Tränen, denn instinktiv spürt er: Diesen Pitch hat er gewonnen! Er hat den Auftrag seines Lebens bekommen, den Auftrag, die Kohle zu beschaffen und das Heim zu einer Basis der Zukunft für die Schwächsten der Gesellschaft zu machen. Diesen Auftrag hat er nicht von irgendjemandem bekommen, der seine Arbeit vielleicht sowieso nicht wertschätzt, von irgendeinem CE-irgendwas-Manager. Nein, diesen Job hat er vom Leben selbst bekommen. Den Job hat er von ganz oben bekommen!

Plötzlich fällt es Paul schlagartig wie Schuppen von den Augen: Erst ein Beruf und der Ruf zusammen ergeben die Berufung! Wow, diese Erkenntnis sitzt. Diesen Ruf kann er nicht mehr überhören, selbst, wenn er es wollte. Nun fordert das Leben seine Talente ein. Es fordert all das ein, wofür es Paul mit allen Ups und Downs über die Jahre hinweg ausgebildet hat. Petra versteht zwar nur einen Bruchteil von dem, was Paul ihr heute in Sachen Heim und Zukunft erklärt hat, aber sie versteht: Paul beherrscht sein Handwerk. Und sie weiß: Er meint es ehrlich mit den Kindern. Außerdem hat sie sowieso nichts zu verlieren. Die Kinder können nur gewinnen.

Also gibt sie ihrem Seelenbruder grünes Licht dafür, einmal ordentlich die Werbetrommel für ein besseres Leben ihrer Schützlinge zu rühren. Beide wissen: Es wird nicht einfach werden, aber der Lohn – Kindern Hoffnung zu schenken – ist der größte Ertrag, den man sich nur vorstellen kann.

Paul ist angekommen. Das ist der Job, auf den er immer gehofft hat. Jetzt heißt es, die Ärmel hochkrempeln und loslegen. Jetzt heißt es: die ganze Maschinerie anwerfen. Jetzt heißt es: loslegen für den „best job in life!“

Die Abendsonne scheint angenehm warm in das weiße Cabrio, während Paul nach einem ereignisreichen Tag wieder zurück zum Hotel cruist. Das Meer zieht malerisch-idyllisch an der rechten Seite vorüber. Diesmal jedoch hat Paul keinen Blick für die Schönheiten der Natur. Unentwegt kreisen seine Gedanken um den Besuch im Heim. Der vermeintliche Auftrag von ganz oben, lässt ihn zunehmend nachdenklicher werden. Während er so in seinen Gedanken schwelgt, klopft völlig unerwartet Pauls altes Leben an und zwingt ihn, endlich Bilanz zu legen. Unbequeme, aber längst fällige Fragen drängen sich auf und fordern brutal die wahren Antworten ein:

»Was habe ich eigentlich erreicht?«

»Was wollte ich eigentlich erreichen?«

»Was ist eigentlich der wahre Sinn meines Lebens?«

»Warum mache ich, was ich mache?«

»Warum kann ich, was ich kann?«

»Was ist meine wirkliche Berufung?«

Auch tausende Kilometer Autofahrt würden nicht reichen, um alle Fragen zu beantworten. Aber die Fahrt dauert lange genug, um zumindest der letzten Frage eine Antwort zu versprechen – der Frage nach der wahren Berufung.

Als Paul wieder in der Hotelgarage ankommt und der Motor des Coopers verstummt, hält er noch ein paar Augenblicke lange inne.

»Nun bin ich dem Last-Event-Manager schon zweimal abgehauen. Was wäre von mir geblieben, wenn ich wirklich gegangen wäre? Welchen Sinn hätte dann mein Leben gehabt?« Schwere Fragen tauchen auf Pauls Seelenradar auf.

Zumindest jetzt und hier sieht er es als seine Berufung, etwas für seine neuen, schutzbedürftigen Freunde und ihren Leitengel zu tun.

»Vielleicht gibt es nicht nur eine Berufung. Man muss halt immer wieder genau hinhören, um den Ruf der Berufung zu hören und um ihn nicht im Lärm der Karriere, des Erfolges und des Dolce Vita zu überhören«, philosophiert Paul auf dem Weg nach oben in sein durchgestyltes Hotelzimmer.

Als er durch die elegante Hotellobby über feinen, weißen Marmorboden und feine Designerteppiche in Richtung Aufzug geht, sieht er plötzlich die schäbige Eingangshalle des Kinderheims mit ihrem alten, zerkratzen Terrazzoboden vor sich. Der Kontrast könnte nicht größer sein.

Ein weiteres Mal bekommt Paul brühwarm den wahren Sinn seines Indienaufenthaltes serviert.

Er freut sich darauf, sein Hirn zukünftig für etwas Sinnvolleres als für Klopapier- und Bierwerbung arbeiten zu lassen.

Nun geht es endlich ans Eingemachte, ans Eintreiben von so vielen Euros wie nur irgendwie möglich. Auf Pauls Shortlist der Personen, die er für sein neues Projekt „Indische Hoffnung“ gewinnen möchte, findet sich auch ein alter Bekannter, bei dem es ihm nicht gerade leichtfällt, anzurufen. Doch was sein muss, muss sein:

»Lieber Herr Direktor, das hätte ich jetzt so nicht erwartet. Ich hätte vieles von Ihnen erwartet, aber das überrascht mich doch wirklich sehr!«, antwortet Paul erstaunt seinem Gesprächspartner Direktor Haidinger am Ende des zehnminütigen Calls.

Paul versucht, sachlich zu bleiben – kein leichtes Unterfangen. Haidinger hat aufgrund der Intervention von Linda und des Familienanwalts eine Änderung der Kreditlinie für die Villa hinbekommen, eine Verlängerung um weitere sieben Jahre mit Endfälligkeit. In Zeiten von Basel 3 ist das eine echte Meisterleistung, weiß Paul. Aber damit nicht genug: Die Bank will ihren Kunden auch Pauls Hilfsprojekt vorstellen und darüber hinaus selbst mit einem „ordentlichen Betrag", was immer das in Zahlen bedeuten möge, einsteigen.

In den kommenden Tagen quasselt Paul von morgens bis abends. Er hängt sich voll ins Zeug und hängt den ganzen Tag am Rohr. Abendlich rotglühende Ohren zeugen vom täglichen Arbeitseifer. Eine E-Mail nach der anderen jagt in Richtung Europa, um den Schönen und Reichen das Börserl zu öffnen. Paul redet sich den Mund fusselig. Es ist wie in alten Zeiten, wie in der Agentur: volles Rohr, voller Speed, volle Kraft voraus! Apropos Agentur: Paul weiß, dass es seit dem Unfall zwei Lager in der Agency gibt – pro und contra Paul. Dank der Schnorrer Calls weiß er jetzt aber genau, wer zu welchem Lager gehört. Interessante Tatsachen kommen ans Tageslicht. Wie viel Geld er letztlich zusammenkriegen wird, weiß Paul noch nicht. Aber der Weg ist das Ziel. Er ist sicher: Es wird reichen, um dem Heim die nötige Basis zu geben, die es als Zentrum der „Indische Hoffnung"-Foundation braucht. Und noch etwas weiß Paul sicher: Er hat die richtige Entscheidung getroffen! Er hat den richtigen Weg eingeschlagen. Mit unzähligen seiner alten Freunde und Weggefährten hat er in den vergangenen Tagen bereits gesprochen. Viele haben seine Entscheidung, in Indien bleiben zu wollen, bewundert und unterstützen sein Projekt. Viele würden so etwas auch selbst gerne machen, aber nur wenige haben den Mumm, es auch durchzuziehen. Paul spürt Anerkennung für seinen Weg – Anerkennung, die man auch von Freunden nicht allzu oft bekommt.

> »"Gehe hin und finde" war wohl meine wichtigste Aufgabe«, denkt Paul zufrieden und greift zum x-ten Mal an diesem Tag zum Hörer, um nochmals ordentlich Euros an Land zu ziehen.

Eine Sache jedoch beschäftigt Paul von Tag zu Tag mehr:

Wie kann ich in Zukunft unsere Familie organisieren? Sollen, ja wollen die Kinder nachkommen?

Kann, ja will Linda überhaupt hier leben? Viele Fragen dieser Sorte gehen dem verantwortungsvollen Familienvater durch den Kopf.

> »Einen Weg zu finden ist eine Sache, den Sehnsuchtsweg zu gehen, eine ganz andere.« Für Paul ist klar: Es kann nur eine gemeinsame Lösung geben.

Wenn er dabei an seinen kleinen Pauli und an die süße Alina denkt, wird ihm richtig warm ums Herz. Es ist mehr als an der Zeit, seine kleinen Heroes endlich wieder einmal richtig fest zu drücken. Tiefe Sehnsucht macht sich breit. Paul freut sich schon sehr auf den angekündigten Besuch. Denn die Großeltern und die Kleinen haben es nicht mehr ausgehalten und sich spontan auf den Weg gemacht.

Die Telefonliste des Tages ist abgearbeitet. Paul hat sein Tagesziel wieder einmal voll erreicht. Nun will er bei der täglichen Meditation ein wenig Ruhe und Entspannung finden, den Sonnenuntergang vom Balkon aus genießen, den Blick in die Ferne, über die Weiten des Meeres, schweifen lassen. Rasch geht die Reise nach innen los, Leinen los.

Ein innerer Impuls erklärt Paul, dass er nun seine Berufung, seine Bestimmung für eine gewisse Zeit gefunden hat. Paul erfährt im Dialog mit sich selbst aber noch einen anderen Impuls, der noch weitaus spannender klingt.

Eine vertraute Stimme spricht:

> »Hör gut zu, Paul! Wenn du die Bestimmung, die Berufung gefunden hast, dann hast du die Wahrheit gefunden! Wenn du die Wahrheit gefunden hast, dann bist du am Ende deines Sehnsuchtsweges angekommen. Dann kann deine Zeit gekommen sein! Wenn du hinter das Geheimnis deiner Wünsche, der berühmten sieben Wünsche, gekommen bist, dann kann die Zeit kommen. Denn wenn deine Seele am Ende des Weges das Geheimnis gelüftet hat, ist es vollbracht!«
>
> Paul versteht nicht recht.
>
> »Was dahinter, wie Zeit, was vollbracht?«, muss er wie ein Schüler der ersten Klasse nochmals nachfragen, ohne jedoch eine Antwort zu bekommen.
>
> Wozu auch – Paul spürt es ohnehin:
>
> Wahrheit liegt in der Luft.

Gehe hin und finde!

Kapitel 11

Die Reise

Es wird das ultimative Highlight der Woche: Besuch hat sich angekündigt – Lindas Eltern sind mit Alina und Pauli im Gepäck im Anflug. Die Sehnsucht nach den Eltern hatte bei den Kleinen endgültig die Schmerzgrenze überschritten. Kein Tag ist mehr ohne dicke Sehnsuchtstränen vergangen. Zum Glück sind Lindas Eltern reisefreudig. Obwohl Paul und Linda in zwei Wochen sowieso nach Wien kommen wollten, um ein paar rechtliche Kreditdetails zu regeln und Unterschriften zu leisten, haben die rüstigen Großeltern ihren Enkeln den Sehnsuchtswunsch der Reise erfüllt.

»Schließlich gönnt man sich ja sonst nichts«, war die Unisono-Meinung der reisefreudigen Oldies.

„Gesagt, getan – gebucht und besucht". Nach diesem Motto hat Lindas Vater, der mit seinen einundsiebzig Jahren noch immer wie ein fitter Mittfünfziger wirkt, rasch gehandelt und alles organisiert.

»Schlechtes Gewissen?«, fragt Paul seine Frau, als sie sich auf den Weg zum Flughafen machen, um das Reisequartett pünktlich in Empfang zu nehmen.

»Na ja, ehrlich gesagt schon ein wenig. Sie sind doch noch so klein und waren noch nie im Leben so lange von uns getrennt. Aber ehrlich gesagt habe ich mehr Sehnsucht, als schlechtes Gewissen«, gesteht Linda und muss dabei auch an die Waisenkinder von Panaji denken.

»Diese Kinder waren nicht nur vier Wochen lange alleine, die meisten von ihnen werden höchstwahrscheinlich für immer alleine bleiben«, resümiert sie und beginnt, wieder einmal zornig über die Ungleichheiten des Lebens zu werden.

Wenn sie nur daran denkt, könnte sie aus der Haut – oder zumindest aus ihrem blauen Designer-Poloshirt – fahren.

»Was sind schon vier Wochen gegen ein ganzes Leben?«, meint Paul, der offensichtlich gerade einen ähnlichen Gedanken wie seine Frau hatte, und lässt dabei langsam seine rechte Hand vom schwarzen Schalthebel auf ihren weißen Lederrock gleiten.

Zufrieden, an der Seite ihres Mannes zu sein und voll der Vorfreude auf das Wiedersehen mit ihren Kindern greift Linda nach Pauls Hand. Sie hält sie so fest, als würde sie ihren Liebsten nie wieder hergeben wollen. Ihre langen blonden Haare fliegen im Fahrtwind hinterher. Gemächlich rollt das weiße Kultgefährt am Küstenhighway in Richtung Flughafen. Paul lehnt lässig und relaxed am Steuer. Ein Hauch von James Dean umweht den braungebrannten und noch bis vor Kurzem rollstuhlfahrenden Möchtegernguru. Er genießt die Fahrt und den Anblick seiner Frau vor der Kulisse des tiefblauen Indischen Ozeans. Bei dieser Fahrt ist es pur zu spüren: das besondere Gefühl, dieses kleine Stück letzter motorisierter Freiheit.

»Sommer – Sonne – Cabrio, so fühlt sich das Leben gut an«, singen die beiden Fast-Auswanderer in leichter Dissonanz.

Erst hier in Goa haben Paul und Linda diesen Lifestyle erfahren können.

Nur ein paar, dafür recht bedrohlich wirkende, Wolken trüben hin und wieder die Postkartenidylle. Vorsicht ist geboten, denn schließlich ist gerade Monsunzeit. Ohne Vorwarnung können die mächtigen Wolken jederzeit zur gnadenlosen Dusche ansetzen und so ganze Landstriche unter Wasser setzen. Bisher sind die beiden verschont geblieben. An der Hotelbar haben sie jedoch schon ein paar dramatische Storys darüber gehört, was der Starkregen in Minutenschnelle alles vernichten kann. Ganze Dörfer hat der Monsun auf dem Gewissen, und dabei oft genug die Ärmsten der Armen ohne Hab und Gut zurückgelassen.

> »Eigentlich sind wir schon ein ziemlich hübsches Pärchen und haben zwei noch hübschere Kinder, auf die ich mich wahnsinnig freue. Mein Gott, wie ich die zwei Süßen vermisse! Das ist mir vorher gar nicht so aufgefallen, bei all meinen anderen Dingen, dem Waisenhaus und so. Aber ja, genau so machen wir es«, denkt Paul und entscheidet, seinen Kindern das heruntergekommene Waisenhaus von Panaji zu zeigen.

Schließlich sollen sie den Unterschied zu ihrem eigenen Leben in Wien hautnah erleben und daraus lernen.

> »Hemant wird Augen machen – und wer weiß, vielleicht findet er ja einen neuen Freund. Vielleicht werden ja alle Freunde. Es lebe die österreichisch-indische Freundschaft.« Pauls Gedanken kreisen um zukünftige Großprojekte.

Lindas Gedanken hingegen kreisen um viel banalere Dinge:

> »Hoffentlich hat meine Mutter auch alles eingepackt. Hoffentlich hat sie nicht auf die Darmtabletten für Alina vergessen – die Arme hat ja immer gleich solche Verdauungsprobleme. Nicht auszudenken, wenn ... Ja und hoffentlich hat sie für Pauli auch den neuen Pullover eingepackt. Mein Gott, wie ich sie vermisse, meine Schätzchen.«

Linda und Paul schwelgen in Vorfreudegedanken dahin. Jeder für sich ist heute irgendwie glücklich und zufrieden. Gemeinsam surfen sie auf einer riesigen indischen Glückswelle. Je näher sie dem Flughafen kommen, desto mehr Wolken trüben das ansonsten perfekte Reisewetter.

Mächtige dunkelgraue, fast schon schwarze Wolken beziehen einer feindlichen Armee gleich, Stellung am Himmel.

Als die Sonne wieder einen Sprung vor eine der bedrohlichen indischen Monstermonsunwolken wagt, schießt Paul ein Blitzgedanke ein. Er wird ihn noch die weitere Fahrt begleiten:

»Zeit, Bilanz zu ziehen, mein Freund!«, überrascht ihn freundlich, aber bestimmt eine bekannte Stimme.

»Seltsam – was, jetzt und hier?«, denkt Paul.

Denn bisher hat er die Stimme nur in ruhigen Meditationen vernommen. Dass sich seine innere Stimme nun mitten unter einer Autofahrt meldet, ist gänzlich neu für ihn, doch es ist im wahrsten Sinne des Wortes „stimmig". Die Stimme hat recht: Nach all den Turbulenzen der jüngsten Zeit ist es wirklich angebracht, eine kleine Lebensbilanz zu ziehen. Ein kurzer Blick zu Linda verrät Paul: Der Augenblick scheint günstig. Sie schläft – wie meistens bei langen, monotonen Autofahrten – den Schlaf einer Gerechten. Paul blickt auf die Uhr und merkt, dass noch eine gute Stunde Fahrt vor ihm liegt. Das ist Zeit genug, um mit der Bilanzierung des Lebens zumindest einmal zu beginnen.

Natürlich starten Pauls Gedanken sofort bei den dramatischen Ereignissen der vergangenen Monate:

»Was war das bloß für eine Zeit? War das etwa meine Transformationszeit? Der Unfall, die Lähmung, die eine lehrreiche Zähmung war – deshalb bin ich jetzt hier in Indien. Das hat meinem Leben eine völlig neue Richtung gegeben. Es hat mich aus der Bahn geschleudert und auf eine neue Bahn gestellt – wie ein Spielzeugauto auf der Rennbahn, einfach so, ohne Vorwarnung, raus und wieder rein. Letztendlich hat mir das Leben als Lehrmeister den entscheidenden Sinn gezeigt. Wenn ich an mein altes Leben als „großer Werbelenker" denke, muss ich sagen: Das Leben hat mir endlich Sinn gegeben. Die Oberflächlichkeit des alten Lebens wurde durch den tieferen Sinn des neuen Lebens abgelöst.

It's a really good feeling«, pfeift er leise den gleichnamigen Song vor sich hin.

Pauls Lebensbilanz eröffnet auf der Habenseite. Doch auch die Sollseite ist rasch ausgemacht. Selbstkritisch und ehrlich wie nie zuvor, stellt er nüchtern fest:

»Ein riesengroßes Schwein bin ich gewesen. Ich habe eine wunderbare Frau und habe sie betrogen. Auch wenn ich mich heute dafür verurteile, heute verstehe ich, was es bedeutet, wenn es heißt, „der Geist ist willig, aber das Fleisch ist schwach".« Pauls Blicke gleiten zärtlich zu seiner schönen, friedlich schlafenden Beifahrerin.

Er weiß: Es war wahnsinnig toll mit Petra, aber trotzdem falsch. Die innere Stimme gibt ihm den Tipp, es doch im Sinne aller Beteiligten etwas entspannter und großzügiger zu sehen. Paul liebt Petra noch immer. Jetzt jedoch anders.

»Es war halt keine leichte Zeit damals. Linda hat es mir mit ihrem Auszeitszenario auch nicht gerade einfach gemacht – und immer war alles im Fluss, im Johnny-Walker-Fluss, was unsere eh schon schwierige Situation über Jahre nicht gerade erleichtert hat. Ein trinkender Partner ist eben auch eine Herausforderung der heftigen Sorte«, versucht sich Paul ein Alibi für sein Liebesabenteuer zu liefern. Umsonst: »Betrug ist Betrug! Ich habe uns alle betrogen: Linda, Petra und schlussendlich auch mich selbst. Petra war damals einfach für mich da und hat mir mit ihrer Nähe geholfen, meine Selbstachtung nicht gänzlich zu verlieren. Sie hat mir Halt und Hoffnung gegeben – und am wichtigsten: Sie hat mir wieder Mut gemacht. Mehr noch: Sie war es, die mir sehnsuchtsvoll den Weg zur Selbstliebe gezeigt hat. Obendrein war sie atemberaubend, sie war neu und sie war anders. Ich war einsam und wollte endlich wieder ein Mann und kein mitleidsbedürftiger Typ im Rollstuhl sein. Aber ich war nicht mitleidsbedürftig, sondern ich hatte einfach Sehnsucht. Ich habe sie glauben gemacht, es könnte mehr aus uns werden, als nur ein One-Night-Stand. Damals hab ich das sogar gehofft. Ich war hin- und hergerissen zwischen zwei starken Frauen. Eine war schon fast gegangen und eine war noch nicht ganz angekommen. Doch anstatt meine Frau zu halten, bin ich den einfacheren Weg zur nächsten gegangen. Ich habe Linda körperlich und Petra seelisch betrogen. Mich selbst aber habe ich um meine Prinzipien betrogen – das Wichtigste, was ein Mann schlussendlich hat.« Paul verbucht diesen Lebensabschnitt als Erfahrung der besonderen Art im Haben, als charakterlichen Fehltritt jedoch klar und eindeutig auf der Sollseite.

»Dass ich heute wieder halbwegs gehen kann – das ist das Wunder meines Lebens!«, weiß Paul aus tiefster Dankbarkeit und erlaubt den plötzlichen Tränen ihren freien Lauf.

Ein Mann seiner Sorte lernt – und Paul hat gelernt: emotions are good. Er hat endlich gelernt, sich selbst zu spüren, seinen Gefühlen den nötigen Freiraum zu geben und zwar den guten, wie den schlechten ihrer Zunft. Das Wunder seines Lebens füllt die Habenseite voll und ganz auf. Wieder auf eigenen Beinen zu stehen, das überwiegt einfach alles!

Ebenso im Haben zu verbuchen, ist die Sache mit der Meditation. Dass Paul wieder seelische Erdung gefunden hat, liegt auch sehr am beinahe täglichen Meditieren. Diese Art des Kontaktes mit sich selbst, mit der Seele, mit dem Ursprung, letztlich mit der Quelle selbst – mit der Liebe des

Schöpfers –, das bereichert sein Leben ungemein. Es gibt ihm den nötigen Tiefgang, um durch die Stürme des rauen Lebens zu segeln.

»Auch, wenn das Meditieren mitunter schmerzhaft und bissig sein kann«, schaudert es Paul noch immer beim Gedanken an den Biss der Kobra.

Zweimal ist er dem „Last-Event-Manager“ durch die Lappen gegangen.

»Wie oft hat man eigentlich so viel Glück im Leben?«, fragt sich Paul und sitzt plötzlich gedanklich am Steuer des Porsche am damaligen Weg zu seinem ultimativen Crash-Desaster.

Paul lässt sein Leben weiter Revue passieren. Es ist eine Reise, die ihm einen neuen, wahren und besonderen Freund beschert hat. Auch wenn der Crash schon eine ganze Weile her ist – diesen Anblick im Licht wird er Zeit seines Lebens nie mehr vergessen.

»Dieses Gespräch zwischen Himmel und Erde, wo und mit wem ich es auch immer geführt habe – es war real!« Paul weiß es genau: Es war seine Rettung.

»So viel Wärme, so viel Geborgenheit und Zufriedenheit habe ich danach nie wieder spüren können.«

Davon fasziniert überlegt er, ob es so etwas auf dieser Welt überhaupt geben kann.

»Die Ähnlichkeit mit Jussoff ist auch ein Wahnsinn, fast schon beängstigend. Dass ich damals überlebt habe, ist eine hundertprozentige Habenbuchung, und dafür danke ich Gott von ganzem Herzen«, empfindet Paul tiefe Dankbarkeit.

In diesem Moment fällt es ihm wie Schuppen von den Augen:

»Mein Gott, das war *er*! Er war es, mit dem ich mich zwischen Leben und Tod unterhalten habe! Er war da und hat mich aufgefangen!« Paul ist jetzt völlig aus dem Häuschen. Aber trotzdem auch völlig ruhig.

Tiefe Einheit und ein warmes Liebesgefühl, das stark nach Wahrhaftigkeit riecht, breitet sich allmählich ganz in ihm aus – so, als wäre er zu Hause angekommen.

Angesichts der Tragweite dieser Begegnung wird Paul unsicher.

Sicherheitshalber reduziert er das Tempo des Wagens auf Minimalgeschwindigkeit. Wie auf Knopfdruck ist das Gespräch von damals, das alles verändernde Gespräch mit seinem first brother, wieder da – jedes Detail ist voll und ganz präsent, tief und fest ist es auf der Seelenfestplatte gespeichert und jederzeit abrufbereit.

»Doch wer ist dann Jussoff?«, drängt sich die Frage angesichts der Ähnlichkeit mit seinem Gesprächspartner in der Übergangszone und seinem Pfleger und Freund geradezu auf.

Eine Antwort bekommt Paul diesmal nicht, aber er hat so eine Vermutung und die reicht ihm voll und ganz. Denn er weiß: er braucht nicht alles zu wissen – glauben genügt.

»Ist es nicht wunderbar beruhigend, zu wissen, dass wir alle nicht alleine unterwegs sind? Es ist ein Wunder im wahrsten Sinne. Ich meine, ich versinke im Schotterteich und auf einmal taucht ein Typ, den alle kennen, auf, weiß alles über mich, kennt all meine Sorgen und Nöte und kennt obendrein meine Wünsche und Sehnsüchte. Auf einmal zeigt er mir mein wahres Leben, weil er mich mit meinen wahren Wünschen in Berührung bringt. Doch das Allerbeste daran ist: Das macht er mit jedem von uns, der es will. Einfach ein Wahnsinn!«, fällt Paul in really good vibrations.

»Mein Kumpel Jussoff, mit all seinen Weisheiten, ist auch einfach nur genial. So ein einfacher Mann mit so viel Weisheit und Liebe«, muss Paul einfach schwärmen, wenn er daran denkt, was er mit seinem außergewöhnlichen Pfleger, der ihm ein Freund geworden war, alles erlebt hat. Was er alles von ihm lernen durfte.

»Er hat meinen Blick auf das Leben total verändert. Er hat mir viele wichtige Wahrheiten gezeigt: den Weg zu meiner Liebe, den Weg zum wahren Reichtum, den Weg zur Vergebung und schließlich den Weg zur Freiheit. Ganz schön viele Sehnsuchtswege in so kurzer Zeit«, ist er voll der Bewunderung und Dankbarkeit für seinen Freund.

Paul weiß: Trotz aller Bemühungen, den rechten Weg zu gehen, das Risiko, den richtigen Weg zu verlassen, wird ihn so lange er Mensch ist, weiter begleiten. Er ist unendlich dankbar für Jussoff. Ihn und seine Freundschaft kann er als dicken und fetten Aktivposten verbuchen.

Der Unfall war der Wendepunkt in seinem Leben. Doch auch vor dem Crash fällt die Bilanz durchaus positiv aus: zwei tolle Kinder, die er über alles liebt, eine tolle Frau in einer meist tollen, aber manchmal auch ein wenig tollwütigen Beziehung, ein toller Job, der ihm viel Kohle brachte, aber viel Leben nahm, ein tolles Haus, wenn auch mit tollen Schulden, aber immerhin. Alles in allem hatte er ein tolles Leben, in einer tollen Gegend mit ihren oftmals tollwütigen Bewohnern.

»Nur der Sinn fehlte«, schreibt Paul in Kleinbuchstaben auf die Sollseite.

»Umso schöner ist es, dass mich die Umwege des Lebens hierher nach Goa, wo ich schon immer hinwollte, gebracht haben. Es sieht so aus, als hätte ich hier wirklich die Freiheit und die Bestimmung gefunden. Aber man weiß ja nie, was einen noch erwartet.«

Paul schwankt ein wenig, ist sich aber ziemlich sicher, seinen neuen „great place for life“ gefunden zu haben.

»Gekommen, um zu bleiben«, denkt er und schickt seiner immer noch friedlich schlafenden Beifahrerin einen Kuss.

Der Anblick seiner Frau und die Tatsache, dass sie beide heute hier im Cabrio fahren, dass er am Leben ist und sie letztlich immer noch ein Paar sind, lässt Paul einen Schlussstrich in seiner Lebensbilanz ziehen – und zwar einen eindeutig positiven.

»Ich habe echt richtig Schwein gehabt. Obwohl ich so ein Schwein war!«, vergibt er sich selbst nochmals einen großen Minuspunkt.

»Das Leben ist keine Schularbeit mit Punkten, auch Zuckerschlecken ist es keines. Heute weiß ich, worauf es ankommt. Und ich werde es zukünftig leben, mein Leben! Heute weiß ich: Es kommt darauf an, sich selbst und den Lebensweg in seinen Wünschen zu finden! Es kommt darauf an, das Glück zu finden und die Verantwortung für das eigene Glück zu übernehmen. Es kommt darauf an, glücklich zu sein und damit auch andere Menschen glücklich zu machen. So einfach ist das!«, glaubt, fühlt und weiß Paul, zufrieden mit sich und dem Leben.

Kurz vor der Hauptstadt, auf der Abfahrt in Richtung Flughafen, machen die berüchtigten Monsunwolken ernst und schütten ohne Vorwarnung den angestauten Regen sintflutartig über das Land. Paul muss anhalten. Gerade noch rechtzeitig schafft er es, das Dach des Cabrios zu schließen. Linda wird von der unerwarteten Dusche unsanft aus dem Schlaf gerissen. Sie erschrickt fürchterlich, als sie den leeren Fahrersitz neben sich sieht und auch im Rückspiegel keine Spur von Paul zu entdecken ist. Wie von der Tarantel gestochen, springt sie aus dem Wagen und rennt, einem aufgescheuchten Huhn gleich, im stürmischen Regen umher.

»Paul, Paul, wo bist du?«, schreit sie immer wieder in den Regen.

»Linda, was machst du da bloß? Los, komm schnell in den Wagen!«, schreit ihr Paul durch den vom Sturm aufgepeitschten Regen entgegen.

Sein Nachschauen im Kofferraum reichte, um Linda völlig in Panik zu versetzen. Der Gewittersturm hat inzwischen bedrohliche Ausmaße erreicht.

Windstärke sechs oder mehr, peitscht das dreckig-braune Meer mit voller Wucht und Gischt auf die teilweise schon überflutete Küstenautobahn.

Unter lautem Getöse prescht gnadenlos eine Welle nach der anderen herein – vorbei das ewig harmonische Spiel der Wellen. Der Indische Ozean zeigt sich von seiner brutalen, von seiner unschönen Seite. Überall fliegen Gestrüpp und Äste wie messerscharfe Speere durch die Luft. Bedrohliche Geschoße fliegen umher. Es scheint, als hätte die Schwerkraft ihren Dienst quittiert. Der Sturm zieht allerlei Gerümpel in die Luft, um es willkürlich einfach irgendwo fallenzulassen. Mit einem lauten Knall schmeißt Linda die Wagentüre hinter sich zu und ist froh, wieder im halbwegs sicheren Auto zu sitzen. Doch allzu sicher kann man sich in einem Wagen mit Stoffdach bei solch einem Unwetter nicht fühlen. Paul will so schnell wie möglich weg von hier. Obwohl fast der gesamte Verkehr wegen des Unwetters zum Erliegen gekommen ist, will er es mit einem Spezialmanöver versuchen und aus der Gefahrenzone fliehen – kein leichtes Unterfangen.

Doch Pauls Driver-Instinkt führt ihn auf die richte Fährte.

»Es hat schon so seine Vorteile, wenn man in Wien und London Staukampf gelernt hat«, schmunzelt er und kämpft sich wacker durch den Verkehrs-Sturm-wahnsinn.

Obwohl Linda ziemlich aufgedreht ist, will sie noch rasch ein kleines Nickerchen machen, bevor sie endlich wieder die beiden Racker in die Arme nehmen kann und dann wohl für eine Weile nicht mehr an Schlaf zu denken sein wird. Es dauert nicht allzu lange, bis ihre rehbraunen Augen wieder in den Ruhemodus gleiten und verschlossen bleiben. Linda döst vor sich hin. Währenddessen versucht Paul sein Glück als Rallyepilot. Er nimmt die Ausfahrt und will sich dem Airport über die weniger befahrenen, aber nicht minder gefährlichen, Landstraßen nähern. Die ausgefahrenen Asphaltbänder sind dabei noch das geringste Übel, obwohl sie sich gerade bei Regen immer wieder in einen rutschigen Untergrund verwandeln. Weitaus schlimmer sind die plötzlich auftauchenden Schlaglöcher von der Größe eines Kleinwagens. Wenn man vor ein solches kommt, gilt es, blitzschnell zu entscheiden, mittendurch zu fahren und einen Achsbruch zu riskieren oder drum herum zu fahren und einen Crash zu riskieren.

»Die Fahrt hat so schön begonnen. Und jetzt dieses Scheißwetter! Hoffentlich schaffen wir es halbwegs pünktlich zum Flughafen«, denkt Paul und spürt plötzlich wieder den Termindruck im Nacken – wie in alten Zeiten.

Er fährt nahe am Limit, aber voll konzentriert im Geschehen. Im Unterschied zu Europa sind in Indien mehr Kühe auf der Straße als hinterm Lenkrad. Das heilige Getier hat aufgrund seines Status jegliche Scheu vor dem Straßenverkehr verloren. In Ermangelung der Kenntnis von Verkehrsvorschriften sind sie ein echtes Verkehrsrisiko.

Das weiß Paul und ist gar nicht happy darüber, dass gerade jetzt das Handy läutet. Ein kurzer Blick aufs Display. Paul hebt ab. Linda blinzelt kurz auf, döst aber gleich wieder weiter. Roger ist am anderen Ende der Leitung. Auf diesen

Anruf hat Paul schon gewartet. Auch Roger ist von seinen Schnorrer-Calls nicht verschont geblieben. Paul hat seinem einstigen Boss eine tolle karmische Gelegenheit angeboten, sein nicht gerade gentlemanhaftes Verhalten wieder gut zu machen. Mit einer richtig fetten Spende. Anfangs war Roger noch zögerlich gewesen, aber Paul hatte schnell die richtigen Argumente zur Hand.

Ein wenig Druck an der richtigen Stelle und das Aufzeigen von steuerlichen Absetzmöglichkeiten haben den Herrn Aufsichtsratschef schließlich überzeugt. Paul freut sich über Rogers Anruf und seine Zusage für eine Spende von satten siebzigtausend Euro. Paul hält sich kurz. Zwischen Schlaglöchern, Kühen und sonstigen unorganisierten Verkehrsteilnehmern teilt er Roger seine ehrliche Freude über die üppige Summe mit. Pauls Augen glänzen.

In Gedanken geht er schon die Checkliste der Dinge durch, die er mit der Spende kaufen wird.

»Da werden Linda und Petra Augen machen!«, freut er sich, ihnen bald von der guten Nachricht erzählen zu können.

Mit jedem Kilometer wächst die Liste an wichtigen Dingen, die er für seine Schützlinge anschaffen möchte. Vor seinem geistigen Auge ziehen allerlei grandiose Sachen auf. Sogar die fertige Turnhalle kann er gedanklich schon sehen. Darin tollen der kleine Hemant und seine Schwester mit Pauli und Alina herum. Er kann die Kinder lachen hören, sehen, wie sie glücklich hin- und herspringen – bis hinein in die finsterste Ecke wird das ganze Gebäude von unbeschwertem Lachen durchdrungen.

»Ein wunderbares Bild, einfach nur wunderbar, die Kleinen so glücklich zu sehen«, malt Paul eine rosige Zukunft und weiß nun ganz genau, was Petra gemeint hat.

»Der Radioempfang ist wirklich schlecht hier«, kritisiert Paul genervt die örtliche Infrastruktur, während er sich müht, dem zischenden und kratzenden Autoradio wenigstens ein paar harmonische Töne zu entlocken.

Das allerdings ist riskant, weiß er und wendet seine Aufmerksamkeit wieder der holprigen Piste zu.

Als sein Blick wieder dem Verkehr folgt, fährt ihm der Schreck mit vollem Karacho in die Knochen – ein gewaltiger Adrenalinstoß pusht Paul auf Anschlag: Das Überlandhorn eines entgegenkommenden Reisebusses dröhnt furchterregend und die Lichthupe signalisiert SOS. In einer Sekunde der Unachtsamkeit ist der sonst so geübte Fahrer auf die Gegenfahrbahn gekommen.

Mit vollem Speed rast er auf den entgegenkommenden Bus zu. Mit einem Blitz ist der Schock in seine Knochen gefahren, als er den übervollen Linienbus auf sich zukommen sieht. Schweißperlen schießen auf seine Stirn, die Hände sind klitschnass. Die Schockstarre im Hirn versetzt Paul in absolute Handlungsunfähigkeit. Er ist wie gelähmt und völlig unfähig, auch nur einen klaren Gedanken zu fassen. Wie ein Trottel sitzt er hinterm Lenkrad, einfach unfähig, auszuweichen. Mit riesigen Augen starrt er auf den heranpreschenden Bus.

Schlagartig wird Linda vom lauten Gehupe aus dem Dämmerschlaf gerissen und direkt hinein in den schlimmsten ihrer Albträume katapultiert. Reflexartig greift sie Paul in das Lenkrad, schreit völlig panisch umher und reißt im Angesicht des Todes das Lenkrad herum. Linda schreit so laut, als würde ihr bei lebendigem Leib die Haut abgezogen. Endlich: Paul reagiert und springt mit voller Wucht auf das Bremspedal. Die krasse Lenkbewegung war zu viel des Guten. Trotzt ESP und Co. gerät der Kleinwagen in unkontrollierbares Schleudern. Er bricht aus. Unter dem ohrenbetäubenden, pfeifenden und quietschenden Lärm der sich auflösenden Reifen dreht sich der Wagen im Kreis und schleudert, immer noch viel zu schnell, auf den Bus zu.

Pauls Gedanken schleudern, wie der Wagen, ohne Kontrolle wild umher. Er weiß nicht mehr, wie ihm gerade geschieht, was mit ihm geschieht, welcher Film jetzt gerade in seinem Leben abläuft.

»Ist das alles wahr, darf das alles passieren? Darf es zweimal passieren?«, hämmert es unkontrolliert auf ihn ein.

Lindas Schreie übertönen sogar das laute, stechend kratzende Geräusch der am Asphalt schleifenden Felgen und den hässlich aufheulenden Motor. Orientierungslos und panisch versucht sie, die Situation in den Griff zu bekommen.

Instinktiv greift sie nach Paul. Dem Trauma wieder ausgeliefert, packt der einfach nicht, was in diesen Schreckenssekunden abläuft.

Es ist wie damals: Sekunden werden zu Stunden. Aber dieses Mal ist es doch auch alles anders. Die Spannung ist eine andere als damals. Es scheint irreal und völlig verrückt, aber irgendwie beginnt sich Paul zu entkrampfen. Still wird es. Anders als damals spürt er, wie die Angst langsam aus seinen Adern kriecht. Leise und sanft spricht sie:

»Good bye, Paul.«

Nun kämpft er nicht mehr gegen das, was kommt, sondern arrangiert sich mit dem Moment der Wahrheit. Er arrangiert sich mit seinem Schicksal. Paul ist sich nicht sicher, ob er seinem Schicksal noch einmal die „Alles oder Nichts"-Frage stellen kann. Hat er noch einen Joker übrig?

Er spürt nur: Angst braucht er keine mehr zu haben. Alles um ihn ist nun still, gespenstisch still, unendlich still, geworden. Der Crashfilm läuft auf Vollgas, aber die Tonspur ist gerissen. Selbst Lindas panisches Geschrei kann er nicht mehr hören. Nur eine tiefe Angst kann er in ihren

Augen lesen, hören aber kann er nur ein ganz leises Lied: ein Duett von Bob Marley und einer wunderbar klingenden Frauenstimme. Frei und immer freier klingt es in seinen Ohren.

Des Meisters „Could you be loved“ swingt jetzt ganz deutlich und zeigt Paul in diesem Moment der Wahrheit die wohl wichtigste Frage des Lebens auf musikalische Weise auf.

Der Wagen dreht sich fast schon im Rhythmus des Reggae.

Als er für einen kurzen Augenblick quer zur Fahrbahn steht, sieht Paul den Bus trotz dessen Notbremsung direkt auf ihn zurasen. Sein starrer Blick bleibt an dem alten Mercedes kleben. Der Bus und der Mini steuern auf ein unabwendbares Desaster zu. Näher und immer näher kommen sie einem Duell gleich, aufeinander zugerast.

Es ist ein Duell mit ungleichen Waffen.

Jetzt kann Paul sogar die Silhouette des Fahrers erkennen, so nahe ist der Zwanzigtonner nun schon herangeprescht. Deutlich kann er den Fahrer der Holy Line Number 7 erkennen.

Paul kennt das Gesicht mit dem gütigen Lächeln, das mitten in sein Leben rast.

Es schmerzt in Pauls Brust: Da ist ein Stechen und Drücken wie ein Hammer, der immer wieder auf ihn einschlägt, ein Schmerz, der ihn aus dem Schlaf holt. Schlaftrunken öffnet er die Augen und sieht Alina quietschvergnügt auf ihrem Papa herumspringen.

> »Entzückend sieht sie aus in ihrem neuen Kleidchen«, denkt er und erklärt seiner Tochter rasch den Unterschied zwischen seinem Oberkörper und einer Hüpfburg.

Es ist wie immer: Ein gemütlicher Sonntagnachmittag im Kreise der Familie. Klein Pauli sitzt neben dem Papa am Boden. Paul liegt auf der schon ein wenig in die Jahre gekommenen schwarzen Ledercouch, auf der er eben unsanft aus seinem Traum gerissen wurde. Pauli blättert begeistert im neuen Skoda-Katalog. Ein neuer Wagen steht an. Als Paul seinen Sohn beobachtet, denkt er:

»Ist zwar kein Porsche, aber wer weiß, vielleicht kommt der Stuttgarter ja doch noch eines Tages in die Garage. Wünschen ist ja erlaubt!«

»Schatz, wie oft muss ich es dir noch sagen? Räum bitte endlich den Geschirrspüler aus! Und bring gefälligst den Müll runter!«, drängt Linda unüberhörbar auf die Einhaltung der vereinbarten Fifty-Fifty-Haushaltsregelung.

»Mach schon, ich will endlich mit der Hausarbeit fertig werden und mich dann mit einer Peelingmaske in die Badewanne legen«, gibt sie das sonntägliche Programm und das Arbeitstempo vor.

»Die Maske wird dir sicherlich gut tun, mein Schatz«, antwortet Paul und meint es etwas anders, als es bei seiner Frau ankommt.

Wie es sich für eine ordentliche, gutbürgerliche Gutmenschenfamilie gehört, wird der Müll feinsäuberlich getrennt.

Paul macht sich mit drei Kübeln sortierten Drecks auf den Weg nach unten. Er muss an seinen Traum denken, an sein Leben und an die Sache mit den Wünschen.

»Wünsche, ach ja, Wünsche hätte ich schon einige. Aber in dem Hamsterrad, in dem ich gefangen bin, kann ich mir die ohnehin abschminken, da bleibt nur die Sehnsucht übrig«, resigniert er in Anbetracht seiner Lebenssituation.

Wie sieht sein Leben aus? Er ist Mitte vierzig, mal glücklich, mal unglücklich verheiratet, hat zwei Kinder im fordernden Alter, eine Eigentumswohnung auf Pump und einen Job im Mittelmanagement, in dem er permanent nur Druck bekommt – vom Chef oben und den Mitarbeitern unten und den Kunden sowieso. Wenn alles gut geht und die Firma lange genug überlebt, dann kann er es sogar bis zum stellvertretenden Geschäftsführer bringen. Wow! Dann kann er in zwanzig Jahren mit einem oder zwei Herzinfarkten und einer oder zwei gescheiterten Beziehungen in Rente gehen – aber auch nur dann, wenn das Rentensystem dann überhaupt noch existiert.

> »Das sind ja tolle Aussichten, mein Alter«, gesteht sich Hamster Paul selbstzynisch ein, als er den Müll ordentlich, ohne zu patzen, in die dafür bestimmten Container wirft.

Manchmal hätte er Lust – Lust, seine eigene kleine Revolution anzuzetteln und den ganzen Müll in eine Tonne zu werfen, am liebsten in die dreckige, braune Biotonne.

Gegenüber der Müllsammelstelle, bei der Bushaltestelle, entdeckt Paul plötzlich einen Zeitungsverkäufer. Er hält den „Augustin“ in der Hand und bietet den wartenden Fahrgästen die Obdachlosenzeitung an. Mit mäßigem Erfolg, doch der Mann erinnert Paul an seinen Traum. Er wird nachdenklich und fragt sich still:

> »Was wird in zwanzig Jahren wohl aus meinen Wünschen geworden sein? Werde ich dann meine Sehnsuchtswege erkundet haben? Werde ich meine Wünsche jemals wirklich kennengelernt haben? Werde ich mich wenigstens selbst ein wenig kennengelernt haben?«

Paul steht wie angewurzelt da und sucht nach den Antworten. Doch die lassen auf sich warten und warten und warten. Der Zeitungsverkäufer hat den starren Paul inzwischen bemerkt und grüßt ihm, in der Hoffnung eine Zeitung zu verkaufen, freundlich zu.

»Welch eine Ähnlichkeit«, murmelt Paul verwundert. Eine Weile noch steht er einfach so da. Links und rechts je mit einem leeren Müllkübel in der Hand.

Dann fasst er einen Entschluss:

> »Es ist nie zu spät! *Jetzt* breche ich auf und erkunde meine Sehnsuchtswege. *Jetzt* finde ich meine sieben Wünsche!«

Ich wünsche dir die Wünsche,
die es sich lohnt,
sich zu wünschen.

Danke

Das Leben und die eigenen Wünsche wählen oft sonderbare Wege, um ihr wahres Wesen zu entfalten. In meinem Fall wählte das Leben Umwege. Viele Jahre Umwege zeigen, wie geduldig das Leben mit einem sturen Esel sein kann, bis er allmählich seinen Weg findet. Für die Umwege, die mir mein Lehrer, Meister und Bruder geschenkt hat, bin ich unendlich dankbar. Sind sie doch die Quelle der Erfahrung, mit der das Feuer der Dummheit gelöscht werden kann. Ich danke für jenen Traum, den ich damals träumte, den ich mir sorgfältig notierte und aus dem heraus ich dieses Buch geschrieben habe. Mein besonderer Dank gilt all jenen lieben Menschen, die mich auf meinen Umwegen begleitet haben, die mich ertragen und getragen haben und die dieses Buch ermöglicht haben. Ich nenne keine Namen, doch ihre Namen sind für immer in meinem Herzen.

Danke an die Sehnsucht, an die Liebe und an das Leben.

Mein Gott, Danke.

Ganz besonders danke ich dir!

Dafür, dass du dieses Buch gelesen hast.

Danke, dass wir in Kontakt bleiben.

Alle Infos über mich und mein nächstes Buch findest du auf

www.martinmatheo.com

Gedichte & Gedanken

Lerne auch meine „Gedichte & Gedanken Edition No.1“ kennen:

Ein kleiner Wegbegleiter für das Leben.
Mit Gedanken und Worten, die inspirieren.
Mit Gedichten und Sprüchen zum Nachdenken.
Für besondere Momente der Ruhe und Kraft.
Für Leben, Liebe und Hoffnung.
Zum Selberlieben oder zum Verschenken an einen lieben Menschen.

72 Seiten, Softcover
Verlag dip3, Linz
ISBN 978-3-903028-82-1

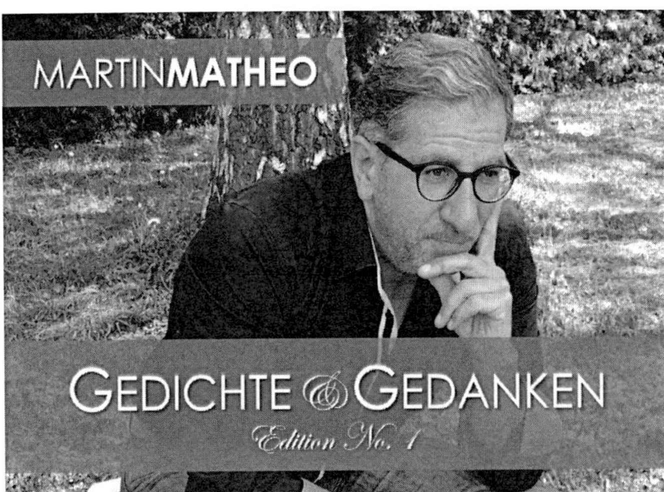